UNBEUGSAM

LIEBE UND WIDERSTAND IM DRITTEN REICH

MARION KUMMEROW

Übersetzt von

ANNETTE SPRATTE

IMPRESSUM

Unbeugsam- Liebe und Widerstand im zweiten Weltkrieg
ISBN Printversion 978-3-948865-33-7

Herstellung und Verlag:

Marion Kummerow
Weißtannenweg 7
80939 München

Übersetzung: Annette Spratte

Titelbildgestaltung: JD Smith Design Limited

Dieses Buch basiert auf einer wahren Geschichte, historische Persönlichkeiten und Vorfälle wurden sorgfältig recherchiert und wiedergegeben. Die Haupt- und Nebenpersonen wurden fiktionalisiert.

NEWSLETTER

Wenn Sie Hintergrundinformationen über meine Bücher haben wollen, oder wissen möchten, wann das nächste erscheint, tragen Sie sich hier in meinen Newsletter ein:

https://marionkummerow.de

INHALT

KAPITEL 1

30. November 1942

Hilde Quedlin schaute wiederholt auf die Uhr über der Kommode, während sie mit ihren Kindern auf dem Boden saß und spielte. Der dreijährige Volker beschäftigte sich mit Holzklötzen, die mal seinen Tanten gehört hatten, während der neun Monate alte Peter unermüdlich versuchte, sich auf Händen und Knien auszubalancieren. Er war so nahe daran, zu krabbeln. Hildes Herz füllte sich beim Anblick ihrer beiden kleinen Sonnenscheine mit Stolz und Freude.

Aber dann ergriffen sie beunruhigende Gedanken. Q hatte sich nach der Arbeit mit dem russischen Agenten getroffen und sollte jede Minute zurück sein. Die Zeit schien still zu stehen, während sie für die sichere Rückkehr ihres Mannes betete.

Sie roch den untrüglichen Geruch einer vollen Windel und nahm Peter auf den Arm, um ihn ins Kinderzimmer zu tragen. Der Junge war wenig erbaut von der Unterbrechung seiner Krabbelübungen und stemmte die Füßchen gegen seine Mutter.

Hilde lachte. „Ganz ruhig, kleiner Mann. Ich lasse dich wieder runter, sobald du schön frisch und sauber bist."

Als sie mit einem frisch gewickelten Säugling ins Wohnzimmer zurückkam, sah sie erneut auf die Uhr. *Warum ist Q noch nicht zurück?* Normalerweise dauerte es nicht so lange.

Ein kräftiges Klopfen an der Tür unterbrach ihr sorgenvolles Grübeln. Q hatte vermutlich seinen Schlüssel vergessen. Sie setzte Peter auf ihre Hüfte und strich im Vorbeigehen über Volkers Kopf.

Es war nicht Q.

Beim Anblick der beiden Beamten in langen, schwarzen Ledermänteln verschlug es ihr die Sprache. *Gestapo.*

„Frau Quedlin?", fragte einer der beiden.

Sie konnte nur nicken.

„Sie sind verhaftet."

Trotz des wärmenden Babys in ihren Armen gefror ihr das Blut in den Adern. „Was? Warum? Ich verstehe nicht ..." sagte Hilde mit angsterfüllter Stimme.

„Ihnen wird alles erklärt werden, aber Sie müssen jetzt mit uns kommen", sagte der jüngere Beamte. Seine kalten, stahlblauen Augen schienen durch sie hindurch zu sehen.

„Nein, bitte … meine Kinder. Es ist sonst niemand hier, um auf sie aufzupassen", flehte Hilde und drückte Peter enger an sich. Er mochte diese Behandlung überhaupt nicht und strampelte, um heruntergelassen zu werden.

Der ältere Beamte sah den kleinen Jungen an. Mit dem glatten, hellbraunen Haar und den blauen Augen war er seiner Mutter wie aus dem Gesicht geschnitten. Hilde dachte, sie sähe einen Anflug von Mitgefühl in den Augen des Beamten, aber sie konnte sich auch irren.

Im gleichen Moment kam Volker aus dem Wohnzimmer gerannt und erstarrte beim Anblick der schwarz gekleideten Männer mitten in der Bewegung. Er klammerte sich an Hildes Rock und lugte neben ihren Knien hervor. Volker war der Inbegriff eines arischen Kindes. Hilde hatte ihm die Haare wachsen lassen und seine weißblonden Locken umrahmten sein helles Gesicht und die strahlend blauen Augen, was ihn umwerfend niedlich aussehen ließ. Als Erwachsener würde er genauso aussehen wie sein Vater.

„Sie werden ins Kinderheim gebracht“, sagte der jüngere Beamte und zerstreute damit ihre Illusion von Nachsicht.

„Nein, bitte … lassen Sie mich meine Mutter anrufen ...“ Hildes Herz blieb fast stehen bei dem Gedanken, dass ihre kleinen Lieblinge sich in irgendeinem Kinderheim durchschlagen sollten.

„Rufen Sie sie an“, sagte der ältere Mann und ließ damit die Proteste des anderen verstummen. „Wir können die Wohnung durchsuchen, während wir warten.“ Er trat in den Flur und Hilde stolperte rückwärts bei dem Versuch, ihm auszuweichen. Mit wachsender Panik sah sie drei weitere Männer in die Wohnung drängen. Sie fingen sofort an, Schubladen und Schränke zu öffnen, und ohne jegliche Rücksicht auf den Inhalt darin herumzuwühlen.

„Bitte, worum geht es? Mein Mann ist –“

Der jüngere Beamte drehte sich zu ihr um. „Ihr Mann wurde bereits verhaftet. Machen Sie Ihren Anruf.“

Hilde schluckte schwer und schob Volker in die Küche. Mit bebenden Händen setzte sie Peter in seinen Hochstuhl.

„Mama?“, kreischte Volker und beobachtete mit riesigen Augen, wie die Gestapo die Wohnung durchsuchte.

„Psst, alles wird gut, Volker. Mama ruft jetzt Oma an, damit sie herkommt und ein wenig bei euch bleibt. Wird das nicht toll?“ Hilde nahm den Hörer ab und wählte mit zitternden Fingern die Nummer ihrer Mutter. Ihr fiel ein Stein vom Herzen, als beim dritten Klingeln abgenommen wurde.

„Annie Klein.“

„Mutter, hier ist Hilde. Du musst herkommen und bei den Kindern bleiben. Bitte … Die Gestapo ist hier und sagt, ich muss mit ihnen gehen.“ Hildes Stimme bebte und sie musste sich an die Wand lehnen, um nicht umzufallen.

„Die Gestapo? Was hast du denn jetzt wieder angestellt?“, wollte Annie wissen. Ihre Stimme war so vorwurfsvoll, dass Hilde zusammenzuckte.

„Nichts, das muss ein Irrtum sein. Bitte, kannst du sofort kommen?“ Sie bat ihre Mutter äußerst ungern um diesen Gefallen. Annie war vermutlich die am wenigsten geeignete Person, um auf die beiden quirligen Jungen aufzupassen, aber wer sonst würde so schnell zu ihr kommen, wenn die Gestapo da war?

„Ich muss mich für die Oper heute Abend umziehen, aber vermutlich könnte ich es absagen und rüberkommen.“

„Du weißt nicht, wie viel mir das bedeutet ...“ Hilde seufzte. Wenigstens würden ihre Kinder in Sicherheit sein.

„Ich tue das nicht für dich, sondern für meine Enkel.“ Annie machte ein unwirsches Geräusch. „Ich hatte eigentlich gedacht, du hörst auf in Schwierigkeiten zu geraten, wenn du verheiratet bist.“

Hilde beschloss, nicht mit ihrer Mutter zu streiten. „Ich werde ihnen sagen, dass du auf dem Weg bist. Danke."

Aber Annie war schon weg. Sie hatte aufgelegt, ohne zu antworten oder ihrer Tochter ein Wort des Zuspruchs zu sagen. Als Hilde aufsah, stand der ältere Gestapobeamte in der Küche und beobachtete sie mit einem aufmerksamen Blick.

„Meine Mutter ist auf dem Weg. Sie wohnt nicht weit weg, sie wird fünfzehn oder zwanzig Minuten brauchen ..." Ihre Stimme erstickte, als Furcht sich wie ein Schraubstock um ihren Hals legte.

„Gut. Wir warten auf ihre Ankunft."

Hilde nickte und eilte zu Peter, der in seinem Hochstuhl angefangen hatte zu heulen. Sie nahm das verschreckte Kind auf den Arm und seine kleinen Arme legten sich um ihren Hals. „Schsch, Mama ist da."

Der ältere Beamte beobachtete sie weiter mit kalten Augen, die Hilde frösteln ließen. Ihr Herz schlug einen unregelmäßigen Rhythmus, bis sie genug Mut gesammelt hatte, ihn anzusprechen.

„Können Sie mir bitte sagen, was hier passiert? Warum werde ich verhaftet? Warum wurde mein Mann verhaftet?" Ihre Augen suchten in dem Gesicht des Mannes nach einem Gefühl, nach irgendetwas. Aber es war so unbeweglich wie eine Marmorstatue.

„Sie werden über ihre Anklagepunkte aufgeklärt, wenn wir in der Prinz-Albrecht-Straße angekommen sind."

Die Worte hallten durch ihren Körper und ließen alle Gliedmaßen erzittern. Der Atem stockte in ihren Lungen, während sie gleichzeitig in kalten Schweiß ausbrach. Hilde drückte das Baby eng an sich. *Das Gestapo Hauptquartier*. Das kunstvolle Gebäude sah von außen erhaben aus, aber jeder hatte die Gerüchte gehört, was hinter den Mauern des dreistöckigen Hauses vor sich ging. Horrorvisionen füllten ihren Kopf und eine eisige Hand griff nach ihrem Herzen. Mit Mühe und Not schaffte sie es, nicht in Tränen auszubrechen.

„Mama, ich habe Hunger", jammerte Volker und lehnte sich an ihre Knie.

Hilde strich mit der Hand über seinen Kopf und drückte ihn dann an sich. "Oma Annie wird gleich hier sein und ich werde ihr sagen, dass sie dir was zu essen machen soll, in Ordnung?"

Volker war so ein braver kleiner Junge. Er nickte und drehte sich um, um den Gestapobeamten schweigend zu mustern. Hilde wollte ihre Kinder vor dem Unheil beschützen, von dem sie fürchtete, dass es über ihr Leben hereinbrechen würde, aber sie war machtlos.

Fünfzehn Minuten später rauschte ihre Mutter in die Küche, ein ungläubiger Blick auf ihrem Gesicht. „Hilde, was bedeutet das hier alles?"

„Mutter, ich –"

Annie wandte sich von ihrer Tochter ab und sprach den Beamten mit ihrem strahlendsten Lächeln an. „Herr Kommissar, ich bin Annie Klein. Mein Mann, der Opernsänger Robert Klein, und ich sind glühende Anhänger unseres großartigen Führers. Hitler hat die Auftritte meines Mannes mehr als einmal mit seiner Anwesenheit beehrt. Es tut mir außerordentlich leid, dass meine Tochter Ihnen Unannehmlichkeiten bereitet hat. Sie hat schon als Kind nur Ärger gemacht. Daran ist ihr Vater schuld. Er hat uns verlassen, als sie noch ein Kleinkind war. Ich war so jung ..."

Annie tupfte eine Träne aus ihrem Auge und legte die Hand auf ihr Herz, bevor sie fortfuhr, „... es wird eine unauslöschbare Last auf meinem Gewissen sein, dass meine eigene Tochter dem Pfad der Tugend nicht folgen wollte, der für jede gute deutsche Frau vorgezeichnet ist. Aber seien Sie versichert, ich werde dafür sorgen, dass das mit meinen Enkeln nicht passiert. Sie sind bei mir in guten Händen."

Hilde starrte ihre Mutter an. Wut explodierte in ihr bei den platten Lügen, die diese auftischte. Es war nicht ihr Vater gewesen, der gegangen war. Er war Soldat gewesen in den Schützengräben des Weltkrieges, während ihre Mutter mit ihrem inzwischen zweiten Ehemann durchgebrannt war. Die zweijährige Hilde hatte sie bei der Großmutter abgeladen.

Der Beamte winkte seinen Leuten. „Gehen wir."

Hilde rang nach Luft und sie konnte sich nicht bewegen, selbst wenn sie gewollt hätte.

„Geh mit ihm", drängte Annie und schob sie aus der Küche, während sie ihr den schreienden Peter aus den Armen nahm. „Wir kommen schon zurecht, nicht wahr?"

„Danke, Mutter", krächzte Hilde und warf einen letzten Blick auf ihre Kinder, während sie sich zwang, einen Schritt nach dem anderen von ihnen weg zu gehen.

KAPITEL 2

Qs gesamter Körper bebte vor Furcht. Die Gestapo hatte ihm alle persönlichen Gegenstände abgenommen, inklusive seiner Uhr, und ihn dann in allein in einem Verhörraum zurückgelassen. Der Raum war leer mit Ausnahme eines wackeligen Metalltisches und zwei abgenutzter Holzstühle. Q setzte sich und starrte die graue unverputzte Wand an.

Eine Weile zählte er die Sekunden, um ein Gefühl für die Zeit zu behalten und sich von dem abzulenken, was ihm bevorstand. Das hatte ihm aber nicht die erhoffte Gelassenheit gebracht. Ebenso wenig wie das Grübeln über ein verzwicktes wissenschaftliches Problem. Oder das Festklammern an dem Gedanken, dass nicht einmal die Gestapo in der Lage war, Hildes Beteiligung an seinen illegalen Aktivitäten zu beweisen. Trotz seiner Anstrengungen, die Realität auszublenden, sickerte Angst in jeden einzelnen Knochen. Quälende, erstickende Angst.

Q hatte kein Gefühl mehr für die verrinnenden Minuten

und Stunden, als die Tür sich endlich mit einem markerschütternden Quietschen öffnete, und ein Gestapobeamter eintrat.

Inzwischen war ihm alles egal. Alles war besser als in diesem leeren Raum zu sitzen und auf das Schlimmste zu warten, während seine Phantasie mit ihm durchging.

„Ich bin Kriminalkommissar Becker. Sie sind in ernsthaften Schwierigkeiten."

„Was wirft man mir vor?" Q hoffte, dass der Kriminalkommissar das Zittern in seiner Stimme nicht bemerkte.

Becker schüttelte den Kopf. „Ich stelle hier die Fragen, nicht Sie. Sie sind ein intelligenter Mann, also wissen Sie, dass es in Ihrem besten Interesse ist, umfassend und ehrlich zu antworten." Becker setzte seine Handflächen auf den Tisch und lehnte sich vor. „Fangen wir an. Nennen Sie Ihren vollständigen Namen."

Q holte tief Luft. „Wilhelm Quedlin."

„Ihr Alter?"

„Neunundddreißig."

„Sind Sie verheiratet?"

Q hob fragend eine Augenbraue. „Ja, aber das wissen Sie bereits."

„Beantworten Sie meine Fragen", schnappte Becker, seine Stimme hart und seine stahlgrauen Augen voller Unmut. „Der Name Ihrer Frau?"

„Hildegard Quedlin, geborene Dremmer." Q rang mit dem Impuls aufzuspringen und Becker zu fragen, wie lange diese alberne Fragerei weitergehen sollte. Wenn sie diese Informationen noch nicht hatten, schrieb man der Gestapo eindeutig zu viel zu. Warum verschwendete Becker Zeit mit irrelevanten Fragen?

„Wo arbeiten Sie?"

Bei der weiteren dummen Frage biss Q die Zähne zusammen. „Ich arbeite bei Loewe Radiotechnik."

„Und was machen Sie bei Loewe?" Beckers graue Augen bohrten sich in Q hinein, woraus Q schloss, dass das Geplänkel vorbei war.

„Ich forsche und arbeite auf dem Gebiet der Funktechnik." Q versuchte, so ehrlich wie möglich zu antworten, ohne dabei etwas preiszugeben, was der Kriminalkommissar nicht sowieso schon wusste.

Becker zog einen Stapel Papiere aus einer Aktentasche und warf ihn auf den Tisch. „Sie haben diese Papiere einem Agenten gegeben."

„Ich weiß nicht, was Sie meinen. Was für ein Agent?" Qs Herz schlug ihm bis zum Hals, als er die Blaupausen erkannte, die er Gerald vor einiger Zeit gegeben hatte. *Oh Gott, dann müssen sie ihn auch geschnappt haben.*

„Sie erkennen diese Papiere nicht?" Der Kriminalkommissar grinste hämisch und schob das Bündel über den Tisch.

Q blätterte sie durch, während eisige Kälte mit jedem Blatt tiefer in seine Knochen drang. Was da vor ihm lag, war die vollständige Sammlung von Informationen, die er Gerald im Laufe der letzten zwei Monate gegeben hatte. Einiges davon war mit der Maschine getippt, aber das Meiste war mit der Hand – mit Qs Hand – gezeichnet und beinhaltete handgeschriebene Notizen. Es war sinnlos zu leugnen, dass dies seine Arbeit war.

„Auf den zweiten Blick erkenne ich einiges davon", sagte Q, während er fieberhaft über seinen nächsten Schritt nachdachte. Wie viel wusste Becker?

Einen Moment lang huschte ein grausames Lächeln über Beckers Lippen. „Gut. Und wie gelangten dies Informationen in die Hände eines russischen Agenten?“

„Woher soll ich das wissen?“

Becker lächelte Q nonchalant an. „Sehen Sie, bisher war ich zivilisiert zu Ihnen, aber das kann sich ganz schnell ändern. Möchten Sie, dass ich meine Männer hereinrufe?“ Die Frage war so gleichgültig dahingesagt, dass er auch nach dem Wetter hätte fragen können, anstatt Folter anzudrohen.

Q schüttelte den Kopf und schluckte seine aufsteigende Panik herunter. „Nein.“

„Wer ist der Mann, dem Sie diese Papiere ausgehändigt haben?“, wollte Becker wissen, wobei er scheinbar desinteressiert seine Fingernägel inspizierte.

Q beschloss, Becker zu geben, was er wollte. Sein Leben war vermutlich keinen Pfifferling mehr wert, aber er konnte wenigstens versuchen, Gerald zu beschützen. „Er war ein russischer Agent und nannte sich Pavel.“

„Pavel, ja? Vielleicht noch ein Nachname?“ Becker lehnte sich über den Tisch, seine kalten Augen starr auf Q gerichtet.

Q fühlte sich wie ein Kaninchen, das eine Schlange anstarrt, aber er zuckte scheinbar gelassen die Schultern. „Nein, tut mir leid. Er hat nie seinen Nachnamen erwähnt.“

Ohne Vorwarnung sprang Becker auf und kippte den Tisch, bis die harte Kante sich in Qs Oberschenkel drückte. Becker lehnte sich auf seinen Rand der Metallplatte und Q fuhr zusammen. Er weigerte sich jedoch, dem Kriminalkommissar die Genugtuung eines Schmerzensschreis zu geben.

„Sie lügen", schrie Becker, seine Lippen vor Ekel verzerrt. Er erhöhte den Druck auf den Tisch.

„Nein … ahh … er hat gesagt, ich soll ihn Pavel nennen." Q presste die Worte hervor und der Druck auf seinen Schenkeln ließ etwas nach. „Er war sehr darauf bedacht, mir nichts Kompromittierendes zu sagen.

„Kam es Ihnen nicht seltsam vor, dass Ihr *russischer* Pavel gar kein Russe war?", fragte Becker wieder im Plauderton.

Qs Finger gruben sich tief in seine Beine. Die Gestapo wusste alles über Gerald. Er war nicht mehr zu retten, aber Q beschloss, trotzdem bei seiner Pavel-Version zu bleiben.

„Kein Russe?" Q schüttelte den Kopf, sein Gesicht ein Bild der Verwirrung. „Jetzt, wo Sie es sagen, erinnere ich mich, dass sein Deutsch ohne Akzent war. Er muss ein Wolga-Deutscher sein."

Becker stellte den Tisch wieder auf seine vier Beine und wechselte das Thema. „Geben Sie zu, gegen die Partei spioniert zu haben?"

„Nein." Q zeigte auf die Papiere, die auf den Boden gefallen waren. „Ich habe lediglich technische Informationen an ein Land weitergegeben, dass mal unser Verbündeter war."

Ein warnendes Leuchten flackerte in Beckers Augen und Q verstand. Er musste sich an Beckers Regeln halten, wenn er diesen Verhörraum lebend verlassen wollte.

„Das nennt man Hochverrat", sagte Becker mit einem zufriedenen Ausdruck auf dem Gesicht, der noch breiter wurde als er Qs aufsteigende Angst bemerkte. „Seit wann begehen Sie dieses abscheuliche Verbrechen?"

An seiner Strafe änderte es vermutlich nichts, aber wenn er Becker erzählte, dass er schon vor Hitlers Machtergreifung vor zehn Jahren mit der sowjetischen Handelsvertretung in Kontakt gestanden hatte, würde die Gestapo vermutlich jede einzelne Person unter die Lupe nehmen, mit der er im letzten Jahrzehnt Kontakt hatte. Johanna und Reinhard vom kommunistischen Literaturklub. Seine Freunde Leopold, Otto und Jakob. Nein, Jakob nicht. Der war tot. Von den Braunhemden ermordet. Jeder einzelne Ingenieur und Wissenschaftler, mit dem er je Informationen ausgetauscht hatte. Seine Kollegen bei der Biologischen Reichsanstalt. Sein Patentanwalt. Harro Schulze-Boysen. Erhard Tohmfor. Martin Stuhrmann. Hilde. Er musste seine Freunde unter allen Umständen schützen.

„Ein Jahr, plus minus ein paar Monate", wand sich Q.

Becker rümpfte die Nase. „Geben Sie mir die Namen sämtlicher Personen, die involviert waren."

Q schüttelte den Kopf und schaute so ernst wie möglich. „Ich habe allein gearbeitet."

„Das ist eine Lüge. Ihre Frau hat Ihnen geholfen."

Q schnappte nach Luft. Die Kälte in seinen Knochen wurde unerträglich. Nicht Hilde. „Nein! Das würde sie niemals tun. Sie ist unschuldig. Meine Frau hatte keine Ahnung, was ich da mache. Sie hätte niemals zugestimmt. Das war allein ich."

Kriminalkommissar Becker reagierte nicht. Stattdessen stand er auf und sammelte die verstreuten Papiere vom Boden auf. Er untersuchte sie, als sei er an ihrem Inhalt unglaublich interessiert. Q verspürte eine Vorahnung. Eine sehr böse Vorahnung.

„Auf diesem Blatt sind keine Korrekturen. Können Sie so gut tippen?" Kriminalkommissar Becker klopfte auf die Dokumente vor sich.

Q schüttelte den Kopf. Er war ein miserabler Maschinenschreiber. „Es stimmt, dass meine Frau oft Informationen abgetippt hat, die ich sowohl für meine Patente als auch für meine Arbeit brauchte. Aber wie Sie sehen, sind das komplexe technische Dokumente und sie wusste nicht, was sie bedeuten. Ich habe sie immer in dem Glauben gelassen, dass es technische Beschreibungen waren, die ich für meine Forschung brauchte."

Ein Klopfen an der Tür unterbrach das Gespräch. Q war sich nicht sicher, ob er erleichtert oder verängstigt sein sollte.

„Herein", rief Becker und ein weiterer Gestapobeamter steckte den Kopf herein und machte eine Handbewegung, die Q nicht entschlüsseln konnte. Becker antwortete mit einem Nicken, schnappte sich die Papiere vom Tisch und ging zur Tür. Kurz bevor er in den Flur hinaustrat, drehte er sich um. „Doktor Quedlin, ich habe es am Anfang unserer kleinen Unterhaltung gesagt und ich sage es noch einmal. Sie sind in ernsthaften Schwierigkeiten. So wie ich das sehe, werden Sie wegen Hochverrats angeklagt und zum Tod verurteilt."

Qs Mund wurde staubtrocken. Er kannte die Strafe für Verrat und hatte sie schon so lange erwartet, dass er dachte, er hätte sich damit abgefunden. Es aus Beckers Mund zu hören, war jedoch etwas völlig anderes, als es sich selbst vorzustellen.

Ich will leben!

Becker stand in der Tür und beobachtete Qs inneren Kampf genau, bevor er wieder sprach. „Aber ich bin kein Monster. Sie sind ein intelligenter Mann und ich bin mir sicher, dass Sie die Vorteile meines Angebots erkennen werden. Wenn Sie mit uns zusammenarbeiten und uns die Namen all derer geben, die in Ihre subversive Arbeit verstrickt sind, werde ich dafür sorgen, dass Sie eine milde Strafe erhalten. Oder gar keine."

Die Tür schloss sich mit einem Quietschen und Qs Gedanken überschlugen sich. Hier war die Chance, sein Leben zu retten. Dieses Verhör war kurz und relativ schmerzlos gewesen. Beim nächsten wäre das anders.

Kurze Zeit später betraten zwei Beamte den kleinen Raum und begleiteten Q in eine Zelle. Sie schubsten ihn hinein und knallten die Tür hinter ihm zu. Q beäugte den leeren, zwei mal zwei Meter großen Raum, den er jetzt sein Eigen nennen durfte. Die Decke hing knapp über seinem Kopf. Es erinnerte ihn an einen überdimensionalen Kleiderschrank und er fragte sich, wie lange er hier drin festgehalten werden würde, bevor sie ihn verlegten oder … töteten.

Die Zelle war vollständig aus Stein und Ziegeln, die Wände ein dumpfes Grau. Frühere Gefangene hatten die Wände zerkratzt oder bemalt, zweifelsohne mit dem Ziel, einen Beweis ihrer Existenz und ihres Leidens zu hinterlassen.

Ein Schauer rann über Qs Rücken. Zögernd setzte er sich auf die Ecke einer blutbefleckten Matratze, die auf dem Boden lag. Einzig eine raue Wolldecke lag darauf – keine Laken oder Kopfkissen. Er wandte den Blick von dem stinkenden Eimer ab, der in einer Ecke stand, und kämpfte mit geschlossenen Augen die Galle herunter, die in seiner Kehle aufstieg.

Als er sich sicher war, dass er sich nicht übergeben würde, öffnete er die Augen wieder und untersuchte seine

Zelle in dem Dämmerlicht, das ihn umgab, etwas genauer. Es gab ein kleines Fenster mit Eisengittern, aber das Glas war blickdicht und ließ nur wenig Licht ein. Eine einzelne Glühbirne baumelte von der Decke, aber sie war ausgeschaltet. Zu dieser Jahreszeit wurde es gegen sechzehn Uhr dreißig dunkel und er hatte keine Möglichkeit zu schätzen, wie viel Zeit seit seiner Verhaftung vergangen war.

Nach dem Grummeln seines Magens zu urteilen, war es bereits nach Mitternacht. Die Wachen hatten netterweise eine Schüssel mit einer undefinierbaren, stinkenden Flüssigkeit in der Ecke gegenüber des Eimers dagelassen, aber er war nicht hungrig genug, um sie herunter zu würgen – noch nicht. Er zweifelte nicht daran, dass er in ein paar Tagen glücklich jedes Essen vertilgen würde, das ihm vorgesetzt wurde.

KAPITEL 3

Hilde saß zwischen zwei Gestapobeamten eingeklemmt im Wagen. Trotz des frostigen Novembertages schwitzte sie. Die Luft war klebrig und pure Panik schnürte ihr die Kehle zu.

Der Wagen fuhr durch die vertrauten Straßen und Plätze Berlins, aber sie nahm sie nicht wahr; weder die schöne Natur des Nikolassees, an dem sie wohnte, noch die einst majestätischen Jugendstilgebäude, die in Schutt und Asche lagen – Skelette, die als Erinnerung an den grauenhaften Krieg, der über die ganze Welt tobte, gen Himmel ragten.

Hildes Glieder waren taub vor Angst, als der Wagen am Gestapo Hauptquartier ankam und sie in das Gebäude gebracht wurde. Dann war sie allein in dem tristen Verhörraum. Gelähmt vor Furcht plumpste sie auf einen der beiden Stühle und legte eine Hand auf ihre Brust. Sie griff nach dem roten Jaspisanhänger an der Goldkette, den Qs Mutter ihr zur Hochzeit geschenkt hatte. *Das ist der Glücks-*

stein für dein Sternzeichen, hatte Ingrid gesagt. Glück konnte Hilde jetzt gut brauchen, obwohl Glück allein wohl nicht reichen würde. Sie würde für das, was auf sie zukam, viel Mut und Kraft brauchen.

Die Tür öffnete sich, ein Gestapobeamter trat ein und schloss die Tür mit einem langen Knarzen. „Frau Quedlin, ich bin Kriminalkommissar Becker."

Hilde neigte den Kopf und versuchte, ihre Furcht zu verbergen. Kriminalkommissar Becker setzte sich ihr gegenüber an den Metalltisch und lehnte sich zurück. Man hätte ihn als gutaussehend bezeichnen können mit seinen breiten Schultern, den kurzen blonden Haaren und den klassischen Gesichtszügen, wenn da nicht seine seelenlosen grauen Augen gewesen wären.

Becker beobachtete sie einige Minuten lang und lächelte dann plötzlich, wie es schien, ehrlich. Hilde spürte, wie ihre Angst sich etwas legte. Vielleicht waren die Gerüchte völlig übertrieben und es würde gar nicht so schlimm werden, wie sie befürchtete. Wenn sie ihn von ihrer Unschuld überzeugen konnte, ließ er sie vielleicht sogar zu ihren Kindern zurückkehren.

„Lassen Sie uns mit einigen Fragen beginnen. Würden Sie bitte Ihren vollen Namen nennen?" Beckers Stimme klang nett, sogar freundlich.

Hilde nickte. „Hildegard Quedlin, geborene Dremmer."

„Alter und Geburtsort."

„Dreißig. Ich wurde in Hamburg am 23. August 1912 geboren." Hilde konzentrierte sich auf die Beantwortung seiner Fragen und unterdrückte das Beben in ihrer Stimme.

„Sie sind mit Wilhelm Quedlin verheiratet?"

„Ja, Herr Kriminalkommissar."

„Haben Sie Kinder?"

Hilde senkte den Blick. Der Gedanke an ihre beiden kostbaren Kleinen trieb ihr die Tränen in die Augen. „Ich habe zwei Söhne. Neun Monate und drei Jahre alt."

„Konnten Sie jemanden finden, der auf sie aufpasst?", fragte Becker in einem mitfühlenden Ton.

Hilde begegnete dem Blick aus seinen grauen Augen und glaubte, einen Funken Mitgefühl zu entdecken, aber er verschwand so schnell, wie er gekommen war. Sie drängte ihre Tränen zurück und sagte leise, „Ich durfte meine Mutter anrufen. Sie ist jetzt bei ihnen."

„Das muss eine Erleichterung für Sie sein", sagte Becker und lehnte sich nach vorn. Hilde erzitterte. Trotz der höflichen, sogar freundlichen Art hatte dieser Mann eine bösartige Ausstrahlung.

„Ja."

„Ihr Mann wurde bereits am frühen Abend verhaftet und wird höchstwahrscheinlich des Verrats angeklagt. Was haben Sie dazu zu sagen?" Becker schleuderte seine Frage ohne Vorwarnung heraus.

Hilde rang nach Luft. *Verrat?* Sie wusste, was das bedeutete. Q hatte sie vor den Konsequenzen gewarnt, aber sie hatte immer geglaubt, dass so etwas nur anderen Leuten passierte, nicht ihnen. Sie waren vorsichtig gewesen. Sie würden nicht erwischt werden.

„Ich … verstehe nicht. Mein Mann ist ein guter Mann, ein guter Bürger."

Becker richtete sich auf und nagelte sie mit seinem stahlharten Blick fest. *Er glaubt mir nicht.*

„Frau Quedlin, Sie scheinen mir nicht dumm zu sein. Tatsächlich würde ich sogar so weit gehen zu sagen, dass Sie intelligenter sind als die meisten Frauen. Es liegt in Ihrem besten Interesse, mir alles über die subversiven Aktivitäten Ihres Mannes zu erzählen, was Sie wissen. Mit wem er sich getroffen hat. Wie lange das schon geht. Wie er sie kontaktiert. Alles."

„Herr Kriminalkommissar, ich bin genauso schockiert wie Sie. Das muss ein Missverständnis sein. Mein Ehemann ist ein sanftmütiger Mann –"

Becker schlug seine Handfläche auf den Tisch und Hilde fuhr erschrocken zusammen. „Der im Widerstand gearbeitet hat! Und wenn Sie nur eine Minute lang an Ihre beiden Söhne denken würden, würden Sie mir alles erzählen, was Sie wissen."

„Ich weiß gar nichts." Hilde schüttelte den Kopf. „Wenn er wirklich gegen unsere Regierung gearbeitet hat, was ich bezweifle, dann hat er mir das nie gesagt. Er hat sich seiner Arbeit verschrieben, Funkgeräte für die Wehrmacht herzustellen. Er ist kein Spion." Die Lügen fielen ihr gar nicht so schwer.

Becker blickte sie finster an, dann zog er einige der Papiere hervor, die sie für Q getippt hatte und schob sie über den Tisch zu ihr. „Leugnen Sie, dies hier getippt zu haben?"

Hilde sah die Dokumente an und zuckte innerlich zusammen. Verzweiflung erfasste sie. Sie streckte das Rückgrat und blieb bei ihrer Geschichte. „Diese Papiere habe ich noch nie zuvor gesehen."

„Sie streiten ab, dass Sie vorsätzlich versucht haben, zu vertuschen, mit welcher Schreibmaschine diese Anweisungen geschrieben wurden? Sie streiten ab, dass Sie die Person waren, die diese Schreibmaschine bedient hat?"

„Ja." Sie nickte inbrünstig.

„Haben Sie eine Schreibmaschine zu Hause, Frau Quedlin?"

„Ja." Hildes Gedanken überschlugen sich und sie hatte Schwierigkeiten, dem Stakkato von Beckers Fragen zu folgen.

„Sie wissen, wie man tippt?"

„Ja."

„Und ist es nicht wahr, dass Sie Ihrem Mann oft geholfen haben, seine Forschungen und Dokumentationen für seine Patente zu tippen?"

„Ja, aber ich verstehe nicht, worauf Sie hinauswollen."

„Und ist es nicht wahr, dass Sie ihn beim Kopieren von geheimen und vertraulichen Dokumenten unterstützt haben, indem Sie Blaupausen und braunes Papier benutzten, um die Buchstaben zu verzerren, so dass die Identifizierung der Schreibmaschine deutlich erschwert wird?"

„Ich habe Dinge für ihn auf Blaupause getippt, aber nicht … Ich habe nichts Falsches getan. Mein Mann hat gern Duplikate seiner Forschungen angefertigt. Er hat diktiert und ich habe getippt. Ich habe die ganzen technischen Inhalte nicht verstanden, die ich da getippt habe. Und sicherlich würde er niemals geheimes oder vertrauliches Material kopieren –"

Wieder knallte Becker seine Faust auf den Metalltisch. Das schrille Geräusch rollte Hilde die Zehennägel hoch. „Hören Sie auf zu plappern."

Hilde nickte, die Augen weit aufgerissen. Sie erwartete, dass er sie schlagen würde und war dankbar, als er sich zurücklehnte und sich entschuldigte.

„Bitte vergeben Sie mir meine Manieren, Frau Quedlin. Aber ich hasse es, angelogen zu werden. Und Sie lügen."

„Aber ich habe nichts Falsches getan", protestierte sie.

„Sie werden sich schon eine bessere Geschichte ausdenken müssen. Vorzugsweise die Wahrheit. Das hier könnte ganz glatt und einfach laufen. Sie könnten ruckzuck wieder bei Ihren Kindern sein. Oder ..."

Ein Schaudern lief über ihren Rücken.

Becker zog die Papiere wieder auf seine Seite des Tisches und stand auf. „Nun, vielleicht brauchen Sie einfach etwas Zeit, um über die Dinge nachzudenken." Er öffnete die Tür und rief zwei junge Beamte herein. „Bringen Sie Frau Quedlin in ihre Zelle. Sie braucht mehr Zeit, um über die Wahrheit nachzudenken. Frau Quedlin, wir sehen uns Morgen."

KAPITEL 4

Q war allein in seiner Zelle, was ihn überraschte. Er hatte gehört, dass oft zehn bis zwanzig Gefangene in so einen kleinen Raum gepfercht wurden. Während etwas Gesellschaft vielleicht nett gewesen wäre, war er insgeheim dankbar für die Möglichkeit, in Ruhe nachzudenken.

Seit zehn Jahren hatte er sich vor diesem Moment gefürchtet, hatte überlegt, wie sein Leben wohl enden würde, wenn seine Widerstandsbemühungen jemals entdeckt würden. Die Angst war ein ständiger Begleiter gewesen. Jedes Mal, wenn er die Rüstungsproduktion bei Loewe sabotiert hatte, eine weitere geheime Information gestohlen oder sich mit dem russischen Agenten getroffen hatte, war er darauf gefasst gewesen, dass eine Katastrophe über ihn hereinbrechen würde.

Wenigstens war diese ständige Sorge jetzt vorbei. Ein winziger Hauch der Erleichterung ergriff ihn, bevor die weitreichenden Konsequenzen seiner Verhaftung jeglichen

Sinn für Erleichterung zerschlugen und eine ganz andere Furcht ihn ergriff. Die Gewissheit über bevorstehende Folter und Qualen packte ihn wie die kalte Hand des Todes.

Doch der Tod war nicht grausam, wie die Gestapo-Bluthunde es waren und Q war sich sicher, dass er bald schon an den Punkt kommen würde, wo er den Tod als Erlösung von seinen Qualen willkommen hieße. Trotz Beckers freundlicher Fassade hatte Q das entschlossene Funkeln in dessen grauen Augen gesehen. Die Entschlossenheit zu bekommen, was er wollte, um jeden Preis, mit allen nötigen Mitteln. Wenn doch nur Männer wie Becker ihre Verbissenheit auf eine wertvolle Sache lenken würden, anstatt ihre Mitmenschen zu zerstören.

Q erschauerte. Kriminalkommissar Becker hatte ihm ein Angebot gemacht. Milde versprochen, sogar eine Freilassung, wenn Q mit der Gestapo zusammenarbeitete. Er musste nur seine Aktivitäten gestehen und alle Mitbeteiligten verraten. Das war der leichte Ausweg und Q war mehr als versucht, ihn zu beschreiten.

Aber das konnte er seinen Freunden nicht antun. Sie für seine Taten bluten lassen? Nein. Wie sollte er sein Leben als Verräter leben? Ein wahrer Verräter, der seine eigenen Ideale verriet, nicht irgendeine verachtenswerte Regierung. Und was, wenn das Angebot nur ein Trick war, um ihn zum Reden zu bringen?

Nein, Q würde auf diese Taktiken nicht hereinfallen. In der Einsamkeit seiner Zelle war sein Wille stark. Ob das während des nächsten Verhörs noch so sein würde, wusste er nicht. *Ich bin kein Held. Kein Soldat, der ausgebildet wurde, Schmerzen zu ertragen. Ich bin nur ein Wissenschaftler. Ein gewöhnlicher Mann.*

Wie konnte er sicherstellen, dass er seine Freunde nicht verriet, wenn die Gestapo wiederkam? Q legte sich auf die stinkende Matratze und tat das, was er am besten konnte: denken.

Er machte einen Plan. Er würde der Gestapo alles erzählen, was sie wissen wollten. Jedes kleine Detail über seine Sabotage bei Loewe. Wie er die Blaupausen kopiert und an „Pavel" gegeben hatte. Er würde so viel reden, dass Kriminalkommissar Becker keine Zeit haben würde, nach Namen zu fragen. Denn Namen würde er nicht verraten. Die würde er mit ins Grab nehmen.

Hilde.

Qs Herz wurde schwer. Bilder tauchten vor seinem inneren Auge auf. Ihr Hochzeitstag. Die Besteigung des Ätna. Volker zum ersten Mal auf seinem Arm. Trauer schnürte ihm die Kehle zu. Würde er sie und seine Söhne jemals wiedersehen?

Er hoffte, dass sie in Sicherheit war. Sie war nur eine Frau, eine Mutter. Nicht einmal die Gestapo konnte glauben, dass sie etwas mit seinen Widerstandsaktivitäten zu tun hatte.

Q lauschte in die Stille. Alles, was er hören konnte, war fernes Schlurfen. Andere Gefangene? Gestapo, die ihn holen kam? Das Schlurfen hörte auf. Nach dem kleinen, blinden Fenster nahe der Decke seiner Zelle zu urteilen, war er im Keller des Gebäudes. Der berüchtigte Gestapokeller? Q zwang seine Gedanken, einen anderen Weg einzuschlagen, aber die bevorstehende Bedrohung brachte ihn immer wieder dahin zurück.

Was ist mit Gerald passiert?

Becker hatte Papiere in seinem Besitz, die Q dem

Agenten bei ihrem letzten Treffen gegeben hatte. Gerald war ein Wehrmachtsdeserteur und jeder wusste, was mit denen passierte, wenn sie geschnappt wurden.

Furcht und Kälte krochen ihm in die Knochen. An Schlaf war nicht zu denken und Q stand auf, um in der winzigen Zelle auf und ab zu gehen. Gehen und denken. Hatte er in seinem Leben die richtigen Entscheidungen getroffen? Hätte er seine subversive Arbeit beenden sollen? Das Attentat auf Goebbels nicht planen? Niemals Hilde heiraten? Tausend Fragen drangen auf ihn ein. Aber keine Antworten.

Viel später in dieser Nacht, als er wieder auf die Matratze sank und seinen frierenden Körper in die raue Decke wickelte, war sein letzter Gedanke, dass er alles genau so wieder tun würde.

~

Hilde saß in einer ganz ähnlichen Zelle wie Q und dachte an die grässlichen Ereignisse, die sie in Gedanken als *verhängnisvollen Montag* bezeichnete. Nach dem Verhör hatte man sie eine schmale Treppe hinunter geführt und in einen dieser muffigen, feuchten Keller gebracht, die sie immer an ein mittelalterliches Verlies erinnerten.

Gänsehaut überzog ihren Körper. Nachdem der uniformierte Mann sie hinein geschoben und die Tür hinter ihr geschlossen hatte, wurde die Stille ohrenbetäubend. Das Fenster war vergittert und führte in einen grauen Lichtschacht. Niemand würde ihre Schreie hören. Aber sie schrie nicht. Noch nicht.

Hilde tigerte durch den kleinen Raum, die Arme

verschränkt. Sie war froh, sich noch eine Strickjacke übergeworfen zu haben, als die Gestapo sie geholt hatte. Es war kalt hier drin. Aber selbst bei direkter Sonneneinstrahlung hätte sie gefroren – vor lauter Angst und Sorge.

Kriminalkommissar Becker hatte ihr gesagt, dass Q ebenfalls verhaftet worden war. Davon war sie schon die ganze Zeit ausgegangen, aber es sicher zu wissen hatte ihr den Atem verschlagen. Q wurde vermutlich im gleichen Gebäude festgehalten und sie versuchte, seine Nähe zu *spüren*. Wenn er in der Nähe war, konnte sie vielleicht seine Kraft anzapfen und sich vorstellen, dass er sie genauso umarmte, wie er es in ihren acht gemeinsamen Jahren so oft getan hatte.

Es klappte und sie wurde ruhiger – bis Bilder ihrer Kinder in ihrem Kopf auftauchten und ein Tränenstrom über ihre Wangen zu fließen begann. Sie hatte Peter erst letzte Woche abgestillt, wofür sie jetzt dankbar war, denn sonst wäre alles für sie beide um so Vieles schwieriger. Aber sie vermisste es, wie er sich an sie kuschelte, bevor er einschlief. Sie vermisste die Gespräche mit Volker und zu sehen, wie sein Gehirn arbeitete, während er mit seinem Spielzeug spielte. Der einzige Trost war, dass ihre Mutter bei ihnen war. Trotz Hildes Differenzen mit ihr, würde sich Annie gut um ihre Enkel kümmern.

Es ist höchstens für ein paar Tage.

Hilde ließ sich auf die Matratze am Boden fallen und wickelte sich in eine dreckige, stinkende Decke, um sich zu wärmen. An Schlaf war jedoch nicht zu denken und sie lag da und erinnerte sich an die schönen Zeiten, die sie mit ihrem Mann und den Kindern verlebt hatte.

Zwei Wochen zuvor war es ungewöhnlich warm

gewesen und sie und Q waren mit den beiden Jungs in den Park gegangen. Peter hatte in seinem Kinderwagen gekichert und geplappert. Volker und Q waren Hand in Hand gelaufen und hatten mit den Füßen das Herbstlaub aufgewirbelt. Der kleine Junge hatte eine Million Warum-Fragen auf seinen Vater abgefeuert. *Warum fallen die Blätter von den Bäumen? Warum wird es Herbst? Wo ist der Sommer hingegangen?*

Würden sie jemals wieder so einen friedlichen und glücklichen Ausflug erleben? Sie rollte auf die Seite, ließ ihren Tränen freien Lauf und betete zu Gott.

Bitte. Lass mich diesen grässlichen Ort verlassen und zu meinen Kindern zurückkehren. Bitte lass mich leben, damit sie nicht ohne Mutter aufwachsen müssen, wie ich es musste.

Sie hatte mit Q genau diese Situation besprochen und sie wusste, was er von ihr erwartete. Sie hatte es immer beiseite geschoben, aber jetzt, wo die Situation eingetreten war, kämpfte sie mit der Aussicht, ihren eigenen Mann verraten zu müssen. Alle Schuld auf ihn zu schieben, um sich zu retten.

In den stillen Morgenstunden übermannte sie schließlich der Schlaf, aber ihre Träume wurden von Visionen der nächsten Befragung geplagt. Becker war zwar einigermaßen freundlich gewesen, aber sie wusste, dass das nur eine Fassade war.

KAPITEL 5

Draußen war es noch dunkel, als zwei Gestapobeamte Q von seiner Matratze zerrten und ihn damit aus seinem unruhigen Schlaf rissen. Er hatte nicht einmal Zeit, seine Schuhe anzuziehen und natürlich gab es auch kein Frühstück. Er folgte ihnen, ohne sich über die raue Behandlung zu beklagen. Das wäre auch unnütz gewesen.

Diesmal brachte man ihn in einen anderen Verhörraum: einen ohne Tisch und mit nur einem einzigen Stuhl, der in der Mitte des Raumes platziert war. An der Decke hing eine nackte Glühbirne. Die Männer schoben ihn in den Raum und befahlen ihm, sich auf den Stuhl zu setzen. Q tat, was sie verlangten und versuchte nicht daran zu denken, was wohl kommen mochte. Sein Magen knurrte und erinnerte ihn daran, dass er seit dem Mittagessen vom Vortag nichts gegessen hatte.

Kriminalkommissar Becker trat einige Augenblicke später ein, die Reste eines Brötchens in der Hand. Es duftete nach Schinken. Qs Magen knurrte lauter. Becker wischte sich mit der Hand den Mund ab und lächelte ihn an. „Guten Morgen Doktor Quedlin. Ich hoffe, Sie hatten eine angenehme Nachtruhe?"

Q schwieg angesichts des Köders, den der Kriminalkommissar ihm hinwarf. Becker bedachte sein Schweigen mit einem kalten Grinsen, kam auf Q zu und umrundete den Stuhl. Er kam hinter ihm zum Stehen und eine schaurige Vorahnung jagte über Qs Rücken.

„Hatten Sie Gelegenheit, Ihre Antworten auf die gestrigen Fragen zu überdenken? Sind Sie bereit, mir zu sagen, mit wem Sie zusammengearbeitet haben?", fragte die Stimme hinter ihm.

Q schüttelte den Kopf. „Ich habe allein gearbeitet. Niemand sonst wusste, was ich tat."

Im nächsten Moment wurde Q durch die Luft geschleudert und schützte seinen Kopf mit den Armen, bevor er auf den kalten Steinboden aufschlug. Er blinzelte mit tränenden Augen. Der metallische Geschmack von Blut füllte seinen Mund.

„Stehen Sie auf", sagte Becker.

Q rappelte sich auf die Füße und setzte sich wieder auf den Stuhl. Blutspuren klebten an seiner Hand, als er sich die Mundwinkel abwischte.

Becker strich über seine Knöchel und baute sich vor Q auf, während er ihn mit kalten Augen musterte. „Wer sind Ihre Mitverschwörer?"

Q schluckte und antwortete wieder, „Ich arbeite allein. Niemand sonst wusste, was ich tat –"

„Das ist eine Lüge! Es wäre besser für Sie, wenn Sie mit uns kooperieren würden."

„Ich bin bereit, Ihnen alles über meine subversive Arbeit

zu erzählen“, bot Q an und als Becker zustimmte, spürte er ein leichtes Abebben seiner Todesangst und fing an zu reden. Über die Blaupausen und wie er seine gesamten Forschungen an die Russen weitergegeben hatte. Alles. Er redete so lange, dass er sich fast selbst vormachte, Becker wäre damit zufrieden.

„Und jetzt sagen Sie mir, wer Ihnen geholfen hat.“

„Ich habe allein gearbeitet“, beharrte Q und bekam einen Schlag unters Kinn. Der Schmerz machte ihn benommen und eine Minute lang sah er rote Sterne.

„Gerald Meier hat uns was Anderes gesagt.“

Also hatten sie ihn verhaftet. Q klammerte sich an die Hoffnung, dass Gerald Erhards Namen nicht verraten hatte. Zum Glück hatte Gerald weder von Hilde noch von Martin gewusst. Wenigstens die beiden waren sicher.

„Den haben Sie auch verhaftet?“ Im selben Moment wurde er sich seines Fehlers bewusst. Nun wusste Becker, dass Q gelogen hatte.

„Ja, und Ihren Freund Erhard Tohmfor.“

Nein. Nicht auch noch Erhard. Q wollte nur zu gerne wissen, ob Erhard noch am Leben war, aber er traute sich nicht zu fragen. Sein eigenes Überleben wurde mit jeder verstreichenden Minute unwahrscheinlicher. Auch Erhard konnte vermutlich nicht mehr gerettet werden. Aber versuchen würde er es trotzdem.

„Erhard Tohmfor war mein Freund“, erklärte Q und sah Becker in die Augen. „Es könnte sein, dass er etwas vermutet und ein Auge zugedrückt hat. Aber er war nie aktiv involviert.“

Diesmal traf das Ende eines Holzknüppels auf Qs Rücken und presste die Luft aus seinen Lungen. Wieder und wieder. Q krümmte sich und der quälende Schmerz explodierte in schwarze Sterne vor seinen Augen. Sein Atem rasselte, während er nach Luft schnappte. Er musste das Bewusstsein verloren haben, denn als er zu sich kam, waren seine Arme und Beine an den Stuhl gefesselt und Becker stand über ihm, eine Tasse aromatisch duftenden Ersatzkaffees in der Hand.

„Oh, gut, Sie sind wach", sagte Becker mit einem selbstgefälligen Grinsen. „Ich will Ihnen etwas erzählen. Meine Abteilung hat den Agenten, den Sie als Gerald Meier kannten - oder war es Pavel? - vor sechs Wochen verhaftet."

Sechs Wochen? Selbst mit seinem angeschlagenen Hirn wusste Q, dass das unmöglich war. Becker log. Denn falls es stimmte …

„Aber wie? Ich habe ihn erst letzte Woche getroffen ...", flüsterte Q und versuchte, den Nebel in seinem Kopf zu vertreiben.

„Nun, im Gegensatz zu Ihnen hat dieser Mann eine weise Entscheidung getroffen." Becker starrte auf ihn herab. „Er hat zugestimmt, als Doppelagent zu fungieren, um sein Leben zu retten."

Das war surreal. Unglaublich. Aber wahrscheinlich die Wahrheit. Plötzlich fügten sich alle Puzzleteile zusammen. Deswegen hatte Gerald angefangen, all diese Fragen zu stellen. Deswegen hatte er auf einem weiteren Treffen vor dem Attentatsversuch bestanden.

Qs gesamtes Weltbild brach bei dieser Erkenntnis zusammen. Ein Doppelagent. Das Gefühl des Verrats schmerzte fast mehr als Beckers Schläge. Die Person, der er als Kamerad in gemeinsamer Sache vertraut hatte, hatte alle verraten, um die eigene Haut zu retten. Er schluckte schwer und versuchte, seinen Schock zu verbergen.

„Sie dachten, Sie könnten diesem russischen Agenten vertrauen, aber mal ehrlich ..." Beckers Grinsen wurde breiter, „ein so intelligenter Mann wie Sie … Sie hätten wissen müssen, wie heimtückisch die Russen sind."

Wut mischte sich mit dem Schmerz und bevor Q sich auf die Zunge beißen konnte, platzte er heraus, „Nun, dieser Agent war ja tatsächlich ein Deutscher, also zeigt das nur, wie heimtückisch Deutsche sind."

Beckers Faust schoss nach vorn und traf Qs rechte Gesichtshälfte, nur wenige Zentimeter unterhalb des Auges. Dank seiner Fesseln fiel er diesmal nicht vom Stuhl, aber seine Sicht verschwamm, während sein Auge anschwoll und er wieder den metallischen Geschmack von Blut im Mund spürte.

„Merken Sie sich, dass wir nicht dumm sind. Meier hat uns alles über Sie erzählt. Abschaum." Becker spuckte Q ins Gesicht. „Er hat uns alle Informationen gegeben, die Sie ihm auf Ihren langen Spaziergängen erzählt haben. Wir wissen alles. Wir kennen auch Erhards Rolle in Ihren hübschen kleinen Sabotagebemühungen."

Q war noch damit beschäftigt, die Informationen zu verarbeiten, als Becker erneut zuschlug.

„Wir haben gestern Ihre Frau verhaftet. Hoffen wir mal, dass sie sich etwas kooperativer zeigt als Sie." Becker bleckte die Zähne, was vermutlich ein Lächeln darstellen sollte und Qs Herz zog sich zusammen.

Nicht Hilde.

Q sah auf. „Herr Kriminalkommissar, meine Frau ist unschuldig. Ich habe ihr nie von meiner Widerstandsarbeit erzählt. Sie weiß absolut gar nichts. Sie müssen mir glauben. Sie hat mit all dem nichts zu tun."

Becker sah ihn mit einem berechnendem Blick an. „Wer außer Herrn Tohmfor und Ihrer Frau hat noch mit Ihnen zusammengearbeitet?"

„Niemand, das schwöre ich. Es waren nur Erhard und ich. Hilde hatte keine Ahnung, was sie da tippt. Sie ist keine Wissenschaftlerin. Sie konnte nichts verstehen."

„Ich habe die Nase voll von Ihren Lügen", sagte Becker und winkte einem anderen Mann. „Bring ihn weg."

Diesmal steckten sie ihn in eine etwas größere Zelle. Allerdings war sie bereits mit mindestens zehn anderen Gefangenen vollgepfercht. Keiner von ihnen sah besser aus als Q es wahrscheinlich tat, aber sie bewegten sich stöhnend und machten auf dem harten Steinboden Platz für den Neuankömmling.

Q packte das kalte Grauen. *Die bevorzugte Behandlung ist vorbei.*

KAPITEL 6

Hilde erwachte aus einem unruhigen Schlaf und streckte ihre kalten, schmerzenden Glieder. Gedämpfte Geräusche drangen aus dem Flur vor ihrer Zelle an ihre Ohren. Das erste Anzeichen, dass noch andere Personen hier unten festgehalten wurden.

Als sich die Tür eine halbe Stunde später öffnete, wich sie an die schützende Wand zurück und beobachtete misstrauisch, wer hereinkommen würde. Ein uniformierter Beamter wedelte mit seinem Schlagstock, schob ein Tablett mit dem Fuß herein und ging, ohne ein Wort zu sagen.

Hilde wartete, bis sie den Riegel der Tür einrasten hörte, bevor sie das untersuchte, was vermutlich Frühstück sein sollte. Sie schluckte das übelriechende Wasser herunter und beäugte das Stück Brot und die Schüssel mit einem undefinierbaren weißlichen Brei. Obwohl ihr Kopf rebellierte, erinnerte ihr Magen sie daran, dass man gestern Abend praktischerweise vergessen hatte, ihr etwas zu Essen zu geben.

Mit zugehaltener Nase zwang sie die Hälfte der ekeligen Pampe herunter. Dann kaute sie auf dem steinharten Stück Brot herum.

Kurz danach erschien ein Beamter, um sie zu Kriminalkommissar Becker zu bringen. Becker saß am Tisch in einem Raum der genauso aussah wie der, in dem sie am Tag zuvor verhört worden war. Der Beamte, der sie hergebracht hatte, lehnte sich hinter ihr an die Wand.

„Guten Morgen, Frau Quedlin, ich hoffe, Sie hatten es nicht zu unbequem letzte Nacht?“ Becker bedeutete ihr, sich zu setzen.

Hilde zuckte die Schultern. „Wann kann ich nach Hause?“

Becker legte die Fingerspitzen aneinander, den Blick unverwandt auf sie gerichtet. „Das hängt ganz von Ihnen und Ihrer Kooperationsbereitschaft ab. Ich habe selbst zwei wunderbare Kinder. Sie müssen Ihre Söhne sehr vermissen. Ist es das erste Mal, dass sie eine Nacht ohne ihre Mutter verbracht haben?“

Sie konnte kaum ein „Ja“, herauspressen, bevor ihre Augen bei dem Gedanken an ihre beiden Kleinen zu schwimmen begannen.

„Es wäre eine Schande, wenn sie zu Waisen würden“, sinnierte Becker, scheinbar mehr zu sich selbst als an sie gerichtet.

Diese Bemerkung traf sie härter als ein Schlag in die Magengrube. Sie musste gestöhnt haben, denn Becker lächelte sie jetzt wohlwollend an.

„Nun, nun, Frau Quedlin. Ich habe ein Herz für Kinder und werde Ihnen deswegen ein Angebot machen. Geben Sie mir die Namen aller Beteiligten an den subversiven Aktivitäten, in die Ihr Mann verwickelt war. Ausnahmslos alle. Sogar von den Leuten, die Sie nur verdächtigen, die Regierung jemals kritisiert zu haben."

Hier war ihre Chance, nach Hause zu ihren Kindern zu gehen. Alles was sie tun musste, war jeden zu verraten, den sie kannte und zehn, zwanzig, oder dreißig Leute zu nennen, die Becker verhören konnte.

„Kann ich dann wieder nach Hause gehen kann?", fragte sie heiser.

„Möglicherweise", stimmte Becker zu und lächelte wieder. Aber sein Lächeln erreichte seine seelenlosen Augen nicht. Hilde war sich sicher, dass er log. Selbst wenn er die Wahrheit sagte, konnte sie es mit ihrem Gewissen vereinbaren zu tun, was er forderte? Konnte sie damit leben?

„Ich würde Ihnen gern alles sagen, aber ich weiß nichts und kenne niemanden. Bis gestern wusste ich noch nicht einmal, dass mein Mann so abscheuliche Dinge tut." Sie versuchte ehrlich und überzeugend zu klingen.

„Also Frau Quedlin, das ist nicht ganz die Wahrheit. Reden wir noch einmal über diese Papiere, die Sie für Ihren Mann getippt haben." Kriminalkommissar Becker schob einige Papiere über den Tisch zu ihr.

Hilde nahm die Papiere, von denen einige einfache Patentanfragen und alltägliche Notizen waren, die sie für Qs Forschungen getippt hatte. Es konnte nicht schaden, diese zu identifizieren und sie nickte. „Ich erinnere mich daran, die getippt zu haben, also ja. Ich habe das für meinen Mann geschrieben."

„Endlich sagen Sie mir mal die Wahrheit", sagte Becker, holte die Papiere hervor, die er ihr tags zuvor gezeigt hatte und legte sie nebeneinander. „Diese Dokumente wurden auf der gleichen Maschine getippt."

Hilde rutschte das Herz in die Hose.

„Jetzt erklären Sie mir, warum Sie gestern gelogen haben?"

„Kriminalkommissar Becker, es tut mir leid, ich habe die Dokumente nicht erkannt. Ich habe so viel für meinen Mann getippt. Er kann mit der Schreibmaschine überhaupt nicht umgehen und hat oft seine Forschungsnotizen mit nach Hause gebracht und mich gebeten, sie abzutippen." Sie wollte aufspringen und wegrennen, was eine ziemlich dumme Idee war, wenn man bedachte, dass sie sich im bestbewachten Gebäude Berlins befand. „Ich bin eine einfache Mutter von zwei Kindern und ganz ehrlich, ich habe mir nie viele Gedanken darum gemacht, was ich da tippe. Es war normalerweise am Ende des Tages, wenn ich müde von der Betreuung der Kinder und der Hausarbeit war."

„Haben Sie sich nie gefragt, warum Ihr Mann so viel vertrauliches Material mit nach Hause brachte?", wollte Becker wissen.

Hilde sträubten sich die Nackenhaare. „Ich wusste nicht, dass es vertraulich ist."

„Wissen Sie nicht, dass es ein Verbrechen ist, geheimes Material zu stehlen?" Becker schlug mit der Faust auf den Tisch. Der Tisch hüpfte hoch und Hilde fuhr zusammen.

„Nein, er hat nichts gestohlen. Das war alles seine eigene Arbeit", verteidigte sie Q.

„Woher wissen Sie das?", fragte Becker.

„Ich … er ist ein ehrlicher Mensch."

„Ein ehrlicher Mensch? Und warum hat er dann den Führer und das Vaterland betrogen?"

Hilde zuckte die Schultern. Was auch immer sie sagte, es würde das Falsche sein.

Becker stand auf und ging um den Tisch herum. Als er ihr eine Hand auf die Schulter legte, wurde ihr gesamter Körper stocksteif. Dann spürte sie seinen Atem an ihrem Ohr und schloss die Augen.

„Lieben Sie Ihren Mann, Frau Quedlin?"

„Ja."

Die Hand packte ihr Kinn und drehte ihr Gesicht, bis sie gezwungen war, ihm in die Augen zu starren. „Liebt er Sie?"

Hilde nickte.

„Und trotzdem wollen Sie mir weismachen, dass Sie keine Ahnung von seiner politischen Meinung hatten. Dass er die bewundernswerten Ideen unseres Führers hasste und mit dem Feind kollaborierte? Dass er in seinem Herzen ein Kommunist war?"

Hilde stöhnte, als der Griff fester wurde. „Ja. Ich meine, nein. Ich wusste nichts von alledem."

„Und warum haben Sie dann gestern nicht zugegeben, diese Papiere getippt zu haben?", fragte Becker wieder und quetschte ihr Kinn fester.

„Ich habe Ihnen doch schon gesagt, dass ich sie nicht erkannt habe." Becker richtete sich auf. Ihr Gesicht brannte und wahrscheinlich hatte sie die Abdrücke seiner Finger auf der Haut.

„So, jetzt bleiben wir doch mal bei der Wahrheit, ja?" Becker atmete wieder in ihr Ohr. Beide Hände bewegten sich über ihre Schultern und ruhten um ihren Hals.

Hilde würgte vor Panik. „Ich … ich weiß nicht. Ich hatte Angst. Ich dachte, vielleicht haben diese Dokumente irgendetwas mit meiner Verhaftung zu tun."

„Also wussten Sie, dass mit den Dokumenten etwas nicht in Ordnung war?“, fragte er wieder und verstärkte seinen Griff um ihren Hals. Hilde glaubte, er würde sie erwürgen. Ihr Puls schlug unregelmäßig, während ihre Sicht verschwamm. Sie strampelte mit den Beinen, kratzte mit den Händen. Verzweifelt rang sie nach Luft. Dann war sie wieder frei.

Während sie den kostbaren Sauerstoff einsog, schlenderte Becker auf die andere Seite des Tisches und setzte sich. Er legte wieder die Fingerspitzen aneinander. „Reden Sie.“

Terror hielt Hilde gefangen und ihr fiel nichts Intelligentes ein, was sie hätte sagen können. „Nein … Ich dachte nicht, dass mit den Papieren irgendetwas nicht in Ordnung ist. Aber gestern bin ich in Panik geraten, als Sie mir gesagt haben, dass mein Mann des Verrats bezichtigt wird. Ich dachte, diese Papiere hätten etwas damit zu tun.“

„Und Sie haben es als weise erachtet, die Gestapo anzulügen? Wissen Sie denn nicht, dass wir Mittel und Wege haben, die Wahrheit herauszufinden?“ Die Drohung in seiner Stimme ließ sie erzittern.

„Es tut mir leid.“

„Also, was genau stand in diesen Dokumenten?“

„Ich weiß es nicht.“

Becker winkte und Hildes Arm wurde hinter ihren Rücken gerissen, vermutlich durch den Beamten, der an der Wand gelehnt hatte. Sie schrie vor Schmerz auf. Der Druck wurde stärker und sie schrie lauter, bis Becker wieder winkte und sie frei war.

„Die Wahrheit, Frau Quedlin.“

Sie schluchzte und hielt ihre schmerzende Schulter. Ihre

Worte kamen nur stoßweise. „Die Wahrheit ist, dass ich nie etwas wusste."

„Ich glaube Ihnen nicht. Sehen Sie hier." Becker hielt ihr ein Stück Papier mit verschwommenen Buchstaben hin.

Hilde versuchte, ihren Schreck zu verbergen, aber es war zu spät. Becker hatte ihre Reaktion bereits registriert.

„Das erkennen Sie, nicht war?"

„Ja." Das tat sie. Sehr gut. Es war das Stück Papier, bei dem Q ihr ausdrückliche Anweisung gegeben hatte, mehrere Lagen Papier übereinander zu verwenden. Qs Worte hallten noch in ihren Ohren. *Es ist besser, wenn du nicht alles weißt. Du musst sagen können, dass du von den technischen Dingen, die du getippt hast, keine Ahnung hattest.*

„Warum sind Sie plötzlich so nervös, wenn Sie keine Ahnung hatten, worum es hierbei ging?" Becker schenkte ihr ein teuflisches Grinsen.

Sie war so gut wie tot. Es machte keinen Sinn mehr zu leugnen. Ihre spontane Reaktion hatte sie verraten. Ihr müdes Gehirn und der nachklingende Schmerz in ihrem Arm hielten sie davon ab, einen klaren Gedanken zu fassen.

„Als ich es getippt habe, habe ich mir nicht viel dabei gedacht, weil mein Mann mit seinen Erfindungen immer etwas sonderbar war. Aber jetzt, nach meiner Verhaftung, erschien es mir verdächtig."

„Sie geben zu, Ihrem Mann bei seinen verräterischen Aktivitäten gegen das Reich geholfen zu haben?" Beckers Stimme klang freundlich, aber seine nächsten Worte waren ein Schlag ins Gesicht. „Sie dreckige Hure."

Tränen schossen ihr in die Augen. Der Mangel an Schlaf und Essen, die ständigen Verhöre, all das hatte ihrer Widerstandsfähigkeit stark zugesetzt. „Nein. Ich … wusste nichts. Ich habe nichts Falsches getan."

„Und trotzdem sind Sie blass geworden, als ich Ihnen die Papiere gezeigt habe, Sie Drecksstück."

Es musste etwas geben, womit sie diese Situation retten konnte. Hilde zermarterte sich ihr verängstigtes Gehirn auf der Suche nach einer Entschuldigung. Irgendetwas. „Ich dachte, dass vielleicht … mein Ehemann … ein paar zwielichtige Geschäfte … machte und versuchte, seine Forschungen an einen Wettbewerber zu verkaufen. Ein bisschen Mogeln … aber kein Verrat … niemals … er war loyal."

Loyal seinen Überzeugungen gegenüber. Nicht dem Monster gegenüber, das unser Führer ist.

„Blödsinn. Sie wussten genau, was Sie da taten. Verrat." Becker starrte sie an, bis sie sich wand. Dann sagte er, „Wir haben Erhard Tohmfor verhaftet."

Hilde hielt ihr Stöhnen zurück, aber Tränen traten ihr in die Augen und sie musste sie wegblinzeln.

Becker war ein gut ausgebildeter Verhörmeister und bemerkte ihren kleinen Lapsus. Er drängte auf weitere Antworten. „War Tohmfor in die verräterischen Aktivitäten Ihres Mannes involviert?"

„Er war sein Chef. Ein ehrlicher Mann."

„War er ebenfalls ein Verräter?", brüllte Becker.

„Mein Mann ist kein Verräter und das war Erhard auch nicht!", spie sie hervor und bekam als Lohn eine Ohrfeige. Sie schmeckte Blut auf ihrer Lippe, während Hitze sich auf ihrer Wange ausbreitete.

„Das Schwein, das Sie Ehemann nennen, ist die

schlimmste Art von Verräter. Und das sind Sie auch. Und Erhard Tohmfor. Und wer noch? Ich will Namen!"

Hilde fing an zu weinen. Ihr war egal, ob Becker sie schlug oder nicht. Vielleicht war es sogar besser, wenn er glaubte, sie würde zusammenbrechen.

„Mit wem haben Sie noch Umgang?"

Sie schluckte und verfiel tief in ihrem Innern in Panik. *Die Gestapo weiß diese Dinge bereits, richtig? Oder soll ich lügen?* Sie folgte ihrer ersten Eingebung und entschied sich für den Mittelweg. „Meine beste Freundin ist Erika Huber, die Schwiegertochter des verstorbenen SS-Obersturmbannführers Wolfgang Huber. Wir treffen uns oft, damit unsere Kinder zusammen spielen können."

Falls Becker von ihrer Verbindung zu Wolfgang Huber beeindruckt war, zeigte er es nicht. Stattdessen fuhr er fort, immer und immer wieder die gleichen Fragen zu stellen. Hilde blieb bei ihrer Verteidigungsstrategie, dass sie nicht gewusst hatte, was sie tippte, und erwähnte kein einziges Mal den Namen Martin Stuhrmann – die Person, die ihrem Mann bei der Vorbereitung des Attentats auf Goebbels geholfen hatte.

Die Fragen waren wieder freundlicher geworden, aber Hilde machte sich nichts vor. Der Mann, der ihr gegenüber saß, war ein grausames, sadistisches Monster, das die Gräuel genoss, die er anderen Menschen zufügte.

KAPITEL 7

Q sackte gegen die Wand wie ein Häufchen Elend. Sein rechtes Auge war halb zugeschwollen und der blaue Fleck auf seinem linken Wangenknochen pochte mit jedem Atemzug. Aber nachdem er sich die anderen Gefangenen in seiner Zelle angesehen hatte, fühlte er sich halb so schlimm.

So sehr er sich selbst bemitleidete, sorgte er sich noch mehr um seine Frau und seine Freunde. Hilde verhaftet. Erhard verhaftet. Q fragte sich, ob Martin in Sicherheit war. Bisher war sein Name nicht erwähnt worden. *Das bedeutet, dass sie nichts von ihm wissen.* Gerald hatte von seiner Existenz nichts gewusst und jetzt lag Martins Schicksal in den Händen seiner Freunde. Q würde lieber sterben, als ihn zu verraten, aber er wusste nicht, wie lange er an diesem Plan festhalten konnte … und ob Hilde und Erhard auch stark genug waren.

Hilde. Mein Liebling. Es ist meine Schuld, dass sie hier ist. Ich habe sie an die Wölfe verfüttert und jetzt muss sie meinetwegen leiden. Sein Herz fühlte sich an wie ein harter Klumpen. Wenn er sie doch nur retten könnte.

Einige Stunden später holte die Gestapo ihn wieder ab. Diesmal führten sie ihn einen anderen Gang entlang. Die Treppe hinauf. Während er ging, hörte er die Schreie der Mitgefangenen, gedämpft durch dicke Steinmauern. Einige wimmerten nur noch herzerweichend. Gebrochene Männer.

Diese Geräusche erschütterten ihn zutiefst und als er in einen fensterlosen Raum mit einem Stuhl und einer großen Wasserwanne geführt wurde, konnte er kaum seine schlotternden Knie unter Kontrolle halten. Kriminalkommissar Becker stand in dem Raum, ein böser Ausdruck auf seinem Gesicht.

„Verräterisches Schwein!", schrie Becker ihn an. Darauf folgte ein langer Schwall von Beschimpfungen. Während Q sich so gut wie möglich seelisch wappnete, erfuhr er, dass Gerald der Gestapo von dem Attentatsversuch auf Goebbels erzählt hatte. Die Gestapo hatte daraufhin Qs Wohnung durchsucht und mehrere Zeichnungen gefunden, inklusive der ferngesteuerten Bombe.

„Eine ferngesteuerte Bombe? Herr Kriminalkommissar, so etwas gibt es nicht." Q hatte sich dazu entschieden, sich dumm zu stellen.

„Wir haben Zeichnungen für so einen Apparat in Ihrer Wohnung gefunden", schrie Becker.

„Nur eine spinnerte Idee. Mein Kopf ist immer voll von Zukunftsvisionen, aber wie sollte denn ein ferngesteuerter Apparat funktionieren? Mit welcher Methode sollte das Signal übertragen werden? Vielleicht wird irgendwann einmal so ein Apparat existieren, aber im Moment ist es nur ein Auswuchs meiner Phantasie." Qs Zähne klapperten vor Angst, aber er schaffte es, seine Stimme ruhig zu halten.

„Lügner! Bisher habe ich Sie mit Samthandschuhen angefasst, aber das wird sich ändern, wenn Sie nicht kooperieren." Becker drehte sich um und stürmte aus dem Raum, gefolgt von den anderen Beamten.

Q war wieder allein. Lediglich das Wimmern der gequälten Seelen in den benachbarten Verhörräumen leistete ihm Gesellschaft.

Nach ein paar Minuten kehrte Becker mit den Zeichnungen zurück. „Das sind Ihre?"

„Ja, das sind meine. Ich bin Erfinder, Herr Kriminalkommissar. Ich denke mir ständig neue und innovative Apparate aus. Deswegen sind meine Dienste für Loewe so wertvoll." Natürlich hatte er diese spezielle Erfindung nie seinem Arbeitgeber gezeigt.

„Streiten Sie ab, dass Sie einen Mordanschlag auf unseren Propagandaminister Goebbels geplant haben?", fragte Becker und nahm einen fies aussehenden Stock mit Lederriemen am Ende in die Hand.

Qs Augen fixierten den Stock in Beckers Hand, während er versuchte, sich auf die Beantwortung der Frage zu konzentrieren. „Ich gebe zu, dass ich darüber nachgedacht habe. Es war jedoch nur ein Gedankenspiel. Gerald und ich warfen uns ein paar Ideen zu. Wir überlegten, ob es die Macht des Reiches schwächen und den Krieg verkürzen würde oder nicht." Je mehr Q redete, desto selbstsicherer wurde er. „Aber ohne Zugang zu einer mächtigen Bombe, oder zu der mythischen Fernsteuerung, mit der man sie auslösen könnte, war es einfach nur ein Traum. Es gab keine Möglichkeit, dieses Gedankenspiel in die Tat umzusetzen."

Becker wirkte nicht überzeugt, also redete Q weiter. „Ich bin Wissenschaftler. Ich erfinde ständig Dinge. In der Theorie, aber andere Leute müssen die dann tatsächlich bauen. Mein Part endet, wenn ich die Idee aufs Papier gebracht habe."

„Es ist bedauerlich, dass Sie auf dieser Geschichte bestehen", sagte Becker und nickte den beiden Beamten zu, die ihm in den Raum gefolgt waren. Sie packten Q, schleiften ihn zu der Wasserwanne und warfen ihn hinein.

Der Schock des eiskalten Wassers raubte ihm den Atem und als er endlich wieder einatmen konnte, wurde Q unter Wasser gedrückt und dort festgehalten, bis er dachte, seine Lungen würden explodieren, wenn er nicht sofort Luft holte. Diese Folter setzte sich den Großteil des Tages fort. Er bekam nur eine Pause, wenn Kriminalkommissar Becker zurückkehrte und immer wieder die gleichen Fragen stellte.

Q blieb bei seiner Geschichte, überzeugt, dass sie mit der gleichen Behandlung weitermachen würden, egal ob er ihnen nun sagte, was sie hören wollten oder nicht. Und ausnahmsweise sagte er die Wahrheit. Soweit er wusste, gab es eine solche Bombe bisher noch nicht, abgesehen von seinem eigenen Prototypen, den Martin hoffentlich inzwischen zerstört hatte. Er hatte Gerüchte gehört, dass so eine mächtige Bombe im Versuchsstadium war, aber nichts Offizielles.

Spät am Nachmittag, als Q schon längst jegliches Gefühl in seinen gefrorenen Glieder verloren hatte und selbst seine Gedanken zähflüssig geworden waren, zog Becker ihn ein letztes Mal aus der Wasserwanne und prügelte ihn wiederholt mit dem Lederriemen.

Die Schläge zerfetzten seine eiskalte Haut und brachten wieder Gefühl in Qs Körper – unerträgliche Schmerzen. Heißes Feuer verbrannte seine Glieder, während er gleichzeitig vor Kälte und Schmerz zitterte.

„Sagen Sie mir, was ich wissen will, und Sie können gehen", sagte Becker viele Stunden später.

Q hob kaum den Kopf und antwortete mit geschlagener Stimme, „Ich habe Ihnen alles gesagt. Ich bin Wissenschaftler. Die Zeichnung war meine und nur meine. Ein Traum, der niemals wahr werden wird."

Becker betrachtete Qs zerschundenen und misshandelten Körper und entschied offenbar, dass Q wohl die Wahrheit sagen musste. Er schüttelte den Kopf und wies die anderen Beamten an, ihn wieder auf den Stuhl zu setzen. „Nehmen wir mal an, dass Sie über die Zeichnung die Wahrheit sagen."

Der Kriminalkommissar wanderte durch den Raum und drehte sich dann mit einem bösen Lächeln um. „Es ist wirklich ein Jammer. Ein so intelligenter Mann wie Sie. Sie hätten für die Regierung arbeiten und reich und mächtig werden können. Aber Sie haben sich entschieden, Ihre Brillanz an den Feind zu verschleudern."

„Geld wollte ich nie. Ich wollte immer Fortschritt. Fortschritt für das Volk, nicht gegen das Volk."

Die Bemerkung brachte ihm einen weiteren Schlag mit der Peitsche ein und Q beschloss, seine nächsten Worte für sich zu behalten: dass er wollte, dass nachfolgende Generationen eine ehrenvolle Meinung über ihn hatten. Deswegen hatte er sich gegen Hitler, denn dieses Monster würde

Verdammnis über sein geliebtes Vaterland bringen. *Nationalsozialismus ist für niemanden gut, außer für Hitler selbst.*

„Übrigens, Ihr Freund Tohmfor hat gestanden. Alles." Mit diesen Worten verließ Becker den Raum. Q war allein mit den beiden Rohlingen, die ihn mit Vergnügen stundenlang fast ertränkt hatten. Er befürchtete das Schlimmste.

Doch nichts geschah. Sie schleiften ihn zurück in seine Zelle, wo er auf mehrere Mitgefangene fiel. *Ich lebe noch,* war sein letzter Gedanke, bevor er in einen erschöpften und albtraumgeplagten Schlaf fiel.

KAPITEL 8

Qs Prozess fand am 18. Dezember 1942 statt, weniger als drei Wochen nach seiner Verhaftung. Die Verhandlung wurde nicht in einem gewöhnlichen Gericht abgehalten und da es sich um eine *geheime Kommandosache* handelte, war es Q noch nicht einmal gestattet, sich durch einen Rechtsanwalt vertreten zu lassen.

Aufgrund des Gestapo Gesetzes von 1936 war das nicht illegal, denn dieses Gesetz gab der Organisation einen Freibrief, außerhalb und ohne jegliche Beachtung der Gesetze agieren zu dürfen. Tatsächlich hatte der SS-Brigadeführer und ehemalige Kopf des Reichssicherheitshauptamtes RSHA, Werner Best, einmal gesagt, „So lange die Polizei den Willen der Führung ausübt, handelt sie legal."

Q wurde mit Handschellen gefesselt zur Anklagebank gebracht. Der Richter thronte wie ein Herrscher auf seinem hohen Richterstuhl. Kriminalkommissar Becker und der Doppelagent Gerald Meier saßen links von Q. Hinter seinem Rücken füllten zwei Dutzend Gestapobeamte und Regimetreue den Raum.

Sein Herz machte einen Sprung, als Hilde den Raum betrat, ebenfalls in Handschellen und in der Begleitung eines Polizeibeamten. Q suchte Blickkontakt und als sie in seine Richtung sah, brach ihm das Herz angesichts des verheerenden Ausdrucks auf ihrem Gesicht. Ein blauer Fleck auf ihren eingefallenen Wangen zeugte von den Misshandlungen, die sie erduldet hatte und er wollte am liebsten schreien. Oder wenigstens zu ihr gehen, sie in die Arme schließen und ihre Sorgen wegküssen. Ihr Kleid hing wie ein Sack an ihr und das lebensfrohe Funkeln in ihren blauen Augen, das er so sehr liebte, war verschwunden.

Von seinem Platz aus konnte er aus dem Augenwinkel zu ihr hinüber gucken, ohne den Kopf zu drehen. Während des gesamten Prozesses tauschte er Blicke mit ihr, übermittelte ihr seine bedingungslose Liebe. Er hoffte, dass sie ihm wie durch ein Wunder das Schlamassel vergeben würde, in das er sie beide geritten hatte.

Verschiedene Gestapobeamte sagten aus und Q hörte zu, wie die Beweise gegen ihn angehäuft wurden. Dokumente wurden vorgelegt, inklusive der Zeichnung der ferngesteuerten Bombe, und Zeugenaussagen bezüglich seines geplanten Attentats auf Goebbels wurden gemacht.

Schließlich beendete der Richter die Zeugenaussagen und richtete einen eiskalten Blick auf Q, der innerlich erschauderte.

„Aufstehen, Angeklagter!“

Q erhob sich und unterdrückte ein schmerzvolles Aufstöhnen. Die Prügel der letzten Tage saßen ihm noch in den Knochen. Er stützte sich einen Moment mit einer Hand auf dem Tisch vor sich ab und zwang sich dann, aufrecht zu stehen. *Ich werde ihnen nicht die Genugtuung geben, mich gebrochen zu sehen.*

„Doktor Quedlin, Sie werden des Landesverrats angeklagt. Die Beweise wurden vorgelegt. Was haben Sie zu Ihrer Verteidigung zu sagen?"

Q warf Hilde einen Blick zu, die ihm kaum sichtbar zunickte, und schaute dann wieder den Richter an. „Ich bekenne mich der Vergehen des Verrats schuldig, die heute hier vorgetragen wurden, aber ich habe es getan, um ein Unrechtsregime zu bekämpfen. Das würde ich jederzeit wieder tun. Ich habe nach meinem Gewissen gehandelt, ein Gewissen, das verabscheut, was Hitler meinem Vaterland angetan hat. Ich würde alles tun, um Deutschland von diesem Übel zu befreien."

In dem kleinen Gerichtssaal brach ein wahrer Proteststurm los. Forderungen seines sofortigen Todes waren ebenso zu hören, wie wüste Beschimpfungen seiner Person. Der Beamte neben ihm stand auf und packte ihn fest am Arm, ein Versprechen, dass er ihm seine verwegenen Äußerungen vergelten würde.

Hilde hatte die Vorlage der Beweise gegen Q mit wachsendem Horror verfolgt. Bis zu diesem Augenblick hatte sie das Ausmaß der Erkenntnisse der Gestapo über Qs Spionage- und Sabotageaktivitäten nicht begriffen. Sie hatten ihn und viele andere Menschen seit Monaten beobachtet, bevor sie ihn verhaftet hatten.

Sie verstand nicht alles, was gesagt wurde, aber anscheinend glaubte die Gestapo, dass Q der Kopf einer Sabotagegruppe in seiner Firma war, während er gleichzeitig einem viel größeren Widerstandsnetzwerk angehörte, das sie *Die rote Kapelle* nannten. Dutzende Mitglieder, inklusive dem bekannten Luftwaffen-Oberleutnant Harro Schulze-Boysen, waren auch verhaftet worden und wurden nun vor dem gleichen Gericht abgeurteilt.

Stolz erfüllte Hilde, als sie Q so ungebrochen im Gerichtssaal stehen sah. In seinen Augen hatte sie unendliche Schmerzen wahrgenommen, aber seine Körperhaltung war standhaft. Immer wieder suchte sie seinen Blick und versuchte ihm zu verstehen zu geben, dass sie ihm keine Schuld gab. Dass sie ihm vergeben hatte, wenn es überhaupt etwas zu vergeben gab. *Wenn ich doch nur ein paar Augenblicke mit ihm reden könnte.* Aber Reihen von Bänken, Gittern und Handschellen trennten sie.

Ihr Stolz angesichts seiner unerschütterlichen Standhaftigkeit verwandelte sich in blankes Entsetzen, als er aufgefordert wurde, sich zu verteidigen. Hilde presste eine Hand auf ihren Mund, um nicht laut zu schreien. War es nicht pure Dummheit, den Richter und die Zuschauer so in Rage zu bringen? Wäre es nicht besser gewesen, die Schuld zuzugeben, aber kein Öl in die Flammen zu gießen? Der folgende Aufschrei war ohrenbetäubend und einen Moment lang fürchtete sie, jemand würde Q auf der Stelle umbringen.

Der Richter schlug seinen Hammer mehrmals auf den Tisch und brüllte die Zuschauer an, ruhig zu sein. Eine tödliche Stille folgte, an deren Ende der Richter sein Urteil verkündete.

„Der Angeklagte, Doktor Wilhelm Quedlin, wird des

Verrats am Führer und am Vaterland für schuldig befunden. Er wird zum Tode verurteilt." Der Richter hielt kurz inne und fügte dann hinzu, „Schaffen Sie dieses Stück Dreck aus meinem Gerichtssaal."

Qs herabsackende Schultern waren das letzte, was Hilde sah, bevor sie zusammensank und ihr Gesicht in den Händen verbarg. Stumme Tränen liefen ihr die Wangen herunter. Sie hatten beide gewusst, was die Strafe für Verrat war und dass kein Regimegegner auf Gnade hoffen konnte. Aber etwas in der Theorie zu wissen war etwas ganz anderes, als mit eigenen Ohren hören zu müssen, wie der Mann, den sie liebte, zum Tode verurteilt wurde.

Ihr Herz zerbrach in tausend Stücke und hinterließ eine dumpfe Leere in ihrer Brust.

Q wurde an ihr vorbei zur Tür geschoben. Er war zu weit weg, um ihn zu berühren, selbst wenn sie die Hand ausgestreckt hätte. Verzweifelt drehte er den Kopf und sie erhaschte einen letzten Blick aus seinen liebevollen, blauen Augen. Ein mächtiger Energiestrom floss zwischen ihnen. Sie würde stark bleiben. Sie hatte noch immer ihre Söhne, um die sie sich kümmern musste.

KAPITEL 9

Hilde verbrachte die nächsten zwei Tage in ihrer Zelle wie in Trance. Seit Qs Verhandlung war sie nicht mehr verhört worden und während sie Kriminalkommissar Becker und seine ständigen Misshandlungen verabscheute, war die Unsicherheit, was auf sie zukommen würde, fast noch schwerer zu ertragen.

Anfangs hatten die anderen Frauen in ihrer Zelle versucht, sie zu trösten, hatten aber bald aufgegeben. Jede Frau hatte genug eigene Probleme. Gefangene kamen und gingen und viele von ihnen waren nach einem Verhör nicht mehr in der Lage zu laufen, zu essen oder auch nur zu sprechen.

Hilde saß zusammengekauert an den kalten Beton gelehnt und weinte, bis sie alle Tränen aufgebraucht hatte. Drei Wochen in den Händen der Gestapo und kein Ende in Sicht. Sie durfte weder einen Anwalt noch Besuch empfangen und noch nicht einmal einen Brief schreiben. Sie hatte keine Ahnung, ob ihre Mutter es geschafft hatte, das Kriegsbeil zu begraben und den Mann anzurufen, den sie so sehr verachtete: Hildes Vater, Carl Dremmer und seine zweite Frau Emma.

Hatte Annie wenigstens Qs Mutter Ingrid informiert? Die arme Frau war dieses Jahr sechsundsiebzig geworden und hatte bereits zwei ihrer Söhne und ihren Ehemann begraben müssen.

Die Sorge um ihre Kinder nagte an Hildes Seele und fraß sich Stück für Stück in ihr Gemüt. Gerade als sie soweit war, sich zu wünschen in dieser Hölle auf Erden zu sterben, kam sie ein Gestapobeamter holen. Ihr sträubten sich die Nackenhaare, als er sie die Treppe hinauf in einen Raum mit einem einzelnen Stuhl und Tisch schob. Mehrere Minuten später öffnete sich die Tür und Hilde wurde von dem Anblick einer ordentlichen, adrett gekleideten Frau überrascht.

„Hier", sagte die Frau und stellte einen Krug Wasser zusammen mit einem Briefumschlag auf den Tisch. Dann ging sie ohne ein weiteres Wort.

Hilde trank hastig das kühle, klare Wasser, bevor sie ehrfürchtig den Umschlag mit den Fingerspitzen berührte und die Linien von Ingrids altmodischer Handschrift nachzeichnete. Sie benötigte mehrere Anläufe, um den Umschlag mit zitternden Händen zu öffnen.

Liebste Hilde,

Seit Frau Klein uns über Deine und Wilhelms Verhaftung informiert hat, bin ich voller Sorge und Kummer.

Jeden Tag hoffe ich zu hören, dass dies ein unglückliches Missverständnis war und Du und mein Wilhelm freigelassen wurden.

Jeden Tag bete ich, dass ihr beide Weihnachten zu Hause mit euren Kindern und mir verbringen könnt, so wie wir es geplant hatten.

Wenn es Dir erlaubt ist zu schreiben, dann lass mich wissen, wie ich helfen kann und ob Du etwas brauchst.

Frau Klein ist mit den beiden Jungen in eure Wohnung am Nikolassee gezogen und tut ihr Bestes, sie zu versorgen. Allerdings muss sie sich auch um ihren kranken Mann kümmern. Deswegen hat sie zugestimmt, Volker zu Deinem Vater nach Hamburg zu schicken. Leider geht es mit mir gesundheitlich rapide bergab und ich konnte nicht anbieten, für meine Enkel zu sorgen, auch wenn Du weißt, wie sehr ich sie liebe.

Die Buchstaben verschwammen vor Hildes Augen und sie musste mehrmals blinzeln. Ihre beiden kleinen Jungs. Sie vermisste sie so sehr. Sie hatte sich schrecklich um Peter gesorgt, der noch so klein war, aber noch mehr um Volker. Er war so ein sensibler Junge und sie konnte sich kaum vorstellen, was die neue Situation mit ihm machte. Und jetzt war er auch noch von seinem Bruder getrennt!

Normalerweise freute er sich darauf, bei Oma und Opa zu sein. Vielleicht konnten sie ihn glauben machen, dass es nur ein Weihnachtsurlaub war? Sie wischte sich die Tränen ab und las weiter.

Sei bitte versichert, dass es Deinen beiden Kindern für den Moment gut geht. Meine Gebete und Gedanken sind immer bei Dir.

Ingrid

. . .

Hilde seufzte. Sie las den Brief mehrmals, dann faltete sie ihn und steckte ihn in ihren BH, nah an ihrem Herzen. Wenigstens hatte sie mit Ingrids Brief eine Verbindung zur Außenwelt.

Etwas später betrat Kriminalkommissar Becker den Raum. „Frau Quedlin, wie stehen die Dinge zu Hause? Soweit ich weiß, haben Sie heute einen Brief bekommen?", fragte Becker mit aufgesetzter Freundlichkeit.

„Gut", erwiderte sie verbissen, zu aufgewühlt von dem Brief, um seine Spielchen mitzuspielen.

„Das ist hervorragend." Becker grinste sie anzüglich an und kam noch einen Schritt auf sie zu. „Was für ein Unglück, dass eine so schöne Frau wie Sie einen so abscheulichen Bastard geheiratet hat."

„Q ist ..." Hilde brach ab. Warum war es ihr nicht egal, was Becker sagte? Es gehörte doch alles nur zu seinem grausamen Spiel.

Er hob eine Augenbraue. „Wollten Sie etwas sagen?"

„Nein, Entschuldigung, Herr Kriminalkommissar, ich wollte Sie nicht unterbrechen." Hilde legte ihre Fingerspitzen aneinander und versuchte, sich gegen das zu wappnen, was unweigerlich kommen würde.

„Nun, nun. Sie werden vernünftig." Seine Hand strich über ihre Schultern und ihr ganzer Körper versteifte sich. „Ihr Dreckskerl von einem Ehemann hat geerntet, was er gesät hat. Das Reich lässt die Feinde der Volksgemeinschaft nicht ungestraft davonkommen und er wird den Preis für sein verräterisches Handeln bezahlen. Hinrichtung. Zergeht einem das Wort nicht auf der Zunge?"

Wenn Blicke töten könnten, wäre Becker nicht mehr unter den Lebenden gewesen.

„Hinrichtung. Sagen Sie es. Sagen Sie, ‚mein dreckiger, verräterischer Ehemann wird hingerichtet.'"

Die Galle stieg in ihrer Kehle hoch, als sie seine Worte wiederholte.

Becker bedachte sie mit einem zufriedenen Nicken. „Sehr gut, Frau Quedlin. Ich habe den Eindruck, Sie fangen an zu kooperieren. Sie haben noch immer die Chance, sich zu retten, falls Sie lieber nicht dem Beispiel dieser Drecksau folgen wollen."

Hilde unterdrückte das Verlangen, ihn anzuspucken. *Wie kann er es wagen!*

„Geben Sie mir Namen. Jede einzelne Person, die Sie verdächtigen, mit dem Feind zusammengearbeitet zu haben. Dann können Sie gehen."

Becker sagte es mit einem verführerischen Lächeln, als wäre es wahr, aber Hilde sah nur den Hass, die Grausamkeit und den Sadismus in seinen Augen. Genau die Dinge, unter denen sie die letzten drei Wochen gelitten hatte. Etwas in ihr zerbrach.

„Ich werde Ihnen gar nichts sagen! Sie haben mein Leben zerstört, mich von meinen Kindern getrennt, mich geschlagen und misshandelt, obwohl ich nichts von der Spionage meines Mannes wusste. Warum denken Sie, dass ich Ihnen jetzt glaube? Sie … Sie … gemeiner ..." … *Bastard.*

Während sie das Schimpfwort dachte, duckte sie sich instinktiv aus Angst vor den erwarteten Schlägen. Doch nichts geschah. Als Hilde wieder aufsah, grinste Becker von einem Ohr bis zum anderen und applaudierte ihrem Ausbruch.

„Sind Sie fertig?“, fragte er, was das Feuer in ihrer Seele nur noch mehr anfachte.

„Nein.“ Sie rammte ihre Faust auf den Tisch und erhob die Stimme. „Ich will nach Hause. Ich bin unschuldig. Meine Kinder brauchen mich.“

Becker verschränkte die Arme. „Es gibt eine Möglichkeit, wie Sie nach Hause kommen. Sagen Sie mir, was Sie wissen.“

„Ich … weiß … nichts!“ In ihrer Wut warf sie den Stuhl um, der auf der Seite landete. Sie hielt inne, während sich Stille im Raum ausbreitete, gewiss, dass ihr Benehmen Konsequenzen haben würde.

Becker schien jedoch damit zufrieden zu sein, ihren völligen Zusammenbruch miterlebt zu haben und befahl jemandem, sie zurück in ihre Zelle zu bringen. Dort sank sie auf den kalten Boden, holte den Brief hervor und weinte bis sie erschöpft einschlief.

KAPITEL 10

Zwei endlose Tage lang hatte Q versucht, mit seinem Todesurteil klar zu kommen. Von dem Moment an, als er verhaftet worden war, hatte er befürchtet, dass sein Leben verwirkt war. Diese Annahme war nun in einem geheimen Prozess vor einem Nazirichter bestätigt worden. Und obwohl er das Ergebnis erwartet hatte, traf es ihn wie ein Schlag in die Magengrube. Hildes gequälter Blick, als er ihr ein letztes Mal in die Augen gesehen hatte!

Werde ich sie jemals wiedersehen? Oder meine Söhne?

Die Furcht nahm ihn mit jeder verstreichenden Minute mehr in Besitz. Es war nicht so sehr die Angst vor dem Tod, denn der logische Teil seines Gehirns verstand, dass es schnell und relativ schmerzfrei sein würde. Was ihn in Angst und Schrecken versetzte, war die Frage, was vor seinem letzten Atemzug geschehen mochte.

Kriminalkommissar Becker hatte mehr als einmal erwähnt, wie wütend Hitler persönlich darüber war, dass Q die Frechheit besessen hatte, mit dem Feind zu kollaborieren *und* ein Attentat auf Goebbels zu planen. Becker hatte sich nie mit Andeutungen zurückgehalten, was seine Männer *noch alles* für unkooperative Gefangene bereit hielten.

In der Einsamkeit seiner Todeszelle gerieten Qs Gedanken in einen Teufelskreis. Er rief sich die haarsträubendsten Gerüchte ins Gedächtnis, die er über die Jahre gehört hatte und stellte sie sich bildlich vor. Da sein Prozess jetzt vorbei war, würde er nie wieder in der Öffentlichkeit vorgezeigt werden. Also hatte die Gestapo keinen Grund mehr, ihn in einem Stück zu lassen.

Panik ergriff jede Zelle seines Körpers, bis er eine bedeutsame Entscheidung traf. Wenn er sowieso sterben musste, dann zu seinen eigenen Bedingungen, durch seine eigene Hand. Sobald er diesen Entschluss gefasst hatte, spürte er einen tiefen inneren Frieden. Es würde sein letzter Akt des Widerstandes gegen dieses Terrorregime sein.

Im Angesicht qualvoller Folter war die Planung seines eigenen Ablebens eine leichte, fast schon fröhliche Aufgabe.

Die Sonne ging unter und die Wachen verteilten das, was sie *Essen* nannten. Q musste ein Grinsen unterdrücken ob der Gewissheit, ihre verhassten Gesichter nie wieder sehen zu müssen. Er wartete, bis auf der anderen Seite seiner Zellentür alles still wurde. Der Zeitpunkt war perfekt. Bis zum Morgen würde niemand mehr die Runde machen.

Er nahm seine Brille ab und zerbrach die Gläser. Dann glitt er unter die Wolldecke, die Glasscherben fest in den Fingern. Q schloss die Augen und dachte an Hilde und seine beiden kleinen Jungs. Fast verlor er den Mut, seinen Plan durchzuführen.

Bitte vergib mir.

Er schnitt mit der Scherbe über sein linkes Handgelenk. Der Schmerz war gering, der Schwall des Blutes auf seinen Fingern warm und beruhigend. Nachdem er auch sein rechtes Handgelenk aufgeschlitzt hatte, wartete er auf das Unabwendbare, während er spürte, wie sein Leben buchstäblich in die Matratze unter ihm sickerte.

"Wilhelm Quedlin! Aufstehen! Augen auf!"

Q schwebte auf einer Wolke und sah auf die winzige Stadt Berlin herab, als eine Stimme wiederholt darauf bestand, dass er die Augen öffnete und aufstand. Er ignorierte die nervige Stimme, aber sie wollte einfach keine Ruhe geben. Dann griffen Hände nach seinen Schultern und schüttelten ihn.

„Er lebt."

Wie enttäuschend, dachte Q und öffnete endlich die Augen. Dieselbe Zelle. Dieselben Wachen. Nur diesmal versuchten sie tatsächlich, ihm das Leben zu retten. *Blöde Idioten. Lasst mich sterben.* Sie wickelten Stoffreste um seine Handgelenke und verschwommene Gesprächsfetzen erreichten sein Gehirn.

Sie zogen ihn von der Matratze hoch und versuchten, ihn zum Stehen zu bewegen, aber er hatte zu viel Blut verloren, oder nicht genug. Er sank auf die Knie und schwankte wie ein Rohr im Wind.

„Bringt ihn ins Krankenhaus", sagte jemand.

Q ließ alles über sich ergehen wie eine Marionette, unfähig sich zu bewegen oder zu sprechen. Er wurde auf eine Trage geworfen und in einen Krankenwagen geschoben. Eine Welle der Übelkeit überkam ihn, während der Krankenwagen mit heulenden Sirenen losraste.

Die Fahrt zum Gefängniskrankenhaus Alt Moabit dauerte nicht lange. Dort wurde er in die Notaufnahme gebracht, wo eine streng aussehende Krankenschwester und ein Arzt seine Wunden untersuchten und das zerfetzte Fleisch an seinen Handgelenken wieder zusammenflickten.

„Dummer Mann", sagte die Schwester mit finsterer Miene. „Sie haben Glück, dass Sie nicht gestorben sind."

Qs Stimme versagte, sonst hätte er ihr erklärt, dass es in Wahrheit ein Pech war.

Er wurde in eine winzige Zelle mit einem großen Fenster in der Mitte der Wand gerollt, aber er konnte nicht aufstehen, um hinauszuschauen. Als Strafe für seinen Selbstmordversuch kam er in Einzelhaft, mußte Lederfäustlinge tragen und wurde an sein Bett gefesselt, damit er nicht noch einmal so eine Dummheit anstellte. Die Schwestern fütterten ihn zweimal am Tag mit halben Rationen und den Rest der Zeit war er mit seinen Gedanken allein. Nichts, womit er sich hätte beschäftigen können. Niemand zum Reden. Keine Bücher zum Lesen. Nichts.

Q hätte über die Ironie des Schicksals fast gelacht. Die gleichen Leute, die ihn zum Tode verurteilt hatten, wollten nicht zulassen, dass er Selbstmord beging. Nein, sogar sein Tod musste zu ihren Bedingungen geschehen.

Die meiste Zeit schwebte Q in einer Nebelwolke und versuchte, der Realität durch das Lösen mathematischer Probleme zu entkommen, aber sein Gehirn arbeitete nicht so, wie es sollte. Die juckenden, brennenden Wunden erinnerten ihn an seine desolate Situation und die Lederfäustlinge über seinen Händen machten alles nur noch schlimmer.

Die Schnitte verheilten nicht richtig und in den folgenden Tagen musste der Arzt zweimal die Wunden wieder öffnen, um den Eiter abzulassen. Am dritten Tag sickerte der Eiter durch die Verbände. Die junge Krankenschwester lächelte ihn schüchtern an, bevor sie seinen Verband wechselte. Was sie dort sah musste furchtbar sein, denn ein entsetzter Ausdruck huschte über ihr Gesicht und sie eilte davon, um den Arzt zu holen.

Nach einigem Hin und Her entschloss man sich, Q Penicillin zu geben.

„Sie sollten Ihr kostbares Penicillin nicht an einen Mann verschwenden, der zum Tode verurteilt ist", argumentierte Q, aber niemand beachtete ihn.

Er verfiel in einen Zustand der Mutlosigkeit; die Infektion, der ständige Hunger und die Langeweile forderten ihren Tribut von seinem Körper und seiner Seele. Während er ohne Lesestoff und ohne jegliche menschliche Ansprache Stunde für Stunde auf seinem Bett lag, trudelte sein Gefühlswelt in eine Abwärtsspirale.

Hilde.

Seine Söhne.

Geralds Verrat.

Sein bevorstehender Tod.

Wann kommen sie mich holen? Wie werde ich sterben? Erschießungskommando? Guillotine?

KAPITEL 11

Endlich durfte Hilde einen Brief schreiben und sie wurde mit einigen Bögen Papier, Federhalter und Tinte versorgt. Sie starrte die leere Seite lange an und dachte an ihre geliebte Familie. Sie fragte sich, wie Volker sich bei seinen Großeltern in Hamburg eingelebt hatte.

Ihr Vater, Carl, war gerade siebenundfünfzig Jahre alt geworden und sie sorgte sich ständig um seine Gesundheit. Mutter Emma ... sie lächelte bei dem Namen. Sie hatte ihre Stiefmutter nie „Mutter" genannt, bis Volker geboren wurde und Hilde selbst Mutter geworden war. Erst da hatte sie begonnen zu verstehen, und ihre Beziehung hatte sich verbessert.

Sie stellte sich ihre Halbschwestern vor, die einundzwanzigjährige Julia und die siebzehnjährige Sophie. Hilde fragte sich, wie sehr sie sich wohl verändert hatten, seit sie beide das letzte Mal gesehen hatte. Es gab so viel, was sie wissen wollte. So viel, was sie sagen wollte. Aber sie fürchtete die Zensoren, die jedes Wort mitlesen würden. Hilde seufzte und eine Träne fiel, während sie anfing zu schreiben …

Meine liebe Mutter, mein lieber Vati,

endlich darf ich einmal schreiben. Ihr habt sicher auch einen großen Schreck bekommen; ja hoffentlich wird noch alles gut. Mir geht es, wenn man das in solcher Lage überhaupt sagen kann, soweit ganz gut. Wenn einen nur nicht immer die schrecklichen Gedanken verfolgten – Tag und Nacht!

Vati, nimm noch meine herzlichsten Glückwünsche nachträglich zu Deinem Geburtstag. Ich wünsche Dir von Herzen alles Liebe und Gute für Dein neues Lebensjahr; vor allen Dingen gute Gesundheit. Du weißt ja, Du sollst Dich nicht totarbeiten.

War Volker schon bei Euch zu Deinem Geburtstag? Ihr dürft mir jetzt auch einmal schreiben, an welche Adresse wird Euch ja wohl angegeben.

Ich weiß gar nichts von Euch und auch von den Kindern. Ich hörte nur, dass aus einem Brief von Ingrid hervorginge, dass Volker wohl in Hamburg wäre. Nun, ich hoffe, er ist bei Euch, ich habe es jedenfalls so gewünscht.

Hoffentlich ist er Dir, liebe Mutter Emma, keine zu große Last, wo du nun auch wieder Deine zwei „Gören" bei dir hast. Aber wenn die Julia noch nicht wieder arbeitet, geht es doch vielleicht, und hoffentlich macht er Euch dann auch ein bisschen Freude.

Wir hatten uns schon so sehr gefreut auf unser erstes Weihnachten zu Haus, zum ersten Mal einen eigenen Tannenbaum und auch zum ersten Mal mit zwei Kindern!

Wie viele Weihnachten waren wir nun schon bei Euch. Volker wird denken, das gibt es nur bei Euch.

Es ist nur gut, dass es für ihn aussieht, wie alte liebe Gewohnheit und dass es nicht irgendwo unter ganz fremden Leuten und Kindern ist, aber die Kinder kamen ja gleich zu Mutter Annie. Ich habe von ihr noch nichts gehört oder gesehen, weiß nicht, wie es Peter geht und noch vieles Andere.

Ich sollte sie schon einmal sprechen, aber nichts ist erfolgt. War Julia eigentlich in Berlin und hat sie Volker mit nach Hamburg genommen?

Es ist ja ein wahres Glück im Unglück, dass ich Volkers Wintermantel noch fertig bekommen habe. Am Freitag war er fertig und Montag, den 30. November, war der Unglückstag.

Hilde fuhr zusammen, als eine Wache ihren Namen brüllte. Sie legte den Federhalter weg und stand mit wackeligen Beinen auf. Aber der Mann war nur da, um ihr zu sagen, dass sie am nächsten Tag in ein reguläres Gefängnis überführt werden würde.

„Packen Sie Ihre Sachen und halten Sie sich bereit", schrie er sie an.

Was für Sachen?, wollte Hilde fragen. Sie besaß nichts außer den Kleidern auf dem Leib und einen Brief von Ingrid. Sie trug diese Sachen ununterbrochen seit dem Tag ihrer Verhaftung vor mehr als drei Wochen, mit Ausnahme der beiden Male, als sie sich während des Verhörs splitternackt ausziehen musste. Hilde erstarrte bei der Erinnerung.

Sie brauchte einige Minuten, bevor sie den Stift wieder aufnehmen konnte. Schweren Herzens schrieb sie weiter ...

Ich sagte noch zu Q, als ich ihn fertig hatte: wenn ich nun einmal sterbe, habt ihr wenigstens ein schönes Andenken an mich. Dann müsst ihr Volker jedes Mal beim Anziehen sagen, dass seine Mutti den Mantel in vielen Tag- und Nachtstunden allein genäht hat für ihn! Ich habe das wirklich nur so aus Quatsch gesagt, ich ahnte ja nicht im Entferntesten, welch schreckliches Verhängnis schon über unseren Häuptern schwebte! Aber beim Tragen des Mantels könnt Ihr Volker gerne einmal an seine Mutti erinnern. Überhaupt möchte ich gern, dass er seine Mutti nicht vergisst. Es soll ihm nicht so gehen wie mir in dem Alter. Ich habe doch noch immer eine deutliche Vorstellung aus der Zeit, in der ich so bei den verschiedenen Verwandten leben musste.

Nicht, dass ich es da schlecht gehabt habe, aber ich habe doch immer gewusst, da gehörst du nicht hin. Ich wusste immer, dass meine Mutter mich nicht wollte und ich sehnte mich nach meinem Elternhaus. Zu wissen, dass der Name meiner Mutter nie erwähnt, sondern ängstlich vermieden wurde, machte es auch nicht besser. Volker soll wissen, dass ich noch da bin und immer an ihn denke. Ich hoffe tief in meinem Herzen, dass ich bald wieder bei ihm sein kann.

Wenn Ihr Bilder von mir habt, zeigt sie ihm bitte. Glaubt mir, es wird ein Trost für ihn sein, selbst wenn er nicht unglücklich zu sein scheint. Bilder seiner Mutti zu sehen wird ihm helfen, mich in Erinnerung zu behalten und unsere enge Beziehung aufrecht zu erhalten.

Und er sollte auch sein Brüderchen nicht vergessen. Er soll wissen, dass er und Peter für immer zusammen gehören. Volker, trotz seiner noch nicht einmal drei Jahre, ist kein gedankenloses Kind mehr und ich möchte, dass er so fürsorglich bleibt.

Wir haben immer mit ihm geredet, als sei er ein Erwachsener und sein Papa hat oft gesagt, dass er ein kompletter Mensch ist. Und jetzt hat sich das Leben dieses kompletten Menschen so sehr verändert. Er musste seine Malstunden bei Tante Stein aufgeben, die er so sehr mochte. Vielleicht könnt Ihr ihr einen Brief schreiben und Volker etwas für sie malen lassen; das würde sie sehr freuen.

Er musste seinen Kindergarten verlassen, wo sie gerade mit den Adventfeiern und den Weihnachtsliedern begonnen hatten, und die anderen Kinder in seinem Alter, mit denen er so schön gespielt hat. Ich bin mir sicher, dass er auch den hübschen kleinen Garten vermisst, in dem er so viele Stunden am Tag draußen gespielt hat.

Ich hoffe so sehr, dass er das alles sehr bald zurück haben kann. Bitte versteht mich nicht falsch; ich weiß, dass er es bei Euch gut hat, besser als sonst irgendwo außer bei mir. Und das ist der Grund, warum ich möchte, dass Volker bei Euch bleibt. Peter ist Gott sei Dank noch zu klein, um das alles zu verstehen. Aber für mich ist es noch schwerer, ihn in diesem süßen Alter zu verlassen.

All die Freude, die er mir gemacht hat, jeder Moment, den ich mit ihm verbracht habe. Oh Gott, es ist so schwer, aber noch nicht das Schwerste.

Hilde konnte nicht weiterschreiben. Ihre Hände zitterten zu sehr und selbst wenn sie sie hätte ruhig halten können, hätte sie die Worte auf dem Papier durch ihren Tränenschleier nicht erkennen können. Sie vermisste ihre Kinder so sehr. Sie hatte solche Angst um sie. Um Q. Um sich selbst.

Weihnachten war in zwei Tagen, aber wenn kein Wunder geschah, würde sie die Feiertage im Gefängnis verbringen. Allein.

Inmitten völliger Dunkelheit und Verzweiflung gab es nur einen schmalen silbernen Streifen am Horizont. Am folgenden Tag würde sie das grässliche Gestapo Hauptquartier verlassen und in ein normales Gefängnis überführt werden. Einen Ort ohne ständige Verhöre. Einen Ort, wo Gefangene wie Menschen behandelt wurden. Einen Ort, wo sie vielleicht saubere Kleidung und eine Dusche bekam.

Eine Dusche! Nach drei Wochen in dieser Hölle waren ihre Kleider voller Blut, Dreck und Schweiß. Moder und Gestank waberte aus jedem Faden.

Hilde rollte sich auf der harten Pritsche zusammen und fiel in einen Alptraum geplagten Schlaf. An diesem grauenvollen Ort würde es nicht mehr lange dauern, bis sie wahnsinnig wurde. Erst am Morgen fühlte sie sich stark genug, ihren Brief zu beenden.

Ihr könnt Euch nicht vorstellen, mit wie vielen Tränen ich diesen Brief schreibe. Mein erster Brief in dieser entsetzlichen Phase meines Lebens.

Ich kann nur über meine Kinder schreiben, weil ich all meine Gedanken auf sie gerichtet habe, um mir durch meine dunkelsten Stunden zu helfen. Es wärmt mir das Herz, an sie zu denken, aber manchmal macht es das Alles hier so viel schmerzhafter.

Ich weiß aber auch, und das hat mir Trost gegeben, dass ich mir Deiner und Vatis Unterstützung immer sicher sein kann. Und dass Ihr nicht die Einzigen seid.

Jetzt muss ich über den Grund meines Briefes schreiben, die Anleitung, wie man mit Volker umgeht. Er muss natürlich in Euer Leben integriert werden, aber ich muss Euch warnen, er wacht sehr früh auf, so gegen sieben. Wenn er bei Euch früher aufwacht, dann muss er früher Mittagsschlaf machen und abends auch früher ins Bett.

Mein größter Wunsch dabei ist, dass er weiter seinen Mittags-

schlaf macht. Er braucht ihn noch. Zu Hause schläft er mindestens zwei Stunden und kann trotzdem abends sofort einschlafen.

Aber er muss es still und dunkel haben, wenn er schlafen soll, besonders am Tag. Wenn er nicht schläft, dann hatte er nicht genug Bewegung an der frischen Luft.

Mein zweiter Wunsch ist, dass er viel draußen spielt, auch wenn es regnet. Wir haben immer viele Stunden draußen gespielt und ich habe ihn auch allein spielen lassen. Es ist mein ausdrücklicher Wunsch und er ist daran gewöhnt. Volker weiß, dass er nicht auf die Straße laufen soll. Ich musste ihn sogar zweimal schlagen, weil er das getan hatte. Das zweite Mal bekam er es mit dem Stock, das war das einzige Mal. Ich habe ernsthaft mit ihm geschimpft und ihn dann einen halben Tag in seinem Zimmer eingesperrt.

Aber er war nur anderen Kindern nachgelaufen; allein wäre er nicht auf die Straße gerannt. Wenn er das bei Euch macht, bitte ich Euch, mit ihm ebenso streng zu sein wie ich, weil es lebenswichtig ist.

Ich erlaube Euch, ihm eine ordentliche Tracht Prügel zu geben, damit er weiß, dass es nicht nur eine leere Drohung ist und er tun muss, was Ihr sagt. Ich bin mir sicher, dass es funktioniert, aber Du musst eisern sein und nicht großmütterlich. Denn jetzt musst Du seine strenge Mutter ersetzen.

Ich werde Mutter Annie bitten, Dir seinen Bollerwagen zu schicken und ebenso den Schlitten, den er letztes Weihnachten bekommen hat. Dann ist er draußen beschäftigt. Wenn es kälter wird, wird er Winterschuhe brauchen, denn die vom letzten Jahr werden ihm nicht mehr passen. Mutter Annie wird sie beantragen müssen.

Ich habe schon ein Paar Halbschuhe für ihn beantragt. Den Rationsschein solltet Ihr inzwischen erhalten haben. Das alles müsst Ihr mit Mutter Annie abstimmen. Gib Volker Handschuhe, einen Schal usw. für draußen.

Ich würde es sehr begrüßen, wenn Du ihn, so oft er möchte, malen lassen würdest. Vielleicht kannst Du ihm dabei helfen. Er liebt das Malen.

Als nächstes muss ich über Ernährung sprechen. Du weißt, wie schlimm Volker krank war und wie lange es gedauert hat, bis er sich von seiner Magen-Darm-Geschichte erholt hat. Deswegen vergib mir bitte, wenn ich sehr gründlich auf seine Ernährung eingehe, weil ich nicht möchte, dass Du dieselben Probleme mit ihm hast.

Es spendete Hilde viel Trost, über die täglichen Bedürfnisse ihres Sohnes zu schreiben. Es war momentan das einzige Mütterliche, das sie für ihn tun konnte. Sie gab Mutter Emma Richtlinien, welches Essen er wie oft essen konnte und ließ sie wissen, welche Lebensmittel er gut vertrug und welche Probleme verursachten. Wenn Volker bald drei Jahre alt wurde, würde er zusätzliche Lebensmittelkarten bekommen. Nahrhafte Lebensmittel, die Kinder für ihr Wachstum brauchten. Sie hoffte, dass ihr Vater und Emma durch das Alles nicht finanziell belastet würden.

Hilde zermarterte sich das Gehirn, ob sie noch irgendetwas vergessen hatte. Sie belastete Mutter Emma nur ungern mit so vielen Anweisungen, aber was sollte sie sonst tun? Sie konnte im Moment für ihren Sohn keine Mutter sein, also blieb ihr nichts Anderes übrig, als sich so gut wie möglich aus der Ferne um ihn zu kümmern.

Als sie sicher war, dass sie alles abgedeckt hatte, beeilte sie sich, den Brief zu beenden, damit er bald auf den Weg zu ihrer geliebten Familie kam ...

. . .

Ich habe ein schlechtes Gewissen, Dir so viele Vorschriften zu machen, ich hoffe es ist nicht zu viel für Dich. Darf ich Dich oder Julia bitten, mir bald zu schreiben und mich ganz genau wissen zu lassen, wie es Euch allen geht? Ich würde gern wissen, wie sich Volker benimmt, ob er gesund ist, ob er folgsam ist, was er jeden Tag macht und wie Ihr Weihnachten verbringt, alles. Ich will alles wissen.

Julia kann so gut schreiben, bitte sag ihr, sie soll ihrer älteren Schwester diesen Gefallen tun.

Ich wünsche Euch und meinem kleinen Schatz ein wundervolles Weihnachtsfest und ein glückliches neues Jahr. Grüße an alle.

Eure immer dankbare Hilde

Sie quetschte einige zusätzliche Worte auf den letzten Bogen Papier, den sie bekommen hatte.

Mein lieber kleiner Volker,

Deine Mutti musste einen Brief schreiben, weil sie selbst nicht kommen kann, nun ist sie darum ganz traurig.

Aber Du bist Weihnachten schön bei Oma und Opa, das ist doch fein, ja?

Bist du auch immer ganz lieb und tust, was die Oma sagt? Dann gibt's ja vielleicht auch etwas Schönes und einen schönen Tannenbaum mit so vielen Lichtern dran.

Hilde hörte auf zu schreiben und malte einen Weihnachtsbaum mit Kerzen und Kugeln auf das Papier.

. . .

Kannst Du auch schon so einen Tannenbaum malen? Versuch es mal und dann schickst Du ihn der Mutti in einem Brief. Vergisst Du auch dein Brüderchen, den kleinen Peter nicht, der ist Weihnachten bei Deiner anderen Oma.

Aber bald sind wir wieder zusammen in unserer Wohnung in Nikolassee. Kennst Du die noch? Und dann spielst Du wieder mit Deinen Kindergartenfreunden.

Nun sei immer schön lieb, mein Süßer, und denk auch mal an Deine Mutti und lass Dir von der Oma 1000 Küsschen geben. Die sind von Deiner Mutti.

Hilde starrte den Brief an, während erneut Tränen über ihre Wangen rollten. Sie faltete die Papierbögen, adressierte den Umschlag, verschloss ihn aber nicht. Das würde der Zensor für sie erledigen.

Als die Wache den Brief holte, hatte sie keine Tränen mehr übrig; Verzweiflung war in jede Ritze ihres Wesens gekrochen. Verzweiflung wurde zu ihrem ständigen Begleiter und ihre Fähigkeit, stark zu bleiben, entglitt ihr mit jeder Stunde mehr und mehr.

Später an diesem Morgen brachte man sie ins Frauengefängnis. Sobald sie die Gestapokeller hinter sich ließ, wurde sie zuversichtlicher.

Die neue Zelle war knapp zwei mal drei Meter groß. Es gab ein Stockbett, einen Tisch und einen Stuhl. Aber das Wichtigste war das Fenster, durch das Sonnenlicht hereinfiel.

Purer Luxus.

KAPITEL 12

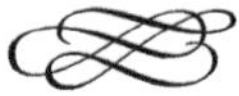

Weihnachten war vergangen und das Jahr 1943 hatte begonnen, als Qs Wunden endlich anfingen zu verheilen und sich der ständige Nebel in seinem Gehirn auflöste. Nachdem er zwei Wochen in Einzelhaft an sein Bett gefesselt verbracht hatte, sehnte er sich nach jeglicher Form von menschlicher Interaktion.

Da niemand zu ihm kam, redete er laut mit sich selbst, um die Monotonie seiner Existenz zu durchbrechen. Er führte rege Diskussionen mit sich und war überrascht, als eines Tages eine fremde Stimme den Raum erfüllte.

Er hatte die junge Krankenschwester zuvor noch nie gesehen, oder vielleicht hatte er sie einfach nicht bemerkt. Sie war kaum älter als zwanzig mit einem runden Gesicht, glatten, blonden Haaren und lebendigen blauen Augen.

„Fühlen Sie sich besser, Herr Quedlin?“, fragte sie ihn.

Nein, er hatte sie definitiv noch nie gesehen, denn niemand in diesem Krankenhaus hatte ihn je mit Namen angesprochen. Normalerweise bellten die Ärzte und Schwestern nur Befehle. „Hinsetzen. Essen. Aufstehen."

„Nun, ja", antwortete er zögernd.

Die übliche Routine bestand darin, dass die Schwestern ihn losbanden, ihm sein Essen hinstellten und dann in der Ecke saßen und ihn beaufsichtigten, während sie lasen oder etwas schrieben.

Aber die neue Krankenschwester war anders. Sie half ihm, sich aufzusetzen, gab ihm das Tablett und zog dann den Stuhl heran, um neben ihm zu sitzen.

„Ich bin Schwester Anna", sagte sie.

Aus der Nähe betrachtet war sie viel zu dünn. Wie jeder in diesem Land. Auch wenn es keine Hungersnot gab wie im Weltkrieg, ließen die Rationen es nicht zu, dass jemand Fett ansetzte.

„Danke, ich bin Wilhelm Quedlin", sagte er, etwas aus der Übung, wie man mit jemandem außer sich selbst Konversation betreibt.

Sie kicherte. „Das weiß ich."

Als er das Stück Brot und die beiden Kartoffeln aufgegessen hatte, lächelte sie ihn an und entschuldigte sich. „Es tut mir leid, aber ich muss Sie wieder festbinden."

Dann war sie weg. Q sehnte sich danach, sie wiederzusehen. Mit ihren goldenen Haaren und der hellen Haut hatte sie wie ein Engel ausgesehen und nach einer Weile kam er zu dem Entschluss, dass sie nur ein Hirngespinst seiner Einsamkeit war. Eine freundliche Krankenschwester, die tatsächlich mit ihm redete? Unmöglich.

Am nächsten Tag kam sie wieder und fing ein Gespräch mit ihm an.

„Sie wissen, dass ich zum Tode verurteilt wurde, Schwester Anna?“, fragte er sie.

„Ja, das wurde uns gesagt.“

„Kommt es Ihnen dann nicht ironisch vor, dass Sie mich gesund pflegen?“ Q drehte seine Handgelenke in alle Richtungen.

„Schon, aber das ist meine Arbeit.“ Sie hielt einen Moment inne und senkte ihre Stimme. „Sie haben mehr Glück als Ihre Freunde. Harro Schulze-Boysen, seine Frau und ein weiteres Dutzend Mitglieder der Roten Kapelle wurden am 22. Dezember hingerichtet.“

„Ich wusste, dass er verhaftet wurde, aber nicht, dass sie ihn schon hingerichtet haben“, sagte Q. Anscheinend hielt Schwester Anna ihn für einen Freund von Schulze-Boysen.

Noch eine Ironie des Schicksals. Er und Schulze-Boysen hatten sich darauf geeinigt, nicht zusammenzuarbeiten. Trotzdem war er erwischt worden, weil sie die gleichen Kontakte in Russland nutzten. Nach dem, was Q bei seinem Prozess gehört und sich dann zusammengereimt hatte, wurde das gesamte Widerstandsnetzwerk aufgedeckt, nachdem die Gestapo im letzten Sommer eine russische Fallschirmspringerin gefasst hatte. Sie besaß eine Liste mit mehr als zweihundert Kontakten, die die Gestapo hatte entschlüsseln können.

„Der arme Mann, er war seit September im Gewahrsam der Gestapo. Aber er ist von seinen Überzeugungen nie abgewichen“, sagte die Schwester.

Qs Augen weiteten sich vor Schreck. Seit September? Warum hatte er erst bei seinem Prozess von Schulze-Boysens Verhaftung erfahren? Wäre er sonst vorsichtiger gewesen? Hätte Gerald nicht mehr getroffen? Wäre noch frei und mit seiner Frau und seinen Söhnen vereint?

Q bemerkte kaum, wie Schwester Anna ihn wieder an seinem Bett festschnallte und ging; zu viele Gefühle rauschten durch sein System. Schuld. Reue. Angst. Er hatte darauf bestanden, die Dinge im Alleingang zu machen, wenn er besser auf dem Laufenden geblieben wäre.

Nach vielen Stunden des sich Hinterfragens, der Analyse aller Möglichkeiten, des Abwägens von Für und Wider fand er endlich etwas Frieden. *Ich hätte nichts tun können. Keinesfalls hätte ich es wissen können. Ich hätte nichts anders gemacht.*

Als Schwester Anna am nächsten Morgen zurückkam, erwartete er sie bereits sehnsüchtig, um sie mit Fragen zu bombardieren. „Wo haben sie ihn erschossen?"

„Er wurde nicht erschossen. Er wurde gehängt", sagte sie, während sie Q losband.

„Gehängt?" Q zog die Augenbrauen hoch. Wehrmachtsmitglieder wie Schulze-Boysen wurden normalerweise von einem Erschießungskommando hingerichtet. Zivilisten hingegen wurden mit der Guillotine geköpft. *Aber Hängen? Seit wann exekutierten die Nazis Leute mit dem Strang?*

Hängen wurde als entehrende und grausame Hinrichtungsmethode angesehen. Ganz selten brach der Fall dem Opfer das Genick, meistens strangulierte das Seil lediglich die Kehle, so dass Atmen unmöglich wurde und das Opfer einige Minuten lang schmerzhafte Qualen litt, bevor es schließlich erstickte. Mit der Unterbrechung der Blutzufuhr schwoll das Gesicht an und verfärbte sich puterrot und dann erst schied das Opfer unter krampfartigen Zuckungen aus dem Leben.

„Ja. Er hat noch etwas gesagt, bevor sie ihn vom Podest stießen." Sie wandte ihren Kopf ab und flüsterte …

"Wenn wir auch sterben sollen,
So wissen wir: Die Saat
Geht auf. Wenn Köpfe rollen,
Dann zwingt doch der Geist den Staat.
Glaubt mit mir an die gerechte Zeit, die alles reifen lässt!"

Q wusste nicht, was er sagen sollte. Die Schwester Anna konnte allein dafür verhaftet werden, dass sie die letzten Worte Schulze-Boysens wiederholte, sollte jemand sie belauschen und anschwärzen.

Sie drehte sich wieder zu ihm um und sah ihn mit tränengefüllten Augen an. „So viele mutige Männer und Frauen wurden hingerichtet. Schulze-Boysen war so stark. Er wurde brutal gefoltert und trotzdem hat er niemanden im Widerstand mit auch nur einem Wort verraten. Er hat noch nicht einmal um sein Leben gebettelt."

„Sie sollten solche Dinge nicht laut sagen. Menschen wurden schon für weniger verhaftet", warnte Q sie.

Ein Lächeln erschien auf ihrem Gesicht. „Würden Sie mich anschwärzen?"

„Natürlich nicht. Aber die Wände haben Ohren. Sie wissen nie, wer zuhört oder wem man trauen kann", sagte er und schmeckte förmlich die Bitterkeit von Geralds Verrat auf seiner Zunge.

In diesem Augenblick öffnete sich die Tür und die Oberschwester steckte den Kopf herein. Sie funkelte Anna wütend an. „Beeil dich, du wirst gebraucht. Und habe ich hier etwa Gerede gehört?"

„Ja, Oberschwester, ich habe dem Gefangenen gerade gesagt, er soll seine Mahlzeit endlich beenden, damit ich gehen kann. Ich bin gleich bei Ihnen“, antwortete Schwester Anna.

Am nächsten Tag kam eine andere Krankenschwester zu ihm. Als sie wieder ging, wurde ihm endgültig bewusst, was sein Urteil wirklich bedeutete. Tod.

Natürlich war ihm die Bedeutung auf intellektueller Ebene bewusst gewesen, aber jetzt spürte er die Last des Urteil mit jeder Faser seines Seins. Sein Körper entwickelte ein Eigenleben und fing an, heftig zu zittern. Ausnahmsweise war er mal froh, an sein Bett gefesselt zu sein. Nachdem er stundenlang geheult, geschrien und getobt hatte, schlief er endlich ein.

Als er am nächsten Morgen erwachte, tröstete er sich mit der Tatsache, dass wenigstens Martin die Sabotagearbeit bei Loewe fortführen würde, auch ohne Erhard und Q. Für den Fall, dass es in Deutschland zu einem Aufstand kam, würde Martin die Firma in eine neue Ära führen.

KAPITEL 13

Der ohrenbetäubende Lärm des Fliegeralarms riss Hilde am sechzehnten Januar aus ihren Träumen. Im nächsten Moment war sie hellwach. Es war ihr erster Alarm im Frauengefängnis. Sie hörte, wie die Wachen die Flure entlang eilten und wartete darauf, dass jemand ihre Zellentür aufschließen würde. Aber nichts geschah.

Ihre Zellengenossin, eine resolute Polin in den Fünfzigern mit bruchstückhaften Deutschkenntnissen, sagte, „Gefangene bleiben in Zelle."

Hilde sah sie schockiert an. Das konnte doch nicht wahr sein. Ihre Zelle war in der dritten Etage, sie waren leichte Beute für die britischen Bomber.

„Nein, nein", widersprach Hilde. „Wir müssen in den Bunker. Oder wenigstens in den Keller des Gebäudes."

„Ja. Bleiben", sagte die Frau und streckte sich auf ihrer Pritsche aus. Ein Rosenkranz glitt durch ihre Finger und sie murmelte einen Vers auf polnisch, von dem Hilde annahm, dass es das Ave Maria war.

Da sie sich nicht sicher war, ob der Schutz der Heiligen Jungfrau sich auch auf eine Protestantin erstrecken würde, wickelte Hilde eine Decke um ihren mageren Körper und duckte sich in eine Ecke der Zelle. Das Gebäude wackelte, während eine Bombe nach der anderen in der Nähe detonierte. Staub und Putzstücke bröckelten von den Wänden auf den Boden und sie hustete in der staubigen Luft.

Der Fliegerangriff dauerte den Großteil der Nacht und hörte erst kurz vor Sonnenaufgang endlich auf. Von Dreck bedeckt kletterte Hilde die Leiter zu ihrem Stockbett hoch und beäugte neidisch die friedlich schlafende Polin, bevor sie selbst in einen unruhigen Schlaf fiel.

Einige Tage nach der Bombardierung kündigte eine Wache einen Besucher für Hilde an. Es war die erste Person von draußen, die sie seit ihrer Verhaftung vor fast zwei Monaten sehen würde.

Hilde betrat das Besucherzimmer, wo sie einen ihr unbekannten Mann vorfand.

„Frau Quedlin, mein Name ist Müller. Ich bin Ihr Anwalt." Er streckte ihr seine Hand entgegen.

Hilde schüttelte sie verblüfft. „Mein Anwalt? Aber–"

„Frau Klein hat mich beauftragt, Sie und Ihren Mann zu verteidigen."

„Meine Mutter?", fragte Hilde, von seinen Worten verwirrt.

„Ja, Ihre Mutter hat mich damit beauftragt, Sie vor Gericht gegen die Vorwürfe der Gestapo zu verteidigen."

Hilde konnte es nicht glauben. Das sah ihrer Mutter gar nicht ähnlich. Die gleiche Person, die ihr noch nicht einmal einen Brief geschrieben hatte, machte sich die Mühe, einen teuren Anwalt für ihre Verteidigung anzuheuern?

„Bitte sagen Sie ihr, dass ich sehr dankbar bin, aber ich kann nicht ...“

Der Anwalt wischte ihre Proteste beiseite und zog einen Stapel Dokumente aus seinem Aktenkoffer. „Setzen wir uns und bringen erst einmal den Papierkram hinter uns, in Ordnung?“

Hilde setzte sich und beäugte die Dokumente.

Herr Müller erklärte ihr seine Pflichten und sein Honorar, dann schob er das erste Blatt zu ihr hinüber und reichte ihr einen Federhalter. „Das hier ist eine Vollmacht für Ihre Mutter über das Vermögen von Ihnen und Ihrem Mann. Dem Vertrag zufolge muss sie es nach Treu und Glauben einsetzen, um alle Kosten bezüglich Ihrer Kinder abzudecken und mein Honorar zu zahlen.“

Hilde schüttelte den Kopf. Ihre ursprüngliche Überraschung wurde durch die bittere Erkenntnis der Hintergedanken ihrer Mutter ersetzt. Annie tat nie etwas, ohne dass für sie etwas dabei heraussprang.

„Ich weiß, es sieht aus, als würde sie Leichenfledderei betreiben, aber tatsächlich ist es die beste Lösung. Ihre Mutter hat die besten Absichten.“

Ja, die besten Absichten für sich selbst.

Nach einer langen Pause tippte Herr Müller auf das Papier. „Ihr Prozess ist in weniger als einer Woche.“

„Gut, ich werde es unterschreiben, aber Sie werden auch die Unterschrift meines Mannes einholen müssen“, sagte Hilde und nahm zögernd den Federhalter.

„Natürlich werde ich das, Frau Quedlin. Sobald ich ihn besuchen darf.“

Der Anwalt befragte sie nach ihrer Seite der Geschichte und sie wiederholte alles, was sie bereits der Gestapo erzählt hatte. Auch wenn er ihr Anwalt war, war sie sich nicht sicher, ob nicht noch jemand zuhörte oder sie beobachtete. Deshalb gab sie nicht zu, irgendetwas Illegales getan zu haben. Ebenso würde sie Martins Namen niemals erwähnen. Soweit sie wusste, war er noch auf freiem Fuß.

„Sehr gut. Das sollte helfen." Herr Müller beendete seine Notizen und sah sie mit einem traurigen Ausdruck in den Augen an. „Sie wurden des Landesverrats angeklagt."

„Landesverrat?" Hildes Stimme bebte.

„Unglücklicherweise, ja."

„Das ist lächerlich. Ich habe nichts getan, was es rechtfertigt ..." Ihre Stimme brach und sie holte tief Luft.

„Genau das müssen wir im Prozess beweisen."

„Aber … wie können sie …?" Hilde schloss die Augen und zwang sich weiter zu sprechen. „Wie sind meine Chancen?"

„Das kann ich Ihnen nicht sagen. Ich verspreche, dass ich mein Bestes tun werde, aber ich will ehrlich mit Ihnen sein. Ihr Prozess ist als geheime Kommandosache eingestuft."

„Was bedeutet das?", wollte Hilde wissen.

„Es bedeutet, dass der normale Informationsfluss unterdrückt wird. Ich habe um Kopien der Beweise gegen Sie gebeten, habe aber nichts erhalten. Wir werden die Beweise, welche die andere Seite verwenden will, erst am Tag des Prozesses zu Gesicht bekommen."

„Aber das ist rechtswidrig!" Hilde war empört. Sie stand auf und ging in dem kleinen Raum auf und ab. „Wie können die sowas tun? Aus gutem Grund gibt es Gesetze."

„Gesetze, an die die Gestapo sich nicht halten muss."

Verzweiflung packte sie. „Können Sie denn nichts tun?"

„Ich werde mein Bestes für Sie tun. Darüber hinaus habe

ich damit begonnen, einen Widerspruch gegen Doktor Quedlins Urteil auszuarbeiten. Ich werde seine Verurteilung nicht aufheben können, aber ich hoffe, das Urteil zu lebenslanger Haft anstatt Hinrichtung mildern zu können." Mit einem Blick auf seine Armbanduhr stopfte Herr Müller die Dokumente wieder in den Aktenkoffer und stand auf. „Meine Zeit ist um, aber ich werde wiederkommen. Einen guten Tag, Frau Quedlin."

Einen guten Tag?

KAPITEL 14

Q lag auf seinem Bett und versuchte, seinen geschwächten, wunden Körper innerhalb des begrenzten Bewegungsspielraumes, den er hatte, zu trainieren, als sich die Tür zu seiner Zelle öffnete. Nach der Sonneneinstrahlung durch das Fenster zu urteilen, war es etwa Mittag. Eine sehr ungewöhnliche Zeit, dass jemand zu ihm kam.

Beim Anblick der Oberschwester wurde ihm mulmig, aber sie grüßte ihn mit so etwas wie einem Lächeln.

„Herr Quedlin, Sie haben Besuch." Sie band seine Hände und Füße los und half ihm, sich auf die Bettkante zu setzen, bevor sie einige Augenblicke später einen dünnen, gutgekleideten Mann hereinführte.

„Doktor Quedlin, erlauben Sie, dass ich mich vorstelle. Ich bin Rechtsanwalt Müller und bin hier, um Sie zu vertreten", sagte der Anwalt und streckte seine Hand aus.

„Wer hat Sie geschickt?", fragte Q, misstrauisch, dass man ihm nach so vielen Wochen einen Besucher gestattete.

„Ihre Schwiegermutter hat mich beauftragt, Sie und Ihre Frau zu vertreten und Ihre Verurteilung anzufechten."

Q nickte und versuchte zu verinnerlichen, was der Mann sagte. „Haben Sie meine Frau gesehen?"

„Ja, das habe ich. Sie bat mich, Ihnen zu sagen, dass es ihr gut geht und sie ihrem Prozess voller Hoffnung entgegen sieht, da sie unschuldig ist."

Q stieß einen Seufzer aus angesichts der Tatsache, dass Hilde sich an ihren Plan gehalten hatte, alle Schuld auf ihn zu schieben und so zu tun, als sei sie nur eine unwissende Helferin gewesen.

„Wissen Sie, wann ihr Prozess stattfinden wird?", fragte er.

„In der Tat. Er ist in drei Tagen. Aber ich bin hier, um über Ihren Fall zu sprechen, nicht den Ihrer Frau, wenn Sie verstehen." Herr Müller sah auf seine Uhr. „Wir haben nur noch fünfundzwanzig Minuten übrig."

Q hob eine verbundene Hand. „Entschuldigung, aber erst einmal, warum jetzt? Warum erlaubt die Gestapo das?"

„Nun, wie ich es verstehe hat Frau Klein gute Beziehungen. Sie hat Kriminalkommissar Becker persönlich um diesen Gefallen gebeten und er wurde ihr gewährt."

Ein Gefallen? Seit wann ist es ein Gefallen, einen Anwalt mit der Verteidigung beauftragen zu dürfen? Q wollte schreien, hielt sich aber zurück. Es würde nichts nützen. Er würde dankbar für diesen *Gefallen* sein, der eigentlich ein Grundrecht war – oder gewesen war, bevor Hitler an die Macht kam.

Herr Müller zog einige Dokumente aus seinem Aktenkoffer und händigte sie Q zusammen mit einem Federhalter aus. „Diese Vollmachten übertragen alle Rechte an Ihrem

Vermögen auf Ihre Schwiegermutter, so dass sie weiterhin für Ihre Kinder sorgen und mein Honorar zahlen kann. Sie müssen auf der Linie neben der Unterschrift Ihrer Frau unterzeichnen."

Qs Dankbarkeit schwand. Es überraschte ihn nicht im Mindesten, dass Annie eine Möglichkeit gefunden hatte, von seiner und Hildes Verhaftung zu profitieren. Sein erster Impuls war, sich zu weigern. Aber seine Kinder brauchten Essen und Kleidung und ein Dach über dem Kopf. Das alles kostete Geld. Ja, er hatte seiner Mutter einen Umschlag voll Banknoten zur Verwahrung gegeben, aber das würde nicht lange reichen, wenn es die einzige Einkommensquelle seiner Kinder war.

„Ich wusste, dass es einen Haken gibt", seufzte er angewidert und unterschrieb. Es ärgerte ihn, dass er gezwungen war, seinen gesamten Besitz und sein Vermögen auf seine Schwiegermutter zu übertragen – auch wenn es seiner eigenen Verteidigung und dem Wohl seiner Kinder diente.

Herr Müller sprach über seine Pläne, Qs Urteil anzufechten und es von einem Todesurteil in lebenslänglich zu mindern.

Solange *lebenslänglich* die Dauer von Hitlers Drittem Reich meinte und nicht die Dauer von Qs Leben, war es ihm Recht. Er war überzeugt, dass das Tausendjährige Reich höchstens noch ein oder zwei Jahre Bestand haben würde.

Am Ende der halbstündigen Besprechung steckte der Anwalt die Papiere weg. „Ich habe auch Ihre Frau Mutter und Ihren Herrn Bruder kontaktiert."

„Sie haben mit den beiden gesprochen?", fragte Q erstaunt.

„Ja. Ihr Herr Bruder hat freundlicherweise angeboten, zu

helfen, wo es nötig ist", sagte Herr Müller, während er sich bereit machte zu gehen.

„Bitte übermitteln Sie ihm meine besten Wünsche und meinen Dank", sagte Q zögernd. Gunther war selbst Anwalt, aber Q war sich nicht sicher, ob er seinen Bruder in dieses Schlamassel mit hineinziehen wollte. Der hatte als Mitglied der sozialdemokratischen Partei schon genug unter den Nazis gelitten.

„Es scheint einige Spannungen zwischen Frau Klein und Ihrem Zweig der Familie zu geben."

Q musste zum ersten Mal seit langer Zeit schmunzeln. „Mehr als Sie glauben. Meine Mutter hasst Frau Klein. Gunther hasst Hilde und Frau Klein. Frau Klein hasst ihren Exmann, Hildes Vater und dessen zweite Frau. Hilde hasst ihre Mutter. Und ob Sie es glauben oder nicht, selbst meine Mutter und mein Bruder waren wie Hund und Katze, so lange ich zurückdenken kann. In dieser Familie redet keiner mit keinem und der gehegte Groll wird ein Leben lang aufrecht erhalten."

Der Anwalt schüttelte den Kopf. „Das ist wirklich ein Jammer, wenn Familien nicht miteinander auskommen können. Wirklich ein Jammer. Guten Tag." Herr Müller schüttelte Qs Hand, dann klopfte er an die Tür, um herausgelassen zu werden.

Während sie darauf warteten, dass die Tür geöffnet wurde, drehte sich der Anwalt noch einmal zu Q um und sagte, „Propagandaminister Goebbels hat den totalen Krieg ausgerufen. Er wird eine Rede im Sportpalast halten."

Q erblasste. Gerüchte über Goebbels' totalen Krieg als letzten Ausweg hatten bereits die Runde gemacht. Das Reich würde alle zivilen Aktivitäten überwachen. Alles, was nicht unmittelbar der Kriegsanstrengung diente, würde eingestellt werden und die Arbeiter woanders eingesetzt. Niemand, nicht einmal die Reichen, würde den Forderungen der Partei entkommen können.

Wenn es schon so weit gekommen war, dann wusste er, dass der Krieg so lange gnadenlos weitergehen würde, bis sich eine Seite bedingungslos ergab. Und das würden nicht die Alliierten sein. Das Elend, welches das deutsche Volk bisher ertragen hatte, war erst der Anfang.

KAPITEL 15

27. Januar 1943

Hilde sah in den fleckigen Spiegel und flocht so gut es ging ihre Haare. Der Tag ihres Prozesses war gekommen und sie wollte wie eine gute und unschuldige deutsche Hausfrau aussehen.

Jeder, einschließlich ihres Anwalts und der Gefängniswachen, hatte ihr versichert, dass sie schlimmstenfalls zu fünf bis zehn Jahren Gefängnis verurteilt werden würde. Wahrscheinlicher waren aber ein bis zwei Jahre und mit einigem Glück würde sie heute nach Hause gehen dürfen.

Normalerweise durften die Gefangenen einmal pro Woche duschen. Zehn Frauen. Drei Duschen. Zwanzig Minuten. Dennoch war es im Vergleich zu den Gestapokellern ein Luxus.

Aber heute durfte sie zwanzig Minuten allein im Duschraum verbringen, damit sie für den Prozess hübsch aussah. Das war ein besonderes Zugeständnis von Frau

Hermann. Die Wärterin war Anfang Zwanzig und ihre welligen blonden Haare fielen auf ihre Schultern, wodurch sie wie ein Engel aussah. Das war jedoch nicht der Grund, warum die Frauen sie den *Blonden Engel* nannten.

Den Spitznamen hatte sie bekommen, weil sie den Gefangenen immer auf die eine oder andere Art half. Sie schmuggelte geheime Nachrichten rein und raus, hielt niemals Neuigkeiten von draußen zurück, mogelte wann immer möglich extra Rationen oder kleine Geschenke herein und hatte immer ein freundliches Wort und ein Lächeln auf den Lippen – für jeden. Sie war wirklich ein Engel.

Hilde seufzte. Sie hatte gelernt, sich über die geringsten Kleinigkeiten zu freuen, wie zum Beispiel eine extra Dusche.

Ihre Finger zitterten, als sie ihre langen Haare in einen Zopf geflochten hatte. Seit ihr Anwalt den Gerichtstermin genannt hatte, schwankte sie zwischen Hoffnung und Verzweiflung. Weder der Anwalt noch jemand anders hatte sie seither besucht. Noch nicht einmal Kriminalkommissar Becker und seine Schergen.

Nicht, dass sie die vermisste, aber so hatte sie viel zu viel Zeit zum Nachdenken. Über die Vergangenheit. Über Q. Über ihre zwei kleinen Jungen. Über ihre Mutter. Über die Zukunft … es war ein Strudel der Gefühle.

„Sie sehen hübsch aus“, sagte Frau Hermann. „Ihr Wagen wartet auf Sie.“

Mein Wagen wartet auf mich? Hilde unterdrückte ein Kichern, aber trotzdem fühlte sie sich ein klein wenig wie eine Prinzessin.

Frau Hermann begleitete sie nach unten und übergab sie an zwei männliche Polizisten. „Viel Glück."

Die Polizisten waren nicht unfreundlich und halfen ihr, hinten in den Lastwagen zu steigen. Offensichtlich hatten gewöhnliche Polizisten noch Manieren.

Nach einer Weile hielt der Lastwagen wieder an, die Türen öffneten sich und ein weiterer Gefangener stieg ein. Seine Nase war gebrochen und grüne und blaue Flecken entstellten sein Gesicht. Hilde brauchte einen Moment, um den Neuankömmling zu erkennen.

„Mein Gott, Erhard", sagte sie schließlich.

Er blinzelte und sah sie mit einem stumpfen Ausdruck an. Seine Augen mussten sich vermutlich erst an die Dunkelheit im Lastwagen gewöhnen. Ein Polizist sprang hinein und fesselte Erhard an die Wand ihr gegenüber.

„Hallo Hilde", grüßte Erhard sie mit schwerer Stimme.

„Nicht sprechen", befahl der Polizist und ging wieder. Hilde hörte, wie er die Tür verriegelte und einige Sekunden später bewegte sich das Fahrzeug weiter.

Kaum hörbar flüsterte sie mit Erhard. Seine Frau war ebenfalls verhaftet worden, aber die Gestapo hatte sie nach einigen Tagen wieder freigelassen. Hilde nahm das als gutes Omen.

Der Lastwagen hielt vor dem Gerichtsgebäude an und sie und Erhard wurden die Treppen hinauf begleitet und zusammen auf die Anklagebank gesetzt. Obwohl sie nicht miteinander sprechen durften, gab ihr seine bloße Anwesenheit Kraft.

Hilde suchte den Raum nach ihrem Anwalt ab. Sie dachte, er würde bei ihr sitzen, aber sie fand ihn schließlich neben Kriminalkommissar Becker auf der Klägerseite sitzend. Ihr Magen zog sich zusammen.

Rechts von ihr war der Richterstuhl und links von ihr das Publikum. Die meisten Zuschauer trugen Uniform, abgesehen von einem Mann mit lockigen, blonden Haaren. Ihr Herz hüpfte vor Freude als sie ihn erkannte.

Q sah furchtbar aus. Er war dürr und schwach; das Feuer in seinen neugierigen blauen Augen gedämpft. Sie sandte ihm ein Lächeln und hoffte, dass er in ihren Augen lesen konnte, wie sehr sie ihn liebte.

Der Prozess begann. Erhards Fall wurde zuerst behandelt. Er gab zu, ein stiller Helfershelfer gewesen zu sein und hoffte auf eine Gefängnisstrafe.

Nach einigen Minuten Pause, in der sie ihre Schulter an Erhards lehnte, um ihm Trost zu spenden, wurde der Prozess mit ihrem Fall fortgesetzt.

Herr Müller plädierte für ihre Unschuld. „Euer Ehren, Frau Quedlin ist eine Hausfrau und Mutter. Sie hat dem Führer zwei wundervolle Söhne geschenkt. Sie hat nicht verstanden, was sie für ihren Mann getippt hat. Außerdem hat sie bei der Sabotage der Loewe Radiofabrik keine aktive Rolle gespielt."

Kriminalkommissar Becker vertrat die Anklage und trat vor. „Wie kann eine Frau, die mit ihrem Mann in solcher Harmonie sieben Jahre lang zusammenlebt, nicht wissen, dass dieser Mann ein Verräter ist? Ich sage Ihnen, sie wusste, was sie da tippte und ermutigte ihn sogar zu seinen kriminellen Aktivitäten."

„Ich sehe keine Beweise, die mich überzeugen, dass sie nicht an der Spionage und Sabotage beteiligt war", stimmte der Richter Becker zu.

„Diese Frau verdient es, den ultimativen Preis für ihre Beteiligung am Verrat gegen die Partei, den Führer und die Volksgemeinschaft zu zahlen", verlangte Becker.

Herr Müller eiferte heftig für das genaue Gegenteil: „Euer Ehren, diese Frau verdient es nicht, für ihre unwissentliche Hilfe zu sterben. Selbst wenn Sie sie der Mittäterschaft für schuldig halten – und ich glaube, dass sie es nicht ist – laut Paragraph ..."

Hilde verstand den Großteil des rechtlichen Geschwafels nicht, außer dass ihre Handlungen von so geringer Bedeutung für die gesamte Operation waren, dass sie mit nicht mehr als zwei Jahren Gefängnis bestraft werden sollte.

Hoffnung setzte sich in ihrem Herzen fest. Sie sammelte alle ihre Stärke und Energie und setzte eine Maske der Unbeschwertheit auf, um den kalten und verächtlichen Nazianhängern im Gerichtssaal zu trotzen. Im Innern sorgte sie sich jedoch nicht nur um ihr eigenes Leben, sondern hauptsächlich um das Wohlergehen ihrer beiden Söhne.

Als eine wichtig aussehende Person eine Pause verkündete und Hilde nach draußen gebracht wurde, kroch Furcht in ihr hoch, denn eines war klar geworden...

Die Nazis gelüsteten danach, jeden zu töten, der sich ihnen entgegen stellte. Waren Erhard und sie jetzt an der Reihe?

KAPITEL 16

Q saß im Gerichtssaal. Ihm war bewusst, welche Bedeutung dieser Tag für das Schicksal seiner Familie haben würde. Selbst die eingefleischtesten Nazis im Publikum schienen der Ansicht zu sein, dass Erhard die Todesstrafe verdiente, während Hilde mit einigen Jahren im Gefängnis davonkommen sollte.

Das schüchterne Lächeln auf ihrem ausgemergelten Gesicht und die sorgfältig zu Schnecken über den Ohren geflochtenen Haare hatten sicherlich geholfen, auch die Sympathie des Richters zu gewinnen.

Als Q angewiesen wurde, aufzustehen und den Gerichtssaal zu verlassen, um die Entscheidung des Richters abzuwarten, trugen seine geschwächten Beine kaum sein Körpergewicht. Er musste sich auf der Bank abstützen, um aufzustehen. Langsam bewegte er sich zum Ausgang, sein Magen vor Protest knurrend.

Im Gefängniskrankenhaus bekam er nur halbe Rationen. Die Hälfte der ohnehin schon schmalen Gefängnisrationen, nicht der Rationen für Zivilisten. Nach nur zwei Monaten in Haft hing seine Kleidung wie ein Sack an ihm und er hatte es nur seinen Hosenträgern zu verdanken, dass er die Hose nicht verlor.

Er fürchtete die Entscheidung des Richters, entschied sich aber für Hoffnung. Erhard war während des Prozesses unglaublich mutig und standhaft gewesen – ein Bild der Tapferkeit im Angesicht widrigster Umstände. Nicht ein Mal hatte sein Freund geweint, gejammert oder gebettelt. Aber Mut und Ehrlichkeit wurden von diesem Regime nicht geschätzt.

Und Hilde ... wenn sie nicht sowieso schon die Frau seiner Träume gewesen wäre, hätte er sich heute in sie verliebt. Selbst als Kriminalkommissar Becker die Todesstrafe verlangt hatte, hatte sie mit keiner Wimper gezuckt.

Der Wachmann fesselte Qs linke Hand mit Handschellen an die Bank im Wartebereich und ging. Einige Augenblicke später tauchte ein anderer Wachmann mit Hilde im Schlepptau auf. Er fesselte sie an die gleiche Bank. Qs Herz schlug schneller. Plötzlich schien der Raum im Sonnenlicht zu strahlen.

„Der Richter wird zu Mittag essen und dann in einer Stunde sein Urteil verkünden“, sagte der Wachmann und verschwand.

Q sah seine wunderschöne Frau an und griff mit seiner freien Hand nach ihrem Arm. Ihre Haut war so weich, aber ihre Augen weiteten sich vor Entsetzen. Q folgte ihrem Blick hinab zur wulstigen Narbe an seinem Handgelenk.

„Was ist passiert?“, flüsterte sie.

Q spürte, wie er errötete, aber er sah ihr in die Augen. „Nach meiner Verurteilung hatte ich beschlossen, mir lieber selbst das Leben zu nehmen als diesen Dreckskerlen zu erlauben, mich zu umzubringen. Aber ich habe versagt."

„Oh, Liebling! Was haben sie mit dir gemacht?", fragte Hilde, hob sein Handgelenk und küsste sanft die Narbe.

„Sie haben mich ins Gefängniskrankenhaus gebracht und da bin ich seitdem." Er erzählte ihr nichts von der Einzelhaft oder der Tatsache, dass er die meiste Zeit an sein Bett gefesselt war.

„Ich habe dich so sehr vermisst", sagte Hilde mit Tränen in den Augen.

„Meine Liebste. Ich habe unentwegt an dich und unsere Jungs gedacht."

Hilde nickte und die Tränen rollten. „Werden wir sie je wiedersehen?"

Q hob seine Hand, legte sie unter ihr Kinn und sah ihr tief in die Augen. Er wünschte sich nichts sehnlicher, als dies alles ungeschehen machen zu können. „Sie werden gut versorgt, und das ist alles, was im Moment zählt."

Hilde nickte und legte ihren Kopf auf seine Schulter, ihre Hände ineinander verschränkt. Er küsste ihre Stirn, saß dann mit geschlossenen Augen neben ihr und sog den Moment in sich auf. Diese eine Stunde war vielleicht in diesem Leben die letzte, die er mit ihr verbringen konnte und er schwor sich, jede Sekunde davon tief in seiner Seele zu bewahren. Für alle Ewigkeit.

„Erinnerst du dich an unser erstes Treffen?", fragte er, ohne wirklich eine Antwort zu erwarten. „Du warst so schön und lebensfroh. Dein Lachen während des Films hat mich fasziniert, noch bevor ich dich überhaupt gesehen hatte. Da wusste ich, dass du die richtige Frau für mich bist."

Hilde drehte den Kopf und sah zu ihm auf. „Wir hatten ein gutes Leben zusammen, nicht wahr?“

„Ja. Und egal was passiert, du musst wissen, dass ich dich von ganzem Herzen liebe.“

„Ich liebe dich auch.“ Sie hörte auf zu sprechen und lehnte sich so eng an ihn, wie ihre Handschellen es erlaubten. Hildes Wärme, wie sie so an ihm lehnte, drang in seine Seele, seinen Geist und seinen Körper.

Sie blieben so sitzen und erinnerten sich an die guten Zeiten. Sie lachten, kicherten und weinten. Sie füllten diese Stunde mit ihrem gesamten gemeinsamen Leben. Hilde war seine Seelenverwandte und würde es immer sein. In diesem Leben oder im nächsten.

Viel zu früh kamen die Wachen zurück und brachten sie wieder in den Gerichtssaal zur Urteilsverkündung.

Der Richter betrat den Saal und forderte Erhard auf, aufzustehen. Die Spannung im Saal war greifbar und Qs Nackenhaare sträubten sich.

„Doktor Erhard Tohmfor, dieses Gericht hat Sie in allen Anklagepunkten für schuldig befunden und verurteilt Sie hiermit zum Tode.“

Das Publikum applaudierte. Erhard sah einen Moment lang schockiert aus, bevor er sich wieder gefasst hatte und den Richter aufsässig anstarrte.

Q nickte seinem Freund kurz zu, um ihm zu zeigen, dass er seine Tapferkeit wertschätzte.

„Hildegard Quedlin, stehen Sie auf.“

Hilde schob die Schultern zurück und stand kerzengerade, trotz der Tatsache, dass sie furchtbare Angst haben musste.

Q wünschte sich nichts sehnlicher, als in diesem

Moment bei ihr zu sein und ihre Hand zu halten. Er schloss die Augen und wartete auf die Worte, die ihr Leben verschonen würden.

„Frau Quedlin, ich habe mir die Beweise angesehen, die diesem Gericht vorgelegt wurden. Ich finde es unglaubwürdig, dass eine Frau, die mit ihrem Mann in so harmonischer Beziehung gelebt hat, keine Kenntnis von seinen subversiven Aktivitäten hatte. Daher befinde ich Sie der Mitwisserschaft des Hochverrats für schuldig und verurteile Sie zum Tod."

Qs Augen flogen auf. *Zum Tode verurteilt? Nicht Gefängnis? Gott, nein! Das kann nicht wahr sein.*

War es aber. Hildes bestürztes Aufstöhnen konnte man sogar über das Gemurmel des Publikums hören. Trotzdem stand sie aufrecht und unerschütterlich, alles verachtend, wofür der Richter stand.

Nach dem zunächst verwirrten und dann selbstgefälligen Ausdruck auf Kriminalkommissar Beckers Gesicht zu urteilen, hatte noch nicht einmal die Gestapo mit so einem harschen Urteil gerechnet.

Der Richter schlug seinen Hammer auf den Tisch und verließ den Gerichtssaal.

Qs Verstand war wie benebelt, während er versuchte zu verarbeiten, was gerade passiert war. Er bemerkte kaum die Wache, die ihn zum wartenden Fahrzeug nach draußen begleitete und leise etwas murmelte, das wie *tut mir leid* klang.

Als Qs Augen sich an die Dunkelheit im Fahrzeug gewöhnt hatten, konnte er kaum glauben, was er sah. Hilde.

Er schaute die Gefängniswärter an und dankte ihnen stumm für ihr Mitgefühl. Unter ihrer rauen Oberfläche schienen gute Herzen verborgen zu sein. Die Tür wurde von außen verriegelt. Er und Hilde waren allein.

Er zog sie in seine Arme. Er berührte ihr wunderschönes Gesicht, untersuchte es genau und versuchte, sich jede einzelne Linie einzuprägen, die Anmut, ihre strahlend blauen Augen, ihre weichen, roten Lippen.

Er küsste diese Lippen. Erst vorsichtig, aber schon bald mit heißester Glut der Leidenschaft. Sie wussten beide, dass dies ihr letzter Kuss sein würde. Eng umschlungen verzehrten sie sich gegenseitig.

Als sie Luft holen mussten, flüsterten sie Worte der Liebe, ermahnten einander aber auch zu Festigkeit.

Seine Blicke versanken in Hildes Augen und er spürte, wie das Feuer in ihm entfacht wurde – das Feuer, das vom ersten Augenblick, als er sie gesehen hatte, zwischen ihnen loderte und all die Jahre nie verloschen war. Nicht einmal jetzt, wo sie beide zum Tode verurteilt waren.

„Ich liebe dich“, flüsterte sie.

„Es tut mir so leid, Liebling.“ Q küsste ihren Nacken, darauf bedacht, sich einzuprägen, wie sich ihr Körper in seinen Armen anfühlte.

„Es war nicht deine Schuld. Gib dir niemals die Schuld an diesen schrecklichen Dingen.“ Sie sah ihn an, traurig, aber unerschütterlich in ihrer Überzeugung.

Ihm fiel ein Stein vom Herzen. Nicht einmal nach ihrem harschen Urteil machte sie ihm Vorwürfe.

Viel zu früh wurde die Tür des Lastwagens geöffnet und einer der Wachmänner schaute herein. „Wir müssen los.“

Q nickte und sagte Hilde ein letztes Mal, „Ich liebe dich.“ Dann wurde er eilig weggebracht und konnte dem abfahrenden Wagen nur noch hinterherwinken.

KAPITEL 17

Nach dem Prozess weigerte sich Hilde tagelang zu reden. Ihre Zellengenossin, die Polin, war woanders hin überführt worden und sie war allein in ihrer Zelle.

Die anderen Frauen in ihrem Trakt hatten schnell eingesehen, dass es besser war, Hilde trauern zu lassen und nicht auf Konversation zu bestehen. Jeder verstand, dass ein Todesurteil schwer zu verkraften war.

Am dritten Tag tauchte der Blonde Engel mit einer hübschen jungen Frau auf, die Hilde als neue Zellengenossin vorgestellt wurde. Sie hieß Margit Staufer.

Hilde tat ihr Bestes, die Frau – oder besser das Mädchen — zu ignorieren. Margit konnte nicht älter als achtzehn sein. Als sie die Neue aber so verloren und traurig dasitzen sah, regten sich ihre mütterlichen Gefühle und sie konnte sich nicht länger abschotten.

„Ich entschuldige mich für meine Unhöflichkeit. Ich bin Hilde. Willkommen an diesem bescheidenen Ort." Mit einer Handbewegung deutete sie auf die Zelle.

Einen Moment lang leuchtete das Gesicht des Mädchens auf. „Danke, ich bin Margit."

„Du siehst so jung aus", sagte Hilde und fragte sich, was sie wohl angestellt haben mochte, um hier zu landen.

„Ich bin vor drei Monaten neunzehn geworden." Margit biss an ihren Fingernägeln herum und sah Hilde zögerlich an. „Wie lange bist du schon hier?"

„Ich wurde vor zwei Monaten verhaftet."

Margit riss erstaunt die Augen auf. „So lange?"

Hilde nickte und erwähnte ihr Todesurteil nicht. Im Laufe der Tage freundeten sich die beiden Frauen an.

Einige Tage später erhielt Margit ein riesiges Paket.

Hilde sah zu, wie Margit die große Kiste öffnete und mehr Essen auspackte, als Hilde seit langer Zeit gesehen hatte. Ihr Magen grummelte bei dem Geruch von geräuchertem Schinken. Die minimalen Gefängnisrationen reichten aus, um nicht zu verhungern, aber satt wurde sie nie.

Margit teilte das Essen großzügig mit Hilde und wischte ihre schwachen Proteste beiseite. „Wenn ich mehr haben will, schickt mir meine Familie Nachschub. Bitte, iss."

„Danke." Hilde nahm kleine Bissen Schinken, frisches Brot, Äpfel und sogar ein Stückchen Kuchen. Zum ersten Mal seit Monaten spürte sie den ständig nagenden Hunger nicht mehr.

Nach einiger Zeit fragte Margit, „Also, was hast du gemacht?"

Hilde sah Margit an und versuchte zu ergründen, ob sie wirklich die war, die sie vorgab zu sein. Es war nicht ungewöhnlich, Spione ins Gefängnis zu schicken, um an Informationen zu kommen, die das Regime anders nicht erhielt. Aber Hilde war bereits verurteilt, also welchen Unterschied machte es?

„Mein Mann hat geheime Informationen an unsere Feinde gegeben und ich wurde beschuldigt, ihm geholfen zu haben."

Margit schaute finster drein. „Diese Nazis … sie sind eine Schande für echte Deutsche."

„Sei leise! Hast du keine Angst, dass dich jemand hört?"

„Ich lasse mich nicht mundtot machen." Margit warf den Kopf in den Nacken.

Hilde lächelte. Margit glich ihr aufs Haar – vor einem Jahrzehnt, als sie jung und heißblütig gewesen war. Entschlossen, gegen die Ungerechtigkeit um sie herum anzugehen. Bevor sie erwachsen geworden war und aufgehört hatte, ihre Bedenken offen zu äußern, aus Angst vor den Konsequenzen.

Und was hat dir das gebracht? Nichts! Absolut nichts!

Wenn sie jetzt auf ihr Leben zurückblickte, wünschte sie sich, sie hätte mehr getan. Hätte eine aktivere Rolle im Widerstand gespielt, anstatt nur Qs Arbeit zu unterstützen. Aber sie hatte Kinder, um die sie sich kümmern musste … trotzdem durchfuhr sie ein Stich. Margits sorglose Art machte sie neidisch. Das Mädchen weigerte sich einfach, sich den Notwendigkeiten des Lebens unterzuordnen oder sich von den Nazis einschüchtern zu lassen.

Im Laufe der nächsten Tage vertiefte sich Hildes und Margits Freundschaft. Hilde genoss ihre Gespräche und den Blickwinkel einer Jugendlichen. In Margits Leben war noch alles einfach – schwarz und weiß.

Jemanden zum Reden zu haben war gut gegen die Langeweile und beschäftigte ihren Kopf. Nur wenn sie sich schlafen legte und es still wurde in der Zelle, wanderten ihre Gedanken zurück zu Q, ihren beiden Söhnen und dem Todesurteil, das über allem schwebte.

KAPITEL 18

Nach Hildes Prozess wurde Qs Überführung in das Gefängnis Plötzensee angeordnet. Seine ursprüngliche Begeisterung darüber, die Einzelhaft in Moabit zu verlassen, wurde zerstört, als Kriminalkommissar Becker mit einem zufriedenen Grinsen in seine Zelle spaziert kam.

„Gefangener. Sie konnten es gar nicht abwarten zu sterben, was? Aber seien Sie gewiss, ich bin derjenige, der entscheidet, wann und wie das passiert, nicht Sie. Ich könnte Sie noch ein wenig im Gefängnis schmoren lassen; das wäre doch lustig, nicht wahr?"

Q zog es vor, nicht darauf einzugehen. „Herr Kriminalkommissar, was für eine Überraschung, Sie hier zu sehen."

„Ich war gerade in der Gegend und dachte, ich sollte Sie wissen lassen, dass Ihre Frau Mutter um Erlaubnis gebeten hat, Sie zu besuchen."

„Meine Mutter?" Hoffnung flammte in Q auf. Normalerweise durften Gefangene einmal im Monat Besuch empfangen und seine alte Mutter hatte den langen Weg zu

Becker im Gestapo Hauptquartier am anderen Ende der Stadt auf sich genommen, um eine Besuchserlaubnis zu erhalten.

„Ich habe abgelehnt“, sagte Becker.

Q spürte, wie ihm die Luft ausging. So viel dazu, seine Mutter ein letztes Mal zu sehen. Er schluckte die wütende Antwort herunter. „Darf ich fragen, warum?“

„Sie haben sich so wenig kooperativ gezeigt. Deshalb habe ich entschieden, dass Sie das Privileg eines Besuchs nicht verdient haben“, erwiderte Becker mit einem grausamen Lächeln.

Wann war ein weiteres Recht zum *Privileg* geworden? Der Hass auf den Gestapobeamten schnürte Q die Kehle zu und er konnte sich gerade noch beherrschen, den grässlichen Mann nicht verbal anzugreifen. Er sackte auf seinem Bett zusammen und starrte auf den Boden.

„Ich hoffe, Sie genießen Ihre neue Zelle ebenso sehr, wie Sie unsere Gastfreundschaft in der Prinz-Albrecht-Straße genossen haben“, sagte Becker und ging.

Dieser eine Satz förderte Erinnerungen zutage, die Q im letzten Monat sorgfältig ganz tief vergraben hatte. Angst schoss ihm durch Mark und Bein und sein ganzer Körper zitterte heftig.

Als die Krankenschwester einige Minuten später den Raum betrat, wusste sie mit einem Blick auf sein Gesicht, was geschehen war und murmelte leise, „Ich weiß wirklich nicht, warum wir die Patienten hier aufpäppeln, nur um sie dann wieder der Gestapo zu geben.“

Sie half ihm aufzustehen und übergab ihn an die Gefängniswachen, die gerade angekommen waren.

In Plötzensee brachten die Wachen ihn in eine Zelle, die

tatsächlich so aussah, als könnte man darin leben. Der drei mal vier Meter große Raum enthielt einen Stuhl, einen Tisch, einen Schrank und ein Stockbett. Das Bett war vollständig ausgestattet mit einer Matratze und einer Wolldecke. Im Vergleich zum Gestapokeller war das hier der reinste Luxus.

Q setzte sich auf das untere Bett und fuhr erschrocken zusammen, als eine Stimme von oben sagte, „Hallo, ich bin Werner Krauss." Ein Kopf mit etwas zu langen, dunklen Haaren ragte über die Bettkante der oberen Etage und sah ihn an.

„Ich bin Wilhelm Quedlin, aber meine Freunde nennen mich Q."

„Q dann also. Ich glaube, wir werden uns gegenseitig Gesellschaft leisten müssen, ob wir wollen oder nicht." Werner kletterte aus dem oberen Bett herunter und hielt Q seine Hand entgegen.

Q mochte den trockenen Humor seines Zellengenossen auf Anhieb. Nach der Art zu urteilen, wie er sprach, musste der Mann gebildet sein.

„Nun, ich würde sagen, nett dich kennenzulernen, aber ich denke wir sind uns einig, dass es besser gewesen wäre, uns nicht kennenzulernen als uns hier kennenzulernen", sagte Q und schüttelte die angebotene Hand.

Werner antwortete mit einem trockenen Lachen. „Ich bin fast wahnsinnig geworden bei den dauernden Selbstgesprächen."

Über die nächsten Tage stellte Q fest, dass Werner Krauss tatsächlich gebildet war. Vor seiner Einberufung zur Wehrmacht war er Professor für Literaturwissenschaften in Marburg gewesen. Dann hatte man ihn nach Berlin versetzt. Q freute sich schon auf viele fruchtbare Diskussionen mit seinem neuen Zellengenossen. Wenigstens ein Lichtblick in seinem sonst so tristen Leben.

Irgendwann fragte Q Werner nach den hellroten Stoffstreifen, die an die Gitter einiger Gefängniszellen geknotet waren, inklusive ihrer eigenen.

„TU. Todesurteil“, sagte Werner mit schiefem Grinsen. „Damit jeder Bescheid weiß.“

„Ah. Du auch.“ Q schluckte und wagte es schließlich die Frage zu stellen, die ihn brennend interessierte. „Wie landet ein Professor im Todestrakt?“

„Eine sehr gute Frage“, stimmte Werner zu. „Durch einen meiner Freunde lernte ich Harro Schulze-Boysen kennen. Eins kam zum anderen und ich habe dann seiner Gruppe geholfen, Plakate gegen die Ausstellung Das Sowjet-Paradies aufzuhängen.“

„Du meinst die Propagandaausstellung, die sie letztes Jahr im Juni gemacht haben? Die mit den ganzen Lügen über die Sowjetunion? Wo sie zeigen, dass die Menschen dort in Erdlöchern leben?“

„Genau die“, antwortete Werner.

„Und du bist zum Tode verurteilt worden, weil du Plakate aufgehängt hast?“ Q schüttelte den Kopf. Er hatte gewusst, dass laut der Volksschädlingsverordnung jede kriminelle Handlung mit dem Tode bestraft werden konnte. Aber Plakate aufhängen?

„Das, und das Hören ausländischer Radiosender.“

Q schmunzelte.

„Was ist so lustig?“, fragte Werner.

„Es ist nur, dass ich schon 1935 einen Volksempfänger gekauft und ihn umgebaut habe, um ausländische Sender zu empfangen. Das ist die eine Sache, die die Gestapo nie herausgefunden hat."

Werner grinste. „Ich werd's ihnen nicht sagen."

Werner hatte einflussreiche Freunde in intellektuellen Kreisen und geheime Kanäle, über die er echte Nachrichten bekam, nicht nur Goebbels Propaganda. Eines Tages Anfang Februar bekam er Besuch und kehrte mit aufregenden Neuigkeiten in ihre Zelle zurück.

„Q, wir haben Grund zum Feiern."

„Deinem Einspruch wurde stattgegeben?", fragte Q vorsichtig. Er gönnte seinem Freund die Freiheit, aber er würde seine Gesellschaft vermissen.

„Nein. Das kommt noch." Werner wischte die Bemerkung beiseite. „Hast du gehört, was außerhalb dieser Mauern vor sich geht?"

Q schüttelte den Kopf.

„Mein Besucher hat mir gerade erzählt, dass die Wehrmacht in Stalingrad vor einigen Tagen kapitulieren musste."

„Ach, bist du dir sicher, dass das stimmt? Es wäre der erste Tiefschlag für Hitlers Selbstvertrauen in diesem Krieg."

„Es ist wahr. Hitler hat sich geweigert, am zehnten Jahrestag seiner Machtergreifung eine Rede zu halten, also musste Goebbels für ihn einspringen. Und, halt die Luft an, Goebbels hat die Schließung aller Theater, Filmtheater, Varietés und sonstigen Unterhaltungsetablissements bis zum sechsten Februar befohlen, um der verheerenden Niederlage der Wehrmacht zu gedenken."

Endlose Stunden diskutierten Q und Werner die möglichen Auswirkungen auf die Ostfront, den Afrikafeldzug, die öffentliche Stimmung in Deutschland und in den besetzten

Gebieten. Sie diskutierten ebenso Goebbels‘ Ausruf des totalen Krieges und was das für die deutsche Bevölkerung bedeuten könnte. Sie sprachen über den Widerstand und wie sehr sie hofften, dass die Russen die Nazis weiter zurückdrängen würden.

Aber trotz der Ablenkung durch Werner wurde Q von Schuldgefühlen geplagt. Hilde hatte ihm vergeben, aber er selbst konnte das nicht tun. Es war seine Schuld, dass sie zum Tode verurteilt worden war und nichts auf dieser Welt konnte ihm diese Last von den Schultern nehmen.

KAPITEL 19

Drei lange Wochen waren seit Hildes Prozess vergangen, als der Blonde Engel den Kopf in ihre Zelle steckte und sagte, „Sie haben Besuch."

„Besuch?" Hilde strahlte vor Freude. Jede Gefangene sehnte sich nach Besuch und abgesehen von ihrem Anwalt war dies ihr erster Besuch überhaupt.

Frau Hermann brachte sie zum Besucherraum und sagte, „Ich werde in einer Stunde zurück sein. Genießen Sie es."

Hilde lächelte sie dankbar an und betrat den Raum, in dem Annie auf sie wartete.

„Mutter?" Hilde ging das kurze Stück auf ihre Mutter zu und blieb dann abrupt stehen, unfähig, ihren eigenen Augen zu trauen.

„Was ist los, Liebes?", fragte Annie. „Du siehst aus, als hättest du ein Gespenst gesehen."

„Das habe ich. Du trägst meinen Mantel." Hilde wollte ihre Mutter dafür ohrfeigen, dass sie sich erdreistete, den

Pelzmantel zu tragen, den Q ihr zu Weihnachten geschenkt hatte, als sie mit Volker schwanger war.

Annie warf den Kopf in den Nacken und rollte mit den Augen. „Nun, im Moment brauchst du ihn ja nicht und es ist so ein schöner Mantel. Außerdem haben wir seit Wochen Frost und du willst doch nicht, dass ich mich erkälte."

„Du hättest wenigstens fragen können. Ich bin nämlich noch nicht tot, weißt du?" Hilde hätte ihr den Mantel am liebsten von den Schultern gerissen.

„Natürlich bist du noch nicht tot, sonst würde ich dich wohl kaum besuchen, oder? Hilde, lass dich ansehen." Annie hatte die nervtötende Angewohnheit, einfach nicht zu antworten, wenn ihr etwas nicht passte.

Hilde seufzte. Sollte ihre Mutter den Pelzmantel haben; sie würde ihn im Gefängnis sowieso nicht behalten dürfen.

„Du siehst gut aus. Aber du solltest wirklich mehr essen, du bist zu dünn."

„Mutter ..." Hilde stöhnte innerlich. Hatte ihre Mutter wirklich keine Ahnung von reduzierten Rationen und derlei Formalitäten? „Wie hast du eine Besuchserlaubnis bekommen?"

„Ach Liebling, das war nicht schwer. Setz dich zu mir." Annie klopfte auf den Stuhl neben sich. „Ich musste nur Kriminalkommissar Becker um Erlaubnis bitten. Wir hatten einen wundervollen Plausch und er hat mich ermutigt, ihn jederzeit persönlich zu fragen, wenn ich dich besuchen will. Alles in einem gewissen Rahmen, natürlich. Er ist so ein netter Mann und sieht in seiner Gestapouniform so schneidig aus."

Hilde rollte die Augen. Ihre Mutter war vermutlich die

einzige Person auf der Welt, die die Worte *Gestapo* und *nett* im selben Satz verwendete.

„Glaub mir, an ihm ist nichts Nettes", widersprach Hilde.

„Das liegt nur daran, dass du die Dinge nicht so sehen willst wie sie nunmal sind. Ich bin mir sicher, dass ihr beide wundervoll miteinander auskommen würdet, wenn du dich an die Gesetze hieltest. Er ist der Traum einer jeden Schwiegermutter. Höflich, aufrichtig, gefestigt in seinen Ansichten und loyal unserem Führer gegenüber."

„Er ist ein Monster", zischte Hilde und ihr ganzer Körper verkrampfte sich bei der Erinnerung an die Verhöre im Gestapo Hauptquartier. Würde ihre Mutter Beckers wahre Natur kennen, würde sie aufhören, von ihm zu schwärmen. Aber Hilde dachte nicht im Traum daran, sie aufzuklären; diese dunklen Stunden waren etwas, das sie tief in ihrem Inneren begraben wollte, in der Hoffnung, die Erinnerungen tauchten nie wieder auf.

„Dein Ehegatte ist das Monster." Annie schüttelte den Kopf. „Du weißt, dass nichts von alledem passiert wäre, wenn du einen Mann wie Kriminalkommissar Becker geheiratet hättest und nicht diesen ehrlosen Kerl. Ich werde mir nie verzeihen, dass ich ihn nicht früher durchschaut habe und dir sogar erlaubt habe, ihn zu heiraten."

„Ich kann mich nicht daran erinnern, um Erlaubnis gefragt zu haben", sagte Hilde knapp.

„Nun, das ist dein Problem. Du fragst deine Mutter nicht. Du warst schon immer schwierig, darauf aus Ärger zu machen und ungehorsam der Obrigkeit gegenüber. Es überrascht mich nicht, dass du hier gelandet bist. Ich hätte dich im ersten Badewasser ertränken sollen."

Hilde holte tief Luft. Sie hatte diese Beleidigung schon

so oft gehört, es sollte ihr nichts mehr ausmachen. „Mutter, es ist nicht seine Schuld. Er hat mich so geliebt wie kein anderer es je gekonnt hätte. Ich mache ihm keine Vorwürfe und werde ihn bis zu meinem letzten Atemzug lieben."

„Siehst du, wie seine Liebe dein Leben ruiniert hat? Du musst nicht für ihn sterben." Annie tupfte ihre Augen ab.

„Mutter, bitte." Hilde wollte nicht mit ihrer Mutter streiten. „Erzähl mir von den Kindern."

Annie lehnte sich mit einem theatralischen Seufzer zurück. „Berlin war kein guter Ort für sie. Ich musste sie beide zu deinem Vater nach Hamburg schicken. Seine neue Frau hat mehr Zeit als ich."

„Ich bin mir sicher, Emma wird sich gut um sie kümmern." Hilde versuchte, keine Miene zu verziehen, während sie nickte. Annie hatte nicht lange gebraucht um festzustellen, dass Kindererziehung viel Arbeit war und ihrem reichgefüllten Terminkalender in die Quere kam. Tief in ihrem Herzen war sie erleichtert, dass sich ihre Söhne nun in den fähigen Händen ihrer Stiefmutter befanden.

„Danke, dass du ausgeholfen hast, Mutter. Und dafür, dass du den Anwalt kontaktiert hast."

Annie strahlte vor Stolz. „Das war keine große Sache. Übrigens, das hätte ich fast vergessen. Ich habe Essen und Geld mitgebracht." Sie gab Hilde ein Paket, das in einfaches, braunes Packpapier gewickelt war.

Hilde packte Schwarzbrot, Käse, Schinken und kostbaren Zucker zusammen mit einigen Banknoten aus.

„Kriminalkommissar Becker hat mir gesagt, du kannst das Geld nutzen, um zusätzliche Briefe zu schicken, wenn du möchtest. Offiziell kann er dir nur einen Brief pro

Monat erlauben, und ich nehme an, den willst du an deinen dr… Gatten schicken."

Hilde beschloss, den Kommentar ihrer Mutter zu ignorieren. Schließlich war Annie ihr einziger Kontakt zur Außenwelt und die Großmutter ihrer Söhne. Die beiden würden ihre Liebe und Unterstützung brauchen, so spärlich die auch sein mochte, wenn es zum Allerschlimmsten kam.

„Mutter, ich weiß, dass du Q nicht leiden magst, aber könntest du ihm bitte schreiben und ihm Neuigkeiten von den Jungs schicken? Er war so dünn, als ich ihn das letzte Mal sah, vielleicht könntest du ihm auch etwas von dem Essen schicken, das du mir bringen willst?"

Annie schüttelte den Kopf. „Du willst, dass ich dem Mann helfe, der für das Todesurteil meiner Tochter verantwortlich ist?"

„Ja. Bitte, Mutter. Tu es für mich. Ich bin glücklich wenn ich weiß, dass es Q gut geht."

Annie schnaubte verächtlich. „Warum liebst du diesen Mann immer noch? Er hat dir und deinen Söhnen nichts als Elend gebracht."

„Ich verstehe, dass du wütend auf ihn bist. Das tue ich wirklich." Hilde fuhr sich mit der Hand durch die Haare und versuchte verzweifelt, es ihrer Mutter begreiflich zu machen. „Aber ja, ich liebe ihn noch immer genauso, wie ich es unser ganzes gemeinsames Leben hindurch getan habe. Wenn es möglich ist, liebe ich ihn jetzt sogar noch mehr, weil ich erst jetzt weiß, was ich an ihm hatte und was ich mit ihm verlieren werde."

Annie reagierte unwirsch, aber Hilde fuhr unbeirrt fort. „Selbst wenn ich hier raus komme, wird es nie wieder einen Mann geben, der mir so viel bedeutet. Wenn ich keine

Kinder hätte, würde ich nichts lieber tun, als diese Welt mit ihm gemeinsam hinter mir zu lassen."

„Nun, es sieht so aus, als würde dir dieser Wunsch erfüllt werden", zischte Annie.

Hilde ignorierte sie und redete weiter. „Jetzt, in diesem Moment, bin ich froh, dass es mir nicht besser ergeht als ihm, dass wir beide im Gefängnis sind, beide zum Tode verurteilt. Er hat gesagt, dass diese neun Jahre mit mir ihm die Welt bedeuten. Die Erinnerung an diese Erlebnisse mit mir erleichtern ihm jetzt das Sterben."

Annie hob das Kinn. „Fällt es dir auch so leicht?"

„Ich stimme ihm zu. Wir haben das Leben in vollen Zügen genossen und wir wussten immer, wie gut wir es hatten. Wir hatten ein schönes Leben und wir hatten einander. Wir haben nie gestritten oder waren uneins, wir hatten keine unerfüllten Bedürfnisse, waren immer zufrieden und glücklich. Das haben wir bewusst genossen. Wenige Menschen werden im Alter von sich sagen können, dass sie neun Jahre pures Glück erlebt haben."

Annie war jetzt still und betrachtete ihre Schuhe. Hilde hatte den Eindruck, dass sie einen Hauch von Emotion in ihrem Gesicht sah.

„Mutter, mir wird es nicht schwer fallen, mich von einer Welt zu verabschieden, in der es keinen Q mehr gibt. Vielleicht tröstet es dich zu wissen, dass ich einen leichten Abschied und Tod haben werde." Hilde sackte in ihrem Stuhl zusammen. Es stimmte. Eine Welt ohne Q war nicht mehr dieselbe und enthielt keinen Reiz mehr für sie.

Annie seufzte. „Nun gut. Ich werde ihm einen Brief schreiben und ihm etwas Essen schicken."

„Danke." Hilde umarmte ihre Mutter.

Annie rückte etwas zur Seite und strich ihren Rock glatt. „Verzweifle nicht, Hilde. Herr Müller arbeitet weiter an deinem Fall. Er wägt zurzeit seine Optionen ab. Ob es besser ist, gegen dein Urteil Einspruch einzulegen oder um eine Begnadigung zu bitten."

Hilde nickte. „Ja, ich weiß."

Ein Klopfen an der Tür zeigte an, dass die Stunde vorbei war. Annie stand auf und ging zum Besucherausgang. In der Tür drehte sie sich ein letztes Mal um. „Dein Halbbruder wird eingezogen, sobald er in ein paar Wochen sechzehn wird."

Hilde wartete, bis sie wieder in ihrer Zelle war, um die Nachricht von ihrem Halbbruder und dessen Zukunft zu verarbeiten. Hitler musste verzweifelt sein, wenn er angefangen hatte, Minderjährige einzuziehen.

Normalerweise wurden sie nicht an die Front geschickt, sondern als Luftwaffenhelfer genutzt. Ihre Hauptaufgabe war die Bedienung der Flugabwehrgeschütze. Trotzdem war es eine gefährliche Aufgabe, die viele junge Leben kostete.

Hilde sorgte sich um ihren kleinen Bruder, aber bei der momentanen politischen Lage wusste sie, dass sie nichts für ihn würde tun können, selbst wenn sie frei wäre. Alle Deutschen mussten die Kriegsanstrengungen unterstützen, ob sie nun wollten oder nicht.

Wer sich nicht fügte, wurde schwer bestraft.

KAPITEL 20

In Plötzensee hatte Q das Gefühl, von Wohlwollen umgeben zu sein. Im Vergleich zu seinem Aufenthalt im Gestapo Hauptquartier und dem Gefängniskrankenhaus war es regelrecht angenehm. Sogar die Wachen behandelten die Gefangenen wie Menschen, ganz anders als die Gestapo-Bluthunde es getan hatten.

Q hegte den Verdacht, dass der Gefängnisdirektor kein wirklicher Nazi war. Natürlich wurde so etwas niemals offen gesagt, aber die Tatsachen sprachen für sich.

Der Direktor hätte jeden beliebigen Mann als Zellengenossen für Q auswählen können, angefangen von gewöhnlichen Kriminellen über Zwangsarbeiter aus den besetzten Gebieten bis hin zu Kriegsgefangenen. Aber er wählte Werner Krauss. Werner und Q waren im gleichen Sammelprozess verurteilt worden und gehörten angeblich zu derselben Widerstandsorganisation, welche die Gestapo *Rote Kapelle* getauft hatte. Allein deswegen war es regelwidrig, die beiden zusammen in eine Zelle zu stecken. Trotzdem hatte er es getan.

Als Q erfuhr, dass er einen Brief pro Monat schreiben durfte, musste er keine Sekunde lang darüber nachdenken, an wen dieser Brief gehen würde. Er setzte sich sofort hin und ließ alle seine Gefühle auf das Blatt Papier fließen, das er bekommen hatte.

Eine Stunde später steckte er es in einen Umschlag – unverschlossen – und schrieb Hildes Namen darauf. Er wusste nicht, wo sie gefangen gehalten wurde und schrieb *Gefängnis* unter ihren Namen. Die Zensoren würden wissen, wo der Brief hin zu schicken war.

Tage später erhielt er ein Paket mit Essen und Geld von seiner Schwiegermutter – zweifellos sein eigenes Geld. Der Begleitbrief war distanziert und kurz angebunden. Q las zwischen den Zeilen, dass sie ihm die Schuld an Hildes Todesurteil gab.

Und sie hat Recht. Es ist meine Schuld, dass Hilde verhaftet wurde. Ich hätte ... sollte ... müsste ...

Jedes Mal, wenn er über Hildes Schicksal nachdachte, gerieten seine Gedanken in eine höllische Abwärtsspirale. Es spielte keine Rolle, dass sie ihm vergeben hatte; er selbst würde das niemals tun.

Q unterbrach seinen Gedankengang und kam zurück in die Gegenwart, wo er das Geld in seine Unterhose steckte. Es war nicht Werner, dem er misstraute, aber man wusste nie, wann und von wem die Zelle als nächstes durchsucht würde. Ein Bündel Banknoten würde mit Sicherheit verschwinden.

Er teilte sich das Geld sorgfältig ein, um Dinge zu kaufen, die er für seine geistige Gesundheit als notwendig empfand. Aber das meiste Geld gab er für Kassiber aus, geheime Nachrichten an seine Familie. Heute war einer dieser Tage und er wurde aus seinen Gedanken gerissen, als die Tür zu seiner Zelle geöffnet wurde.

„Sie wollten mit mir sprechen“, sagte der junge Gefängniswärter leise und bedeutete Q, näher zu kommen.

„Ich brauche Papier, Stift und Tinte“, antwortete Q ebenso leise.

Der Mann kniff die Augen zusammen und nannte ihm den Preis. Q steckte seine Hand in die Tasche, um eine Banknote herauszuziehen und sie dem Beamten zu geben, dankbar, dass Annie ihren Hass auf ihn lange genug begraben hatte, um ihm von draußen zu helfen.

„Ich bin innerhalb einer Stunde zurück.“ Der Wärter nahm das Geld und verschwand.

Später am Nachmittag schrieb Q Annie einen Brief mit dem gekauften Federhalter, der Tinte und dem Papier, und dankte ihr für ihre Großzügigkeit.

Am nächsten Tag kaufte er mehr Papier und da er zu viel Zeit zur Verfügung hatte, fing er an, seine Gedanken zu notieren. Sein Wissenschaftlerhirn brauchte Beschäftigung und er nahm seine frühere Arbeit im Bereich des Pflanzenschutzes und der Schädlingsbekämpfung wieder auf. Ohne Labor oder irgendwelches Material konnte er nichts anderes tun, als zu denken und zu versuchen, die Probleme in der Theorie zu lösen. Dann würde er seine Lösungen an befreundete Wissenschaftler schicken und auf ihre Antwort warten, ob seine Theorien im praktischen Test Bestand hatten.

Werner erwies sich als wertvoller Freund und Diskussionspartner. Ohne andere sinnvolle Betätigung diskutierten sie über Gott und die Welt. Obwohl Werner kein Naturwissenschaftler war, hörte er Q immer genau zu, wenn er seine Ideen über den Pflanzenschutz losließ. Mehrmals machte er dabei Bemerkungen, die Q halfen, seine Forschungen voranzutreiben.

Aber auch Werner hatte ein eigenes Projekt, an dem er arbeitete. Sein Verstand war so messerscharf wie Qs eigener, nur in einem anderen Bereich. Als Literaturprofessor hatte er die Macht über Worte und einen beißenden Humor. In der Langeweile des Gefängnisalltags begann er, einen satirischen Roman zu schreiben, den er *Die Passionen der halkyonischen Seele* nannte.

Q war tief beeindruckt von der Genialität der im Roman verborgenen Seitenhiebe auf das Naziregime. Der Protagonist war Luftwaffenoffizier und Q erkannte schon nach dem ersten Kapitel, wer das Vorbild für den Protagonisten geliefert hatte: Harro Schulze-Boysen.

Während Q Werner ständig mit seinen feinen Künsten aufzog, fand er die Idee tatsächlich großartig und liebte es, die Kapitel zu lesen oder vorgelesen zu bekommen, sobald sie Form annahmen. Die verborgenen Botschaften im Roman waren eindrucksvoll, und trotzdem banal.

„Wenn die Nazis Geschichte sind, wird dein Buch ein Klassiker, da bin ich mir sicher“, sagte Q.

„Ach, das ist nur der erste Entwurf. Es muss noch poliert werden, bevor es richtig gut wird“, warf Werner ein, wie jeder Autor auf der Welt voller Unsicherheiten.

„Ich gebe Hitler höchstens noch ein oder zwei Jahre“, sagte Q, entschlossen, Werners Bemerkung zu ignorieren.

„Der Krieg ist völlig verrückt“, stimmte Werner zu. „Und jedes Mal, wenn sie irgendwo ein Loch zumachen, tauchen woanders zwei neue auf. Ich weiß nicht, wie lange Deutschland das noch aushalten soll."

Beide hegten die Hoffnung, dass das Terrorregime der Nazis bald zu Ende ging. Aber würde es früh genug sein, um sie zu retten?

KAPITEL 21

Hilde hielt einen Brief in den Händen. Von Q.

Ehrfürchtig öffnete sie den Umschlag und zog das Blatt Papier heraus. Beide Seiten waren eng beschrieben. Seine Worte zu lesen füllte ihr Herz mit Liebe und Dankbarkeit, während ihre Augen sich mit Tränen füllten.

Meine liebste Hilde,

Während ich dies schreibe, ist mein Herz voll ewiger Liebe für Dich. Du bist das Beste, was mir je widerfahren ist und ich hätte mir keine bessere Partnerin wünschen können. Trotz des Krieges und allem anderen, was geschehen ist, waren dies die wundervollsten neun Jahre meines Lebens und ich möchte keine einzige Minute davon missen.

Wenn meine Zeit gekommen ist, diese Erde zu verlassen, werde ich dankbar und glücklich darüber gehen, dass ich alles genießen durfte, was ein Mann sich wünschen kann. Mit Dir.

Aber gleichzeitig ist meine Seele von Reue geplagt. Worte

reichen nicht aus um auszudrücken, wie schuldig ich mich für Dein Schicksal fühle. Es ist einzig und allein meine Schuld, dass Du in diese grässliche Situation geraten bist. Es war niemals meine Absicht, Dir weh zu tun oder Dir Leid zuzufügen, und glaube mir, ich würde liebend gern mein Leben geben, damit Deines verschont bleibt. Wenn ich die schrecklichen Konsequenzen erahnt hätte, hätte ich Dich niemals gebeten, diese schicksalhaften Papiere zu tippen.

Jede wache Sekunde bist Du in meinen Gedanken. Ich vermisse Dich. Dein Lächeln, Deine süße Stimme, Deinen wachen Verstand. Einfach alles. Du beherrschst meine Gedanken.

Hilde hörte mit einem Lächeln auf den Lippen auf zu lesen. Sie bezweifelte nicht, dass Q *oft* an sie dachte, aber in dem Moment, wo das nächste technische Rätsel seine Aufmerksamkeit erregte, vergaß er alles um sich herum, inklusive ihr.

Während ihrer gemeinsamen Zeit war das unzählige Male passiert und sie hatte gelernt, es als einen Teil von ihm zu akzeptieren. Hilde war überzeugt, dass nicht einmal seine Inhaftierung etwas daran ändern konnte, wie sein Gehirn arbeitete.

Sie wischte sich die Augen und las weiter ...

Das Schicksal hat sich als grausamer Schwindler erwiesen. Es hat mir gegeben, was ich mir am meisten gewünscht habe, nur um es mir wieder zu nehmen. Durch meine eigene Hand.

Leider gab es für uns keinen einfachen Ausweg. Die Götter haben uns nicht gestattet, alles hinter uns zu lassen und in

Amerika ein neues, bequemes Leben anzufangen. Wie sehr wünsche ich mir, dass es geschehen wäre. Viele Male habe ich mich gefragt, was für Mächte da am Werk waren. Irdische Mächte? Himmlische Mächte? Oder einfach Zufall? Pech? Wir werden es nie erfahren.

Hilde hielt wieder inne und fragte sich, wie ihr Leben in Amerika gewesen wäre. Nach einer Weile schüttelte sie den Kopf. Sich mit den Was-wäre-wenns zu beschäftigen war kontraproduktiv und brachte nur Traurigkeit und Depressionen.

Sie nahm den Brief wieder zur Hand und las den Rest von Qs Worten ...

Im Rückblick ist es leicht zu sehen, dass wenn wir damals meine Cousine wie geplant besucht hätten, wir aufgrund des Kriegsausbruchs nicht mehr heimgekommen wären

Inzwischen neige ich dazu zu glauben, dass es mehr war als belangloses Pech. Wir waren dazu bestimmt, hier zu bleiben. Wir waren für Höheres bestimmt. Es ist jedoch ein großes Unglück, dass Du, meine liebste Hilde, in mein Schicksal verwickelt wurdest und jetzt den Preis für meine Überzeugungen mit Deinem Leben bezahlen musst.

Meine Freunde und ich kämpften für eine gute Sache. Für eine bessere Welt. Eine Welt des Friedens und der Chancengleichheit. Eine Welt ohne Krieg. Aber das Schicksal hatte Anderes im Sinn.

Es scheint, als müsste die Welt ihre Lektion erst noch lernen. Eine Lektion, die den Horror des Krieges beinhalten muss, um einer besseren Zukunft Platz zu machen, so dass die Menschheit sich wie ein Phoenix aus der Asche erheben wird. Dies jedoch erst, wenn alles Schlechte und Böse restlos verbrannt wurde und das Feuer den Boden gedüngt hat, damit gute Dinge empor sprießen können.

Bezüglich unserer Söhne bin ich zuversichtlich, dass sie es bei Deinem Vater und Emma gut haben werden. Volker und Peter lieben ihre Großeltern und sie werden bei ihnen ein glückliches Leben haben.

Annie hat mir freundlicherweise ein Paket mit Essen und einigen Notwendigkeiten geschickt. Wenn Du die Gelegenheit hast, ihr meinen Dank auszudrücken, tu das bitte.

Während ich mich mit meinem Urteil abgefunden habe, hoffe ich noch immer, dass Deines nicht vollstreckt wird. So viele Verurteilte wurden begnadigt. Bitte bleib stark und verliere niemals Deinen inneren Sonnenschein.

Ich zähle die Sekunden, bis ich Deinen Brief erhalte. In vier Wochen wirst Du wieder von mir hören.

Meine Liebste, bis zum nächsten Mal. Denke an mich und sei gewiss, dass meine Liebe Dich umfängt und niemals sterben wird, selbst wenn mein Körper das tut.

Für immer,

Q

Hilde wischte sich die Augen und steckte den Brief in ihre Tasche. Sie berührte ihn, wann immer sie sich einsam fühlte und die Wirklichkeit sie zu überwältigen drohte.

Ein paar Tage später unterhielt sie sich mit Margit, als die Männer des benachbarten Gefängnisses ihre Stunde

Freigang im Innenhof hatten. Gesprächsfetzen drifteten durch das winzige offene Fenster.

„Ich hänge mich auf, wenn das noch lange so weiter geht“, sagte eine männliche Stimme.

„Und womit genau?“, antwortete eine andere Stimme.

„… halte das nicht mehr aus … die Unsicherheit …“

Hilde stand auf und schloss das Fenster. „Die armen Teufel. Man sollte es nicht meinen, aber die Gefangenschaft ist für die Männer so viel schlimmer als für uns.“

„Erst letzte Nacht habe ich gehört, wie ein Neuankömmling im Traum geschrien und getobt hat“, fügte Margit hinzu.

Wenn die Nacht klar war und keine feindlichen Bomber durch die Luft brummten, warfen die Gefängniswände jedes noch so kleine Geräusch zurück und verstärkten es.

„Es ist gar nicht die Gefahr oder der lauernde Tod. Daran gewöhnt man sich. Das Schlimmste ist die Unsicherheit, nicht zu wissen, was mit einem passieren wird. Das frisst einen von innen heraus auf. Die Isolation in der Zelle. Der Hunger. Jeder dieser Männer da drüben würde lieber in ein Konzentrationslager gehen, als einen Tag länger im Todestrakt zu bleiben.“ Hilde brach ab als sie Margits bleiches Gesicht sah. Sie legte ihr den Arm um die Schultern. „Mach dir keine Sorgen, du kommst hier raus.“

Margit nickte. „Das werde ich. Ich muss.“

Später am Nachmittag hörten sie das Geräusch zerspringenden Glases. Es kam von der anderen Seite des Innenhofes und wurde von einem unheimlichen, wolfsähnlichen Geheul gefolgt.

„Das kommt aus dem Männertrakt“, stellte Margit fest.

„Ja.“ Hilde wollte gar nicht darüber nachdenken, was

genau passiert war. Sie holte Qs Brief aus der Tasche, hob ihn an ihre Nase und atmete tief ein. Sie genoss den Geruch ihres Mannes, der noch am Papier haftete.

„Du liebst diesen Brief mehr als den Mann“, zog Margit sie auf.

Hilde atmete den Duft erneut ein und lächelte. „Ich würde den Mann vorziehen, aber was soll ich tun? Dieser Brief ist alles, was ich habe, also werde ich ihn lieben.“

KAPITEL 22

Es war Qs vierzigster Geburtstag. Er hielt einen Brief von Hilde in der Hand und dachte, dass er sich kein schöneres Geschenk hätte wünschen können. Mehrere Augenblicke lang drehte er den Umschlag in den Händen, bevor er ihn aufschlitzte und das Blatt Papier herauszog.

Obwohl er es besser wusste, zögerte er, die Worte zu lesen. Was, wenn sie ihre Meinung geändert hatte und doch wütend auf ihn war oder ihn dafür verurteilte, sie in diese Situation gebracht zu haben? Was, wenn sie ihm nie wieder schreiben wollte?

Seine Finger zitterten, während er den offenen Brief glatt strich. Als er die Ungewissheit nicht länger ertragen konnte, sah er hinunter und begann zu lesen.

Mein liebster Q,

Oh, wie glücklich war ich, Deinen Brief zu erhalten. Ich trage ihn ständig bei mir und lasse meine Finger das Papier streicheln, als sei es Deine Wange. Nachts tröstet dein Brief mich in meiner Einsamkeit und es ist, als seist Du bei mir.

Ich liebe Dich mit jeder Faser meines Körpers und werde unserer Liebe immer treu sein.

Bitte gib Dir nicht die Schuld an meinem harschen Schicksal. Ich spreche Dich von jeglichem Verschulden frei. Ja, in den letzten Tagen war ich sehr verzweifelt, aber ich würde niemals die wunderbaren Zeiten an Deiner Seite ungeschehen machen wollen.

Da dies nun gesagt ist, möchte ich klarstellen, dass ich Deine Aktivitäten gegen die Volksgemeinschaft nicht gutheiße. Hätte ich von Deinen Plänen gewusst, hätte ich einen Weg gefunden, Dich davon abzubringen.

Q starrte ungläubig auf das Papier, wo die Buchstaben vor seinen Augen tanzten, bis ihm ein Licht aufging und er grinste. Werner war nicht der Einzige, der versteckte Botschaften schreiben konnte. *Ich hoffe, ihr hattet Spaß beim Lesen, liebe Zensoren.*

Er strich mit dem Finger über das Papier und rief sich Hildes liebliches Gesicht in Erinnerung. Er konnte sie tatsächlich vor sich stehen *sehen,* eine Hand auf der Hüfte, ihre blauen Augen verschmitzt funkelnd. Sein Herz füllte sich mit Ergriffenheit.

Trotzdem möchte ich für immer an Deiner Seite bleiben, wie ich es an unserem Hochzeitstag versprochen habe. In guten wie in schlechten Tagen. Im Leben und im Sterben, bis dass der Tod uns scheidet. Keinem von uns ist nur Glück versprochen und ich habe mir um die schlechten Tage nie Sorgen gemacht, weil ich Dich hatte, mein Liebster. Allerdings hatte ich nicht erwartet, dass der Tod so bald kommen würde.

Du hast immer Witze darüber gemacht, wie wir alt und tatterig werden. Und ich habe mir vorgestellt, wie wir achtzig werden und unseren Enkeln aus unserem reichen Erfahrungsschatz erzählen, aber es sieht wohl so aus, als würde daraus nichts werden.

Ich hoffe, Dir geht es gesundheitlich besser und Du findest ein Ventil für Deinen Forschungsdrang. Mutter Annie darf mich jeden Monat eine Stunde besuchen und ich habe sie angebettelt, dass sie Dir ebenso viel Hilfe zuteil werden lässt wie sie mir geben möchte. Wie Du Dir vorstellen kannst, ist sie sehr ärgerlich auf Dich, aber ich bin erleichtert, dass sie Dir trotzdem einige dringend nötige Dinge geschickt hat.

Obwohl ich weiß, dass Volker und Peter gesund sind und es ihnen bei ihren Großeltern gut geht, sorge ich mich jeden Tag um sie. Wie könnte eine Mutter sich nicht sorgen, wenn sie von ihren Kindern getrennt ist?

Mein Verstand sagt mir, dass Emma und mein Vater die beiden mit Liebe und Zuneigung überhäufen und alles tun werden, um ihnen ihr hartes Los so erträglich wie möglich zu machen, aber mein Herz weiß, dass nur ich ihnen die mütterliche Liebe geben kann, die sie brauchen.

Einige Buchstaben waren verschmiert und Q seufzte. Er wusste genau, was ihr Gewissen so belastete. Hilde hatte sich geschworen, dass ihre Kinder niemals das gleiche Schicksal erleiden sollten wie sie – ohne eine liebende Mutter aufzuwachsen.

Er konnte nichts Anderes tun, als immer und immer wieder zu sagen, dass Emma und Carl ihr Bestes tun würden, bis Hilde – durch ein Wunder – aus dem

Gefängnis entlassen wurde und zu ihren Kindern zurückkehren konnte.

Ich warte voller Sehnsucht auf Deinen nächsten Brief. Bitte erzähl mir alles, was Du tust, auch die kleinsten Kleinigkeiten. Es ist die einzige Möglichkeit für mich, bei Dir zu sein und mir vorzustellen, dass ich an Deiner Seite bin.

In ewiger Liebe
Hilde

Q faltete den Brief zusammen und schloss die Augen. Vor seinem inneren Auge las er ihre Sätze viele Male und sog die Wärme und Liebe ihrer Worte in sich auf. *Hilde lebt noch und sie liebt mich noch.* Das war alles, was zählte.

Niemand wusste, was die Zukunft bereit hielt, oder wie lange es noch so bleiben würde, aber in diesem Moment war Q glücklich. Hildes Brief war das beste Geburtstagsgeschenk, das er sich hätte wünschen können.

KAPITEL 23

Einige Wochen später bekam Hilde wieder Besuch. Ihr Anwalt, Herr Müller, war gekommen. Sie hatte seit ihrer Verurteilung nichts von ihm gehört oder gesehen und fragte sich, was er wohl für Neuigkeiten mitbrachte.

Aus Angst enttäuscht zu werden, tat sie ihr Bestes, die aufkeimende Hoffnung zu unterdrücken.

„Guten Tag, Frau Quedlin", begrüßte er sie mit Handschlag.

„Guten Tag, Herr Müller. Was gibt es Neues?"

„Nicht viel, fürchte ich", entschuldigte er sich, aber nachdem er ihr enttäuschtes Gesicht gesehen hatte, beeilte er sich zu sagen, „und das sind gute Nachrichten. Tatsächlich sind keine Neuigkeiten gute Neuigkeiten. Ich habe darauf gewartet, dass der Staub sich legt, bevor ich weitere Schritte unternehme."

„Ein Gnadengesuch, nicht wahr?" Hilde rutschte unruhig auf ihrem Stuhl herum.

„Nun, das würde ich gern mit Ihnen besprechen. Ich habe die Alternativen abgewägt und bin zu dem Entschluss gekommen, dass wir unseren ursprünglichen Plan bezüglich eines Gnadengesuchs modifizieren sollten."

„Was? Warum?", fragte Hilde, die seiner Juristensprache nur schwer folgen konnte.

„Bei der aktuellen politischen Lage könnten wir mit einem Einspruch gegen Ihr Urteil möglicherweise bessere Erfolgschancen haben. Es war ungewöhnlich hart und ein gemäßigterer Richter könnte es auf ein bis zwei Jahre Gefängnis herabsetzen."

„Meinen Sie?" Hildes Stimme war voller Hoffnung. Vor einigen Monaten hätten ihr zwei Jahre Gefängnis Angst gemacht, aber jetzt erschien es wie ein Spaziergang im Park.

„Ich kann nichts versprechen, aber es gibt Präzedenzfälle. Es würde allerdings helfen, wenn Sie einflussreiche Freunde hätten, die Ihre Aussagen unterstützen und ihnen ein Leumundszeugnis ausstellen. Möglichst Personen mit einem Parteibuch und einem hohen Rang."

Die einzige Person, die ihr einfiel, war Erika, die mit dem Sohn eines SS-Obersturmbannführers verheiratet war. Aber Erikas Schwiegervater war tot und ihr Mann irgendwo im besetzten Frankreich.

„Ich fürchte, solche Freunde habe ich nicht." Hilde schüttelte den Kopf.

„Bedauerlich, aber dann machen wir alleine weiter. Ich glaube, Sie haben gute Chancen bei einem Einspruch. Es gibt keine Beweise für Ihre Beteiligung an den illegalen Aktivitäten ihres Mannes."

„Das hoffe ich." Sie ließ die Schultern hängen, während

sie versuchte, den Funken der Hoffnung in ihrem Inneren am Leben zu halten.

„Etwas Erfreuliches noch, Ihre Frau Mutter hat Kriminalkommissar Becker um Erlaubnis gebeten, beim nächsten Besuch Ihren Sohn Volker mitbringen zu dürfen."

Hilde sprang vor Begeisterung auf. „Das hat sie getan? Wann darf ich ihn sehen?"

„Der Kriminalkommissar hat noch keine endgültige Antwort gegeben, aber er scheint geneigt zu sein, die Erlaubnis zu erteilen."

Hilde hätte sich am liebsten Herrn Müller in die Arme geworfen und ihn geküsst. Er schien eine überschwängliche Reaktion ihrerseits zu befürchten, denn er hielt vorsorglich seine Aktentasche vor seine Brust.

Sie unterdrückte den Wunsch, laut loszujubeln und sagte stattdessen, „Bitte überbringen Sie meiner Mutter meinen herzlichsten Dank."

Erleichterung huschte über sein Gesicht, während er einen Umschlag aus der Aktentasche nahm und ihr reichte.

„Der ist von Ihrer Mutter. Sie könnten ihn nützlich finden." Er nickte und verabschiedete sich, dann schloss sich die Besuchertür leise hinter ihm.

Hilde tanzte beinahe zu ihrer Zelle zurück und in ihrer Eile, Margit die guten Neuigkeiten zu erzählen, vergaß sie, den Umschlag voller Reichsmark zu verstecken. Aber heute war wirklich ein guter Tag, denn die Wache, die sie zu ihrer Zelle zurückbrachte, war der Blonde Engel.

Frau Hermann deutete diskret auf den Umschlag und flüsterte, „Ich muss alles Geld an den Gefängnisdirektor übergeben, sollte ich welches finden."

Hilde rollte die Banknoten schnell auf und versteckte sie in ihrem BH, bevor sie den Umschlag zur Inspektion überreichte. Sie konnte nicht anders als der freundlichen Frau von ihrem Glück zu berichten.

„Stellen Sie sich vor, vielleicht bekomme ich Besuch von meinem Sohn. Ist das nicht wundervoll?"

„Das sind wirklich gute Neuigkeiten", sagte Frau Hermann mit einem Lächeln.

Hilde würde nie verstehen, warum diese warmherzige, mitfühlende junge Frau sich einen solch furchtbaren Beruf ausgesucht hatte, aber das war keine Frage, die sie zu stellen wagte. Trotz ihrer Freundlichkeit war Frau Hermann immer noch eine Wärterin. Freundschaftlicher Umgang mit dem Wachpersonal war nicht erlaubt.

Zurück in ihrer Zelle summte Hilde eine Melodie. Das Leben war schön. Sie würde ihren Sohn sehen. Und dank ihrer Mutter besaß sie Reichsmark, um essentielle Dinge zu kaufen. Geld machte das Leben im Gefängnis um so vieles erträglicher. Es spielte keine Rolle, dass das Geld aus dem Vermögen stammte, das sie und Q sich mit so viel harter Arbeit angespart hatten. Es spielte auch keine Rolle, dass ihre Mutter sich wahrscheinlich großzügig daraus für ihre eigenen Bedürfnisse bediente.

Alles was zählte, war, dass sie ihren Sohn sehen würde.

Nachdem sie Margit stundenlang mit endlosen Kleinigkeiten und Anekdoten über ihre Söhne gequält hatte, setzte Hilde sich hin, um einen Brief an Emma zu schreiben. Offiziell durfte sie nur einen Brief pro Monat versenden, und der war für Q reserviert. Aber mit dem Stapel Geld, den der Anwalt ihr gegeben hatte, konnte sie es sich leisten, die

Wachen dafür zu bezahlen, einen geheimen Brief hinauszuschmuggeln.

Liebe Mutter Emma,

Bitte erwähne diesen Brief in Deiner Antwort nicht, denn er wurde nicht über die offiziellen Kanäle geschickt.

Ich wollte Dir mitteilen, wie überwältigt ich bin, dass Mutter Annie um Erlaubnis gebeten hat, Volker bei ihrem nächsten Besuch mitbringen zu dürfen. Ich weiß, dass ihr beide nie gut miteinander ausgekommen seid und ich verstehe Deine Beweggründe. Annie kann manchmal etwas schwierig sein.

Hilde spitzte die Lippen. Das war die Untertreibung des Jahrhunderts. Aber sie wollte nicht noch mehr böses Blut zwischen ihren Verwandten schüren. Wenn es zum Schlimmsten kam, mussten sie alle für das Wohl ihrer Kinder zusammenarbeiten.

Ich flehe Dich an zu versuchen, mit ihr auszukommen, für mich und für Deine Enkel. Ich bin dir unendlich dankbar dafür, dass Du meine beiden Söhne in Deine Obhut genommen hast. Ich weiß, dass sie bei Dir in allerbesten Händen sind. Jetzt, wo Deine Mädels erwachsen genug sind, Dir nicht mehr so viele Probleme zu bereiten, musst Du mit zwei kleinen Jungen wieder von vorn anfangen, die noch nicht einmal Dein Fleisch und Blut sind.

Aber ich möchte dich drängen, auch auf Deine eigene Gesundheit und Dein Wohlergehen zu achten. Bitte Annie um Hilfe, wenn Dir alles zu viel wird. Sie hat komplette Vollmacht über Qs und meine Besitztümer und sollte in der Lage sein, für benötigte Dinge wie neue Schuhe oder Kleidung Geld zu senden.

Peter kann die Sachen seines Bruders auftragen, aber mein Volker muss gewachsen sein, seit ich ihn das letzte Mal gesehen habe und wenn der Frühling kommt, werden ihm seine Sachen vom letzten Jahr nicht mehr passen.

Bitte nimm meinen herzlichsten Dank entgegen für alles, was Du tust. Gib meinen geliebten Kindern einen dicken Kuss von ihrer Mutti und Grüße an Vati, Sophie und Julia.

Deine Tochter Hilde

Hilde faltete den Brief und verschloss den Umschlag, dann wartete sie auf eine der Wachen, die dafür bekannt waren, geheime Nachrichten aus dem Gefängnis zu schmuggeln und bezahlte die Frau für ihre Dienste.

In dieser Nacht fiel sie in einen tiefen Schlaf, der mit glücklichen Träumen gefüllt war, bis der grauenerregende Klang des Fliegeralarms sie aufrecht im Bett sitzen ließ. Margit stand bereits, das Gesicht bleich wie ein Gespenst, und hämmerte gegen die Zellentür.

„Margit, das nützt nichts. Du weißt, dass wir in unseren Zellen bleiben müssen." Hilde umarmte die schluchzende Margit. Trotz ihres Kampfgeistes war sie eben doch nur ein junges Mädchen.

Die Wachen eilten in den Schutzkeller des Gebäudes, während Hilde und Margit unter den Tisch krochen und sich aneinander drängten. Dieser Fliegerangriff musste der Schrecklichste seit Langem sein.

Normalerweise hielten die dicken Wände des alten Gefängnisses den meisten Lärm ab, aber heute ächzten und wackelten sie bei jeder tödlichen Ladung, die die Bomber über Berlin abwarfen.

Die Minuten krochen und jedes Mal, wenn Hilde dachte, es wäre vorbei, wurde die Luft wieder vom Dröhnen der herannahenden feindlichen Flugzeuge erfüllt.

Die Einschläge kamen näher. Nach einer ohrenbetäubenden Explosion fiel Putz von der Decke und gleißendes Licht drang durch das kleine Fenster herein. *Ein Gebäude in der Nähe muss Feuer gefangen haben.*

Durch das geschlossene Fenster konnte Hilde das Zischen und Knistern hören, während sich das Feuer durch alles fraß, was sich ihm in den Weg stellte. Sie hoffte nur, dass es ihr Gefängnis nicht erreichte. Die Feuerwehr würde andere Prioritäten haben.

Der Fliegerangriff dauerte die ganze Nacht und irgendwann mussten Margit und sie unter dem Tisch zusammengerollt eingeschlafen sein, denn als Hilde von der plötzlichen Stille geweckt wurde, war es bereits hell draußen.

Bereits im letzten Jahr hatte es mehrere Bombenangriffe auf Berlin gegeben, aber die Stadt war nicht ernsthaft beschädigt worden. Das hatte sich mit Beginn 1943 grundlegend geändert. Seit Anfang des Jahres waren die nächtlichen Angriffe ein Teil des tragischen Alltags in der Hauptstadt geworden.

Während der nächsten Tage war die überwältigende Heftigkeit des Angriffs das Gesprächsthema Nummer eins sowohl unter den Gefangenen als auch unter den Wachen. Hilde hörte, dass mehr als siebenhundert Menschen durch den Angriff umgekommen waren und fünfunddreißigtausend durch die Zerstörung von fast eintausend Gebäuden obdachlos geworden waren.

Die Wachen erzählten von der schrecklichen Verwüstung, die die Bomben hinterlassen hatten. Wo man hinsah, war nur Schutt. Skelettartige Gebäudereste ragten in den Himmel. Ganze Viertel waren dem Erdboden gleich gemacht worden.

KAPITEL 24

Q und Werner hatten sich an das Leben im Gefängnis gewöhnt. Jeder von ihnen widmete täglich viele Stunden seinem jeweiligen Projekt. Die Wachen witzelten über die fieberhaften Aktivitäten in der Zelle der beiden Intellektuellen, die es anscheinend genossen, so viel freie Zeit zur Verfügung zu haben. Aber sie störten sie nicht bei der Arbeit, außer für die eine Stunde Freigang, welche die Gefangenen im Innenhof verbringen mussten.

Am Nachmittag diskutierten sie für gewöhnlich über Gott und die Welt, und einmal pro Woche besuchte der katholische Pfarrer Bernau ihre Zelle, um ihnen moralische Unterstützung zu geben.

Die Hauptaufgabe des Pfarrers war es, die verurteilten Gefangenen während ihrer letzten Stunden zu begleiten und denen das Sterbesakrament zu geben, die es wünschten. Davon abgesehen hatte er es sich zur Gewohnheit gemacht, jeden Häftling einmal in der Woche zu besuchen. Er hatte für jedermanns Sorgen ein offenes Ohr.

Da er nicht auf der katholischen Doktrin bestand, sondern einen etwas freizügigeren Ansatz wählte, war er bei jedem im Gefängnis beliebt. Unabhängig von der Religion des Häftlings fand er immer tröstende Worte voller Mitgefühl und Freundlichkeit.

Q fand bald heraus, dass Pfarrer Bernau viel mehr tat, als nur zu trösten. Er war ein gebildeter Mann und kannte sich in Theologie, Soziologie und Politik aus – und war ein erklärter Feind der Nazis.

Es war ein offenes Geheimnis, dass Pfarrer Bernau den Insassen, die es sich nicht leisten konnten, die Wachen zu bestechen, half, geheime Botschaften in das Gefängnis hinein und hinaus zu schmuggeln. Und Gerüchten zufolge hielt er draußen mehr als einen Asozialen vor den Behörden versteckt. Gott allein wusste, woher er das Geld, die Hilfe und die falschen Papiere bekam, um seine Arbeit zu machen.

Die Tage vergingen und dank des berüchtigten Richters Roland Freisler, der den Vorsitz über den Volksgerichtshof innehatte, wurden immer mehr leichte Vergehen mit dem Tode bestraft und Plötzensee platzte aus allen Nähten.

Eines Tages wurde ein junger Franzose namens Pascal in Qs Zelle gesteckt. Der Bursche sprach kaum ein Wort Deutsch, und Q tat sein Bestes, sein eingerostetes Französisch hervorzusuchen. Zum Glück waren Werners Sprachkenntnisse deutlich besser und Q überließ erleichtert ihm das Reden.

Voller Neugierde über die Herkunft ihres neuen Zellengenossen befragte Werner den jungen Mann über die Umstände seiner Verhaftung.

„Ich hatte Hunger. Es war kalt und dunkel. Da sah ich eine Frau mit einer Handtasche und habe sie ihr geklaut." Pascal fing an zu schluchzen.

„Warum um alles in der Welt hast du so etwas Dummes getan?", wollte Werner wissen.

Pascal erklärte unter Schniefen, „Ich weiß nicht. Aber sobald ich die Tasche in meinen Händen hielt, habe ich mich so geschämt, dass ich sie reumütig weggeworfen habe."

Q konnte diese Tat nicht gutheißen. Allerdings war der Diebstahl einer Handtasche doch wohl kein Grund die Todesstrafe zu verhängen. Es gab keine Worte, die den jungen Mann trösten konnten, der jetzt dem Tod entgegensah, nur weil er eine kleine Dummheit begangen hatte.

Während der folgenden Tage kamen weitere Einzelheiten über Pascals Verhaftung und Prozess ans Licht. Anscheinend hatte die Verteidigung Zeugen gefunden, die aussagten, der junge Franzose hätte während eines Bombenangriffs zwei Kinder aus einem brennenden Gebäude gerettet.

Aber dem Richter, einem von Roland Freislers engsten Vertrauten, war das egal gewesen und er hatte Pascal die gleiche Strafe gegeben, die ein kaltblütiger Mörder erhalten hätte. Es war unmenschlich und ungerecht.

Sogar der Gefängnisdirektor und die meisten der Wärter stimmten dieser Einschätzung insgeheim zu und arbeiteten fleißig daran, einen Grund nach dem anderen zu finden, egal wie absurd, um die geplante Hinrichtung zu verzögern.

Pascal war verständlicherweise verzweifelt; die Sprachbarriere steigerte seine Angst und Verzweiflung nur noch weiter. Nach seinem ersten Zusammenbruch beruhigte er sich jedoch soweit, dass er seine Memoiren schreiben konnte.

„Jetzt haben meine Mutter und mein Mädchen wenigstens eine Erinnerung an mich", sagte er zu Q.

Q nickte. Was sollte er auch sonst tun? Er würde auf französisch keine philosophische Diskussion vom Zaun brechen, wie einzig ein Todesurteil die Essenz des eigenen Lebens herausdestillieren konnte. Wie es die Spreu vom Weizen trennte, wenn man mit seinem bevorstehenden Tod konfrontiert wurde und nur die ehrlichsten und tiefsten Gedanken über das Leben an sich übrig blieben.

Als Pascal mit seinen Memoiren fertig war, nahm er Q und Werner das Versprechen ab, dafür zu sorgen, dass die Briefe nach dem Krieg an seine Familie in Paris geschickt würden.

Werner stimmte gern zu, immer optimistisch, dass sein eigenes Todesurteil dank der großzügigen Hilfe seiner einflussreichen Freunde aufgehoben würde.

Eine Woche später kam der Henker Pascal holen.

Q war nicht sonderlich religiös, aber heute sehnte er sich nach Pfarrer Bernaus wöchentlichem Besuch. Pascals Hinrichtung hatte seinen wackeligen Seelenfrieden erschüttert. Wieder einmal hatte das Unrechtsregime keine Gnade gekannt. Nicht einmal in diesem Fall.

Aber heute war der Pfarrer nicht zu politischen Diskussionen aufgelegt. Oder überhaupt zu irgendwelchen Diskussionen.

„Was ist los?“, fragte Q und fuhr sich mit der Hand durch seine Locken.

„Heute war ein besonders scheußlicher Tag. Einer der Männer, die heute gestorben sind, war überhaupt nicht darauf vorbereitet. Ich habe ihn spirituell so gut ich konnte unterstützt, aber er war so jung und wollte nicht akzeptieren, was mit ihm geschehen sollte.“

„Pascal?“, fragte Werner, die Stimme voller Trauer.

„Ja. Es war furchtbar. Er hat Zeter und Mordio geschrien, um sich getreten und gekämpft, als sie ihn zur Guillotine brachten. Der Henker konnte seine Arbeit nicht verrichten und Pascal musste erst festgebunden werden. Nachdem die fürchterliche Tat vollbracht war, waren die Henker sichtlich erschüttert und erzählten mir, dass das eine der schrecklichsten und ungerechtesten Hinrichtungen war, die sie je ausführen mussten.“ Der Pfarrer hielt inne, die Gefühle deutlich von seinem Gesicht abzulesen.

Werners Hände waren zu Fäusten geballt. „Die folgenden Generationen werden darüber urteilen müssen, aber dieser junge Franzose hat ein korrektes Leben geführt und eine kleine Dummheit in turbulenten Zeiten hätte es nicht beenden sollen.“

Der Pfarrer bekreuzigte sich. „Möge Gott sich seiner Seele erbarmen. Und möge Er den Henkern helfen, die von Schuldgefühlen geplagt werden.“

„Sie haben wirklich eine schwere Arbeit“, gab Q zu, während eiskalte Schauer über seinen Rücken liefen.

Sie schwiegen mehrere Minuten bevor Pfarrer Bernau

sich räusperte. „Ich habe noch mehr beunruhigende Nachrichten von draußen."

„Erzählen Sie", ermutigte Werner ihn.

„Hitler hat die Deportation aller Juden aus seinem Reich befohlen. Es gab Berichte von Massenmorden während der Evakuierung der jüdischen Ghettos in Polen. Zehntausende wurden in sogenannte Vernichtungslager geschickt."

„Woher wissen Sie, dass diese Geschichten wahr sind?", fragte Q. Er zweifelte keine Sekunde daran, dass die Nazis zu solchen Gräueltaten fähig waren, aber die Dimension schien ihm unmöglich. Die Logistik solcher Massendeportation, und dann so viele Menschen zu töten, stellte eine noch nie dagewesene Herausforderung dar.

„Ich kann meine Quellen nicht preisgeben, aber sie haben es mit eigenen Augen gesehen. Das ist Völkermord im ganz großen Stil. Zehntausende, vielleicht sogar Hunderttausend. Hauptsächlich Juden, aber auch Zigeuner, Homosexuelle, Gott vergebe ihnen, Geisteskranke ..." Der Pfarrer bekreuzigte sich, „... sie benutzen Giftgas, um viele Menschen in kurzer Zeit umzubringen. Selbst in meinen schlimmsten Albträumen hätte ich nie befürchtet, dass unsere Regierung so tief sinken würde. Gott vergebe uns, denn wir sind Sünder."

„Sie müssen vorsichtig sein, mit wem Sie über diese Dinge sprechen", warnte Q. „Nicht alle Gefangenen sind vertrauenswürdig."

„Ja, wir haben Grund zur Annahme, dass es Gefangene gibt, sogar TU, die sich gegen Sie wenden würden in der Hoffnung, sich selbst zu retten", stimmte Werner zu.

Pfarrer Bernau lächelte gequält und klopfte an die Tür, um herausgelassen zu werden.

Weder Q noch Werner sprachen jemals wieder über die beunruhigenden Informationen, aber tief in seinem Innern wuchsen Qs Sorgen um den deutschen Staat.

Wie viel schlimmer müssen die Dinge noch werden, bevor es endlich besser wird?

KAPITEL 25

Seit Hilde die offizielle Bestätigung bekommen hatte, dass Volker sie für eine ganze Stunde besuchen durfte, saß sie auf glühenden Kohlen.

Als der lang ersehnte Tag endlich da war, half Margit ihr, die Haare zu kämmen. Sie starrten beide entsetzt auf das Knäuel langer Strähnen in der Bürste.

„Ich verliere meine Haare!", rief Hilde. Sie wusste, dass es an Mangelernährung und fehlendem Sonnenschein lag.

„Nein. Es ist ganz normal, jeden Tag ein paar Haare zu verlieren", log Margit und fügte hinzu, „Du siehst toll aus. Und deinem Sohn wird es nicht auffallen."

Einige Minuten später kam die Wärterin, um Hilde zum Besuchsraum zu bringen. Ihr Herz schlug ihr bis zum Hals und mit jedem Schritt wurde sie nervöser. *Was, wenn er mich nicht erkennt? Oder mich gar nicht sehen will?* Auf dem langen Weg durch die Gefängnisflure war sie mehrmals versucht, auf dem Absatz kehrt zu machen und davon zu laufen.

Volker war im Januar drei geworden und ein aufgeweckter Junge. Emma hatte ihm erzählt, dass seine Mutter im Krankenhaus war und sie deswegen nicht bei ihm sein durfte.

Hilde war sich nicht sicher, ob ihr diese Lüge Recht war oder nicht, aber letztendlich war es nicht ihre Entscheidung. Emma hatte darauf bestanden, dass es für den Jungen besser war, wenn er nicht wusste, dass seine Eltern wegen Landesverrats im Gefängnis saßen.

Die Wärterin öffnete die Tür zum Besuchsraum und Hilde lehnte einen Moment lang am Türrahmen und sammelte ihre Kräfte. Volker saß auf Emmas Schoß, ein erwartungsvoller Blick auf seinem Gesicht. Er sah so erwachsen aus, dass Hilde ihre Tränen kaum zurückhalten konnte.

Sie zwang ein fröhliches Lächeln auf ihre Lippen und rief seinen Namen, „Volker?"

Er drehte sich um und sobald er sie sah, stieß er einen Freudenschrei aus und rannte zu ihr, um sich in ihre Arme zu werfen. Hilde kniete sich hin und schlang ihre Arme um seinen kleinen Körper. Sie drückte ihn fest an sich, bis er anfing zu zappeln, um seine Freiheit zurückzubekommen.

„Mutti, bist du sehr krank?", fragte Volker.

„Es geht mir schon viel besser. Ich habe dich so sehr vermisst. Sieh dich an. Wie du gewachsen bist!" Hilde stand auf und folgte ihm an den Tisch, wo Emma saß.

„Ich bin ein großer Junge, das sagt Oma jeden Tag." Er strahlte vor Stolz und fing an, ihr so viele Sachen auf einmal zu erzählen, dass sie kaum ein Wort verstand. Aber allein seine Stimme zu hören, machte sie glücklich.

Hilde umarmte Emma. „Vielen Dank, dass du die Fahrt auf dich genommen hast, um ihn herzubringen."

„Nicht der Rede wert", antwortete Emma und lächelte, während sie Hilde bedeutete, sich auf Volker zu konzentrieren.

„Mein Schätzchen, erzähl mir, was du gemacht hast. Wie geht es deinem kleinen Bruder?", fragte Hilde und setzte sich zu ihm auf den Boden.

„Peter folgt mir überall hin. So." Volker lachte und krabbelte auf allen Vieren auf dem Boden herum.

„Ihr zwei seid so eine gute Mannschaft. Spielt ihr zusammen?", fragte sie und dachte daran, wie Peter seinen großen Bruder immer imitiert hatte. Alles was Volker konnte, wollte er auch ausprobieren.

„Manchmal. Aber er schmeißt immer meine Bauklötze um. Kannst du ihm sagen, er soll damit aufhören?" Volkers große blaue Augen flehten sie an.

Hilde nickte. Die Erwähnung von Volkers Bauklötzen schnürte ihr die Kehle zu. Q hatte sie für ihn geschnitzt und sie waren sein Lieblingsspielzeug gewesen. Es wärmte ihr das Herz, dass er noch immer damit spielte.

„Das werde ich, mein Schatz, sobald ich wieder bei euch bin. In der Zwischenzeit tust du, was Oma sagt, ja? Und du kümmerst dich für mich um deinen kleinen Bruder."

Volker nickte mit ernstem Gesicht und setzte sich auf ihren Schoß. „Wann kommst du denn zu uns zurück?"

Sie schluckte. „Das weiß ich nicht. Bald, hoffe ich."

„Wirst du sterben?" Seine Stimme bebte.

„Ach, mein kleiner Schatz, mach dir keine Sorgen. Denk immer daran, dass deine Mutti dich mehr liebt als alles auf der Welt und sie immer an dich denkt."

„Ich hab was vergessen ..." Volker sprang fort und kam

mit einem Blatt Papier zurück. „Das habe ich für dich gemalt, damit du bald gesund wirst."

Sie schaute sich die Zeichnung genau an. Vier Personen standen auf grünem Gras. Eine gelbe Sonne am Himmel. Und ein Boot. „Das ist wunderschön, mein Schatz."

„Das bin ich … und du … Papa und Peter ..." Volker strahlte vor Stolz, als er seiner Mutter alles erläuterte, was er für sie gemalt hatte.

Hilde vergaß alles um sich herum und die Wache kam viel zu bald zurück, um zu verkünden, dass es für den Jungen Zeit war zu gehen. Hilde drückte ihn fest an sich und flüsterte liebevolle Worte in sein Ohr, während sie ihre Tränen kaum zurückhalten konnte.

„Sie haben fünfzehn weitere Minuten, so lange passe ich auf ihn auf", sagte die Wärterin und nahm Volker mit, derweil Annie in den Besuchsraum kam.

Es war das erste Mal, dass Hilde mit ihren beiden Müttern zusammen in einem Raum war. Ein peinliches Schweigen breitete sich im Raum aus, bis Hilde endlich ihre Tränen in den Griff bekam. „Es tut mir so leid."

„Du musst dich nicht entschuldigen. Ich kann mir nicht vorstellen, was du gerade durchmachst", sagte Emma.

„Ihr habt keine Ahnung, wie viel Volkers Besuch mir bedeutet. Ich werde diese eine Stunde mit ihm für immer in meinem Herzen bewahren. Vielen Dank euch beiden, dass ihr das möglich gemacht habt", sagte Hilde.

„Ich musste ein paar Strippen ziehen, aber es war nicht besonders schwer", bemerkte Annie und setzte sich auf den zweiten Stuhl am Tisch.

„Hier. Ich habe dir ein paar der Sachen gebracht, die du dir gewünscht hast." Annie gab ihr ein Päckchen.

Hilde nahm es. Sie würde es sich später ansehen. Jetzt hatte sie Dringenderes mit den beiden Frauen zu besprechen.

„Emma, hast du alles, was du für die Kinder brauchst? Sind sie sicher in Hamburg?"

„Die Fliegerangriffe häufen sich, aber für den Moment ja. Was sie brauchen … sie wachsen so schnell. Ich werde bald neue Bezugsscheine für Schuhe und Kleidung brauchen", gab Emma zu.

„Annie, das musst du übernehmen. Du kannst mit den Geburtsurkunden der Kinder zu den Behörden hier in Berlin gehen und um extra Bezugsscheine bitten. Dann schickst du sie per Post an Emma. Bitte schicke ihr auch jeden Monat Geld, damit sie kaufen kann, was die Jungs brauchen."

Annie starrte sie nur an. „Hilde, du glaubst, das Leben sei einfach, aber es ist kein Bargeld mehr da. Dein Mann hat seit dem Tag seiner Verhaftung kein Gehalt mehr ausgezahlt bekommen und laut seinem Patentanwalt erhält er die Tantiemen für seine Patente nur einmal jährlich." Sie seufzte und winkte ab. „Ich habe alle eure Bankkonten geprüft und es gab nie viel Geld. Man sollte meinen, ihr hättet mehr auf die Seite legen können."

Hilde fing an, wütend zu werden. *Ich bin diejenige, die im Gefängnis versauert, nicht du!*

„Dann verkauf ein paar Sachen, Mutter", knurrte Hilde. „Ich bin mir sicher, mein Pelzmantel würde ein hübsches Sümmchen einbringen."

„Sei nicht albern, Liebes. Wer will denn im April einen Pelzmantel kaufen?", antwortete Annie und rollte die Augen.

Emma hatte den stummen Machtkampf mit großen Augen beobachtet und schaltete sich jetzt mit ruhiger Stimme in die Diskussion ein. „Vielleicht gibt es etwas anderes aus Hildes und Qs Besitz, was Sie verkaufen könnten, Frau Klein? Silberbesteck, Porzellan oder Antiquitäten?"

„Ich werde sehen, was möglich ist und Ihnen das Geld Ende der Woche zusenden. Wenn Sie mir eine Liste der benötigten Dinge geben, werde ich auch die extra Bezugsscheine besorgen. Obwohl ich aufgrund meiner wichtigen sozialen Verpflichtungen wirklich nicht allzu viel Zeit dafür aufwenden kann, werde ich natürlich alles Nötige für meine Enkel in die Wege leiten", sagte Annie gnädig.

„Danke, Mutter. Und könntest du die Wohnung in Nikolassee nicht an jemanden untervermieten? So hätten die Jungs ein regelmäßiges Einkommen."

„Das könnte man machen, aber es erfordert viel Zeit und Mühe", protestierte Annie, nickte dann aber schnell als sie die strengen Blicke sowohl von Hilde als auch von Emma bemerkte.

„Zeit zu gehen", rief die Wärterin von der Tür her.

Emma zog ein kleines Päckchen aus der Handtasche. „Ich habe ein paar Photographien für dich von Volker, Peter und der restlichen Familie."

„Vielen Dank, dass du dich um meine Kinder kümmerst." Hilde nahm die Bilder und verabschiedete sich von Emma und Annie, bevor sie zur wartenden Wärterin eilte, die so freundlich gewesen war, Hilde und den beiden Frauen fünfzehn zusätzliche Minuten für Organisatorisches zu erlauben, während sie auf Volker aufpasste.

Zurück in ihrer Zelle wartete Margit und wollte jedes kleinste Detail des Besuches hören.

Hilde zeigte ihr die Bilder, die Emma ihr gegeben hatte. „Schau, das sind meine beiden Schätze. Und das sind meine Schwestern ..." Sie strich liebevoll mit dem Finger über die Gesichter ihrer Kinder und schluckte einen Kloß im Hals herunter. Ihren Sohn zu sehen war bittersüß gewesen.

„Was, wenn ich sie niemals wiedersehe?", fragte sie durch ihre aufkeimenden Tränen.

„Du wirst bald wieder mit ihnen zusammen sein", sagte Margit und drückte sie.

Hilde nickte. Sie wollte so sehr daran glauben, dass es wahr würde. Sie lächelte die Bilder in ihrer Hand an und wusste, dass sie sich jeden Tag, den sie hier verbringen musste, an diese eine Stunde mit ihrem Sohn erinnern würde. Es würde ihre Stimmung hochhalten und ihr helfen, nicht verrückt zu werden.

Sie öffnete das Päckchen, das Annie ihr gegeben hatte. Es enthielt ihre schwarzen Lieblingsschuhe, Haarwaschmittel, Seife, Essen, eine Strickjacke, zwei Bücher und einige löchrige Strümpfe von Emma.

„Sieh nur, Margit! Endlich habe ich bequeme Schuhe ... und Haarwaschmittel." Hilde öffnete die Flasche und roch daran. „Das riecht so gut."

Margit lachte. „Es geht nichts über echtes Haarwaschmittel. Ich habe die Kernseife, die sie uns hier geben, so satt."

Sie inspizierten das Essen und setzten sich dann auf das untere Bett, um frische Brötchen mit Butter zu essen.

„Hmm, echte Butter." Margit leckte sich die Lippen. „Heute ist ein Tag zum Feiern."

„Weißt du, eigentlich geht es uns ganz gut. Wir haben genug zu essen, etwas zu lesen und Emma hat mir Arbeit gegeben. Diese Strümpfe zu stopfen wird mich tagelang beschäftigt halten."

„Du denkst tatsächlich, dass es nett war von deiner Stiefmutter, dir diese zerrissenen Strümpfe zu schicken?"

„Mutter Emma hat so ein hartes Leben und sie arbeitet Tag und Nacht. Sie kümmert sich um meinen Vater, ihre eigenen Töchter und jetzt auch noch um meine Söhne. Ich fühle mich schlecht, weil ich nicht helfen kann. Wenn ich Strümpfe stopfe, fühle ich mich wenigstens nützlich … und meine Hände und mein Kopf haben was zu tun." Hilde lehnte sich zurück und biss herzhaft von dem frischen Brötchen ab.

Nachdem sie eine Weile schweigend gegessen hatten, fuhr Hilde fort, „Du kannst dir nicht vorstellen, wie dankbar ich Mutter Annie bin, dass sie Volkers Besuch ermöglicht hat. Bei all ihren Fehlern zeigt mir diese eine Tat, dass sie mich doch liebt."

„Ja, das war wirklich nett von ihr." Margit gähnte und fragte dann, „Während du mit Strümpfe stopfen beschäftigt bist, kann ich mir eins dieser Bücher ausleihen, die du bekommen hast?"

„Ja, bedien dich", antwortete Hilde mit einem warmen Lächeln. Es war wirklich ein guter Tag gewesen.

KAPITEL 26

Q unternahm seinen täglichen Spaziergang draußen im Hof, dankbar für die eine Stunde Bewegung im Sonnenschein. Sie war seine einzige Erinnerung an eine Welt außerhalb der Gefängnismauern – ein blasses Andenken an vergangene Tage, an denen er mit seiner Familie spazieren ging und am See spielte.

Der Frühling hatte sich angeschlichen und mit ihm weitere Hinrichtungen. Gerade an diesem Morgen hatten sie zwei weitere Insassen geholt. Sie kamen immer morgens, jeden Tag, außer am Wochenende. Sogar die Henker hatten geregelte Arbeitszeiten.

Diese grässliche Prozedur war Teil des Gefängnisalltags geworden und niemand schien mehr einen Gedanken an die morbide Situation zu verschwenden. Die Henker waren Teil der Gemeinschaft und bemühten sich, die furchtbare Situation erträglicher zu machen.

Q hatte eine Weile gebraucht, um sich daran zu gewöhnen, dass sie oft für einen kurzen Plausch auf die Gefangenen zukamen. Aber nach einiger Zeit hieß er die Abwechslung in der täglichen Routine willkommen und hatte seinem Gehirn beigebracht, das „Hinrichtungsgeschäft" von seinem eigenen Schicksal zu trennen.

„Guten Tag, Doktor Quedlin", begrüßte ihn einer der Henker. „Haben Sie einen Moment?"

„Natürlich." Q nickte. Es war ja nicht so, als ob er irgendwohin müsste.

„Wegen dem Franzosen. Es war so ein Jammer, dass wir ihn hinrichten mussten. Er war ein guter Junge. Wir haben wirklich gedacht, das Gericht würde ihn begnadigen, aber das Glück hatte er nicht. Wir müssen die Befehle des Gerichts ausführen, aber wenn mich jemand gefragt hätte …"

„Ja, ein junges Leben vergeudet", antwortete Q. Zuerst war er überrascht gewesen, dass die Henker ein Gewissen hatten. Er hatte sie sich immer als kaltblütige Monster vorgestellt, aber das waren sie nicht. Sie waren einfach nur Menschen mit einem furchtbaren Beruf. Sie waren keine grausamen Sadisten wie Kriminalkommissar Becker und seine Leute. Die Henker von Plötzensee mochten ihre Arbeit nicht.

„Ich erinnere mich an den jungen Mann, den wir vor ein paar Wochen geholt haben", erhob ein anderer Scharfrichter die Stimme. „Er stand nur da und schluchzte in der Todeskammer, während wir unsere Diskussion beendeten … ich erinnere mich gar nicht mehr worüber wir sprachen. Es tat mir so schrecklich leid, dass wir ihn haben warten lassen und ich entschuldigte mich für mein rüpelhaftes Verhalten."

Kurz bevor du ihn getötet hast, fügte Q im Kopf hinzu.

Ein weiterer Henker klinkte sich in die Reise in die

Vergangenheit ein. „Erinnerst du dich an diesen Hochstapler?"

„Der als Friseur gearbeitet hat? Der hat immer gefeixt und war in bester Stimmung."

Q biss an und fragte, „Warum war er immer in guter Stimmung? Er war im Todestrakt."

„Ja, aber er hat sich tatsächlich auf seine Hinrichtung gefreut." Der Henker gluckste und hob die Augenbrauen. „Möchten Sie wissen warum?"

„Ja, klingt nach einer guten Pointe. Warum hat er sich auf seine Hinrichtung gefreut?", fragte Q.

„Weil jeder Gefangene an seinem letzten Tag sechs Zigaretten bekommt. Den Tag sehnte er sich wirklich herbei." Der Mann brach in schallendes Gelächter aus.

„Jeder tut was er kann, um mit der Situation fertig zu werden", antwortete Q und fuhr mit der Hand durch seine Locken. Er fragte sich, wie er sich in seinen letzten Stunden verhalten würde. Würde er standhaft und unerschütterlich bleiben? Oder würde er zusammenbrechen und um sein Leben betteln?

„Die Zivilisten haben es schwerer, mit ihrem Tod klar zu kommen als die Soldaten. Ich erinnere mich an diesen tschechischen Oberst, der uns anflehte, die Guillotine zu desinfizieren, bevor er dran war. Er wollte sich keine hässliche Infektion einfangen."

Ringsum wurde gelacht und sogar Q musste bei diesem Witz schmunzeln.

„Tut mir leid, die Arbeit ruft", sagte ein anderer Scharfrichter und winkte Q zu.

Q verabschiedete sich und hoffte, dass er noch eine Weile am Leben bleiben würde.

Nach dem Freigang wurden er und Werner ins Büro des Gefängnisdirektors zitiert. Q hatte herausgefunden, dass der Direktor ein gebildeter Mann war, der gern über Wissenschaft und Literatur diskutierte. Das konnten ihm nicht viele der Insassen bieten.

Q hegte den Verdacht, dass der Gefängnisdirektor ihn und Werner immer dann holen ließ, wenn die Grausamkeiten seiner Arbeit zu sehr auf ihm lasteten und er sein Gemüt mit seichteren Dingen ablenken wollte. Sie diskutierten die klassische deutsche Literatur, die in der Gefängnisbibliothek zu finden war, wie Goethes *Faust* oder Schillers *Die Räuber,* und vermieden dabei sorgfältig jeglichen Kommentar über die aktuelle Politik.

Heute war der Direktor jedoch nicht bei der Sache. Nach einiger Zeit unterbrach er sie mit einem Seufzen. „Es interessiert Sie vielleicht zu hören, dass selbst die loyalsten Bürger unserem Führer den Rücken kehren. Letzte Woche sind zwei Attentatsversuche auf Hitler gescheitert."

Qs Kopf fuhr herum und er starrte den Direktor ungläubig an.

Werner fand als erstes seine Stimme wieder. „Hat man die Beteiligten verhaftet?"

Der Direktor zuckte die Schultern. „Vielleicht. Die Gestapo hat Hans von Dohnanyi und Dietrich Bonhoeffer verhaftet."

„Von der Abwehr?", fragte Q ungläubig. Seit wann verhaftete die Gestapo denn Agenten der Abwehr?

„Ja. Anscheinend haben sie sich gegen unseren Führer verschworen und Dohnanyi hat Papiere gefälscht, um mehreren Juden die Flucht in die Schweiz zu ermöglichen. Eine unfassbare Tat", sagte der Direktor, aber irgendwie hatte Q den Eindruck, dass er ihre Taten in Wirklichkeit guthieß.

Nie würde er das offen sagen, aber mit jedem verstreichenden Tag wuchs Qs Überzeugung, dass der Direktor schon lange nicht mehr an die Naziideologie glaubte. Es gab noch immer Hoffnung auf einen Aufstand von innen heraus. Wenn sich nur die schweigende Mehrheit erheben und gegen ihren Führer kämpfen würde.

KAPITEL 27

Hilde hatte in Margit eine wunderbare Kameradin gefunden. Briefe waren die Lichtblicke ihres sonst so langweiligen Lebens und jeder Tag, an dem sie einen erhielt, war ein guter Tag.

Mutter Annie schrieb selten, aber Mutter Emma, ihre Schwiegermutter Ingrid und ihre Schwestern Julia und Sophie wechselten sich ab, so dass sie normalerweise zwei Briefe pro Woche bekam.

„Ich habe heute Morgen mit dem Blonden Engel gesprochen", sagte Margit in neckendem Ton.

Hilde schaute von ihrer Näharbeit auf in Margits erwartungsvolles Gesicht. Sie biss an. „Und was hat sie dir gesagt?"

„Gute Neuigkeiten. Sehr gute Neuigkeiten", provozierte Margit weiter.

Hilde wusste, dass sie mitspielen musste, wenn sie erfahren wollte, was der Blonde Engel gesagt hatte. „Komm schon Margit, bitte sag es mir."

„Vielleicht, vielleicht auch nicht ..."

Hilde lachte und warf einen der frisch gestopften Strümpfe nach ihr. „Du bist doch genauso wild darauf, es mir zu erzählen, wie ich es hören will."

Margit schmollte, brach dann aber in Gelächter aus. „Jetzt hast du mich. Also, die großen Neuigkeiten sind … Trommelwirbel … Frauen werden nicht mehr hingerichtet."

„Sie richten keine Frauen mehr hin?" Hilde starrte ihre Zellengenossin ungläubig an, während wieder Hoffnung in ihr aufkeimte.

„Es ist nicht offiziell, aber anscheinend haben die Henker so viel zu tun, dass man beschlossen hat, Frauen vorerst nicht hinzurichten."

„Das sind in der Tat gute Neuigkeiten." Hilde packte Margit an den Schultern und tanzte mit ihr durch die winzige Zelle.

Die Tage plätscherten dahin und jeden Tag erreichten weitere beunruhigende Nachrichten von draußen das Gefängnis. Die Ostfront war so gut wie zusammengebrochen und der Russe schien Land zu gewinnen. Der Engländer und der Ami hatten eine gemeinsame Bomber-Offensive gestartet, eine Kampagne, die die deutsche Kriegswirtschaft schädigen, die Moral zivilen Bevölkerung zerrütten und ihre Wohnungen zerstören sollte. Rommels Afrika Korps musste in Tunesien kapitulieren. Einhundertfünfzigtausend deutsche und einhundertfünfundzwanzigtausend italienische Soldaten gerieten in Kriegsgefangenschaft. Ihr Fehlen hatte verheerende Auswirkungen auf jede andere Front.

~

Ein Monat war seit Volkers Besuch vergangen, als Annie wieder zu Besuch kam.

„Du siehst sehr gut aus, Hilde", sagte Annie.

Hilde seufzte und schüttelte den Kopf. „Was interessiert mich mein Aussehen?"

„Es ist wichtig, sogar in deiner Situation und ich bin froh, dass du gut auf dich acht gibst. Brauchst du mehr Haarwaschmittel?" Annie berührte ihre sorgfältig zurückgekämmten Haare.

Zum ersten Mal bemerkte Hilde graue Strähnen im Haar ihrer Mutter und deutliche Falten um ihre Augen.

„Nein, danke, aber ich könnte etwas Essen gebrauchen. Sie haben unsere Rationen schon wieder reduziert. Der einzige Grund, warum ich nicht viel Gewicht verliere, ist, dass ich mich kaum bewege."

„Tja … was machst du hier den ganzen Tag?", fragte Annie und zog eine Augenbraue hoch.

„Nicht viel. Ich glaube, was ich hier drin am meisten vermisse, ist etwas zu tun zu haben. Vielleicht kannst du mir ein paar Sachen für die Kinder bringen, die genäht werden müssen, oder etwas Wolle, damit ich ihnen Pullover stricken kann … irgendwas, um meine Hände zu beschäftigen."

„Ich denke, ich könnte dir etwas Wolle schicken", sagte Annie unverbindlich. Hilde spürte, dass sie etwas auf dem Herzen hatte.

„Mach dir keine Sorgen um mich, Mutter. Ich will nicht leugnen, dass ich manchmal kurz vor einem Nervenzusammenbruch stehe, aber im Großen und Ganzen geht es mir gut. Wir haben ein kleines Fenster in unserer Zelle, durch das schon seit Wochen die Sonne hereinscheint. Es wird jeden Tag wärmer und ich kann Bäume unter meinem Fenster sehen. Sie sprießen grüne Blätter."

„Ja, der Frühling ist das einzig Gute, was wir im Moment haben", jammerte Annie.

„Mutter, wir sollten für alles dankbar sein, was wir haben", schimpfte Hilde. „Das Wetter ist so wundervoll. An manchen Tagen kann ich an nichts anderes denken, als an die Kinder und wie sehr sie die Sonne draußen genießen müssen nach dem langen, harten Winter. Selbst wenn ich nicht bei ihnen sein kann, bin ich doch glücklich, weil ich weiß, dass sie glücklich sind."

„Du kannst das sagen, weil du hier drin sicher bist, aber wir da draußen … die ständigen Fliegerangriffe sind demoralisierend", sagte Annie mit finsterer, verzweifelter Miene. „Keine Nacht vergeht, ohne dass wir in den Schutzbunker müssen. Ständig habe ich Sorge, die Nacht nicht zu überleben und der Schlafmangel raubt mir meine Gesundheit und Jugendfrische. Und sogar meine besten Kontakte können mir keinen echten Kaffee mehr besorgen."

Hilde war hin und her gerissen zwischen Wut und Belustigung über die Sorgen ihrer Mutter. Hier saß sie, zum Tode verurteilt, und Annie jammerte über *ihre* Schwierigkeiten?

„Ich verstehe wirklich nicht, warum der Engländer uns das Leben so schwer machen muss! Warum geht er nicht zurück auf seine Insel und lässt uns in Frieden? Ich habe denen nichts getan, also warum muss ich ihren Zorn über mich ergehen lassen?"

Hilde beschloss, nicht darauf zu antworten und lenkte das Gespräch stattdessen auf fröhlichere Themen. „Wie geht es deinem Mann? Welche Oper singt er gerade?"

„Oh mein Gott, Hilde, manchmal frage ich mich wirklich, wie du so wenig Mitgefühl mit anderen Menschen haben kannst. Wie kannst du schon wieder vergessen haben, dass mein armer Robert an einer ernsten Stimmbandentzündung leidet und schon den ganzen Winter nicht auftreten konnte? Daran sind nur diese verdammten Engländer Schuld. Die zerstören alles!"

Hilde seufzte und war tatsächlich froh, als die Wache das Ende der Besuchszeit verkündete.

KAPITEL 28

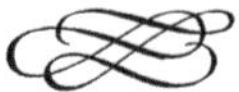

Q funkelte Werner wütend an, während er in der winzigen Zelle auf und ab schritt. Drei lange Schritte. Umdrehen. Vier kurze Schritte. Umdrehen.

„Ich kann nicht glauben, dass du alle deine Erfindungen an die Russen gegeben hast. Eine Regierung, die du nie verstanden hast", sagte Werner.

„Das ist nicht wahr", protestierte Q. „Kommunismus ist die einzige Regierungsform, die sich um das Wohlergehen des Volkes kümmert. Die Selbstbestimmung des Volkes, keine Eliten mehr, keine Reichen, die sich alles selbst in die Tasche stecken."

„Und woher hast du deine Informationen? Du scheinst gar nichts über diesen Kommunismus zu wissen." Werner trat ihm in den Weg.

Q knurrte aufgebracht. „Ich kann nicht nachdenken, wenn ich still stehen muss. Geh zur Seite."

„Oho, der erhabene Doktor Quedlin denkt. Du solltest dich allerdings besser an die Naturwissenschaften halten, wo du wirklich eine kreative Naturgewalt bist, und die Politikwissenschaft anderen überlassen. Deine Lebensphilosophie ist ziemlich verdreht." Werner grinste und machte Platz.

„Oswald Spengler", sagte Q und fuhr sich mit der Hand durch die Haare. „Sein Buch *Der Untergang des Abendlands* erklärt alles, was man über die Konflikte der Zivilisationen wissen muss."

„Pah ... Spengler lag falsch", verkündete Werner.

„Wie das?", bohrte Q. „Alle Menschen sind gleichwertig und wenn sich jeder für das Allgemeinwohl einsetzt–"

„Das ist kein Kommunismus, mein Freund." Werner schüttelte den Kopf.

Q blickte zum Fenster. Das hatte er schon einmal gehört. „Also würdest du seine These bestreiten, dass alle Zivilisationen einen natürlichen Lebenszyklus mit Geburt, Wachstum, Reife und letztendlich Tod durchlaufen müssen? Dass alle Zivilisationen eine begrenzte Lebensspanne haben, die man vorhersagen kann?"

„Das Ende einer Zivilisation steht nicht von vornherein fest. Und Kommunismus ist nicht der Kapitalismus der Unterschicht. Meiner Meinung nach geht es beim Kommunismus darum, das Gemeinwohl zu verbessern, indem sich jeder gleichermaßen einbringt. Man stellt sicher, dass jeder gleichsam von der Regierung abhängig ist und die Regierung bestimmt, wie diese Gemeinschaft gedeiht."

„Das ist Haarspalterei", sagte Q und fuhr fort, Spenglers wichtige Annahmen über die Geschichte der Zivilisationen und die Interaktion des Menschen mit seiner Umgebung darzulegen.

Werner hingegen nahm jedes einzelne Argument auseinander und versuchte, Spenglers Theorien mit denen anderer wichtiger Philosophen zu widerlegen. Ihr Streitgespräch dauerte bis spät in die Nacht, als beide vom vielen Reden heiser waren.

Q war sich nie sicher, ob Werner wirklich alles glaubte, was er über den Kommunismus und Spengler sagte, oder ob er nur um der Diskussion willen diskutierte, um die langweiligen Gefängnistage zu verkürzen. Wie auch immer, Q schätzte ihre zeitraubenden Streitgespräche und vermied es peinlichst, Werner selbst bei den unwichtigsten Punkten zuzustimmen.

Manchmal beteiligte sich Pfarrer Bernau an ihren Diskussionen und einige ihrer Lieblingsthemen waren Pädagogik und Erziehungsfragen. Diese Fragen würden das gesamte ökonomische Konzept des neuen Deutschland bestimmen und beeinflussen. Die Umerziehung und Entnazifizierung aller Deutschen, besonders der jüngeren Generation, würde nach der kompletten Zerstörung des deutschen Staates oberste Priorität bekommen.

Dieser Aussage mussten leider alle zustimmen. Worüber sie uneins waren war die Frage, wie ein idealer deutscher Staat nach der Niederlage aufgebaut werden konnte.

Mittlerweile hatte sich Q von seiner früheren Überzeugung verabschiedet, dass Deutschland in der Lage sein würde, sich aus eigener Kraft aus den Klauen des Hitlertums zu befreien, während Werner – natürlich – an der Illusion einer Revolution festhielt, die von innen heraus die derzeitige Regierung stürzen würde.

Q beteiligte sich mit gemischten Gefühlen an dieser Diskussion, da ihm bewusst war, dass er an diesem neuen Land keinen Anteil haben würde. Aber Werner und Pfarrer Bernau vielleicht.

KAPITEL 29

Hilde hätte dankbar sein sollen, aber das war sie nicht. Es war der 20. April 1943 und um seinen Geburtstag zu feiern, hatte Hitler großzügig jedem Häftling gestattet, einen zusätzlichen Brief an ein Familienmitglied zu schreiben. Leider war Q kein genehmigter Empfänger, da er selbst Häftling war.

Sie schaute murrend auf das leere Blatt Papier vor sich und verzog das Gesicht. Jetzt sollte sie also dem Mann dankbar sein, den sie am meisten auf dieser Welt verabscheute. Dem Mann, der die Ursache für ihr Todesurteil und das unsägliche Leid von Millionen von Menschen war.

„Willst du deinen Brief gar nicht schreiben?", fragte Margit, während sie ihre hastig geschriebenen Worte in einen Umschlag steckte.

„Ha. Warum darf ich nicht an Q schreiben? Und warum macht mir *dieser Mann* überhaupt ein Geschenk? Es ist sein verdammter Geburtstag, nicht meiner!" Hilde kritzelte einen Totenkopf aufs Papier.

„Komm schon, Hilde. Du bist diejenige, die ihr ganzes Geld dafür ausgibt, Kassiber rauszuschmuggeln, anstatt etwas für sich selbst zu kaufen. Es wäre ziemlich dumm, diese Gelegenheit, einen offiziellen Brief zu schreiben, nicht zu nutzen."

„Vermutlich hast du Recht", seufzte Hilde und strich den Totenkopf durch. Dann fing sie einen Brief an Emma an.

Meine liebste Mutter,

Ich wünsche Euch allen ein glückliches und friedvolles Osterfest. Die Kinder werden begeistert und glücklich sein, und Du wirst Dich an ihnen und mit ihnen freuen.

Ich werde viel an Euch denken und werde mir vorstellen, wie die Jungen nach Ostereiern suchen. Euer Haus ist für so ein Versteckspiel bestens geeignet und ich erinnere mich daran, wie gut Vati Eier verstecken kann. Wir haben früher stundenlang gesucht.

Letztes Jahr haben Q und ich bei uns Eier versteckt, da war der kleine Peter gerade erst einen Monat alt. Inzwischen wird mein Schatz schon allein laufen können, nach dem, was Du mir in Deinem letzten Brief geschrieben hast.

Wie gern würde ich ihn sehen! Ich werde nie aufholen können, dass ich seine ersten Schritte verpasse. Seine ersten Worte – es ist so süß und so einzigartig, wie ein Baby anfängt zu sprechen. Und alles andere, was er gelernt hat.

Und er kann sogar schon ein Lied singen! Wie sehr sehne ich mich danach zu sehen, wie er in seine Händchen klatscht und die Melodie von Backe, backe Kuchen summt. Falls ich ihn jemals wiedersehe, wird das alles vorbei sein.

Es ist schrecklich, dass er auch die Masern bekommen hat und

Du Dich um noch ein krankes Kind kümmern musstest. Ich habe immer Sorge, dass Dir alles zu viel wird. Ich weiß, wie viel Arbeit die Beiden machen, wie knatschig sie werden, wenn sie all die Kinderkrankheiten bekommen. Natürlich trifft es immer beide. Ich hoffe, Deine Gesundheit wird mit dieser Belastung fertig.

Aber ich bin so dankbar, dass die Kinder bei Dir bleiben können und nicht in ein Heim müssen. Und bitte gib meinen Dank an Sophie weiter, dass sie ihnen Kleidung näht.

Kann ich irgendwie helfen? Wenn Du mir Material und Schnittmuster schickst, kann ich mit der Hand nähen. Oder wenn Sophie kleine Hosen genäht hat, kann ich sie vielleicht besticken? Ich habe noch so viel Garn zu Hause, es wäre meine größte Freude, etwas für die Kinder zu machen und Dir auszuhelfen. Bitte frag Mutter Annie, ob sie mir etwas schicken kann und dann vergiss nicht, mir die Maße der Kinder mitzuteilen. Ich habe keine Ahnung, wie sehr sie gewachsen sind. Es ist schon so lange her ...

Du kannst alle meine Schuhe haben, die noch in unserer Wohnung sind. Du hast die gleiche Größe wie ich und das ist das Mindeste, was ich für Dich tun kann, als Zeichen meiner Dankbarkeit für alle Deine Mühe. In diesen Zeiten sind gute Schuhe ein Vermögen wert und Du hast es Dir verdient.

Kann ich Dir sonst etwas von meinen Sachen geben? Oder Deinen Töchtern? Sag mir einfach, was Du brauchst und Mutter Annie wird es Dir schicken. Du musst mit der Betreuung meiner Kinder genug Schweres aushalten. Ich will helfen, so gut ich kann.

Mutter Annie hat mir ein riesiges Stück Wurst geschickt. Waren das Deine Lebensmittelscheine? Herzlichen Dank dafür, sie schmeckt herrlich! Aber ich will diese besonderen Speisen gar nicht, mir wäre es lieber, wenn Mutter Annie sie an Q schickt. Er braucht es so viel dringender als ich.

Bald ist Julias und Dein Geburtstag. Ich schicke Euch jetzt schon meine besten Grüße, da ich nie weiß, wann ich die nächste Nachricht schreiben kann.

Ich habe Mutter Annie gesagt, wenn sie im Sommer an die Ostsee fährt, soll sie die Kinder mitnehmen. Würdest Du das erlauben? Sie hätten so viel Spaß.

Jetzt sende ich Dir erst einmal meine besten Wünsche für das neue Lebensjahr. Liebste Grüße an Dich, Vati, Sophie und Julia.

Und eintausend Küsse für meine kleinen Schätze!

In Liebe

Hilde

Unter die Unterschrift zeichnete Hilde einen Geburtstagskuchen mit Kerzen. Dann faltete sie den Brief sorgfältig und steckte ihn in einen Umschlag. Sie tupfte sich die Augen ab. An ihre Kinder zu denken war Freude und Qual zugleich.

„Ich wünschte, ich könnte meinen Söhnen etwas zu Ostern schicken", murmelte Hilde.

„Du und Deine Kinder ...", zog Margit sie auf.

„Das wirst du verstehen, wenn du älter bist und selbst Kinder hast." Hilde stand auf und klopfte an die Tür, um anzuzeigen, dass sie mit Schreiben fertig war. Eine Wache tauchte auf und nahm beide Briefe entgegen.

Margit schüttelte den Kopf. „Ich bezweifle, dass ich jemals Kinder haben werde. Nicht in einer Welt wie dieser."

„Du willst keine Familie? Was ist mit deinen Eltern? Ich bin mir sicher, sie wünschen sich das für dich."

„Du kennst meine Familie nicht." Margit zog die Stirn kraus.

Hilde sah sie streng an. „Das stimmt. Weil du nie über sie

sprichst. Du weißt alles über meine Familie und ich weiß nichts über deine." Hilde hatte schon mehrmals versucht, Margit zum Reden zu bewegen, aber bei diesem einen Thema waren ihre Lippen versiegelt.

„Du willst es wirklich wissen?"

Hilde nickte.

„Mein Vater ist ein wichtiger Mann bei der Gestapo und meine Mutter ist eine gute deutsche Hausfrau." Margit verzog das Gesicht. „Meine beiden Brüder sind Offiziere in der Wehrmacht und meine Schwester leitet eine Gruppe des Bund Deutscher Mädel. Ich bin das schwarze Schaf der Familie."

„Was hast du getan? Du hast es mir nie erzählt."

Margit schaute finster und spuckte auf den Boden. „Ich hasse die Nazis und ihre dumme Rassenkunde ..."

Hilde sagte nichts, als Margit tief in Gedanken innehielt. Der jungen Frau stand das Gefühlschaos ins Gesicht geschrieben. Es würde ihr gut tun, über ihren Schmerz zu sprechen.

„… ich habe mich in den Sohn unserer Nachbarn verliebt. Mein Vater war fuchsteufelswild. Nicht, weil ich den Jungen geküsst habe, sondern weil er ein Mischling war."

Hilde legte die Hand über den Mund. Die Tochter eines Gestapobeamten und ein Halbjude. Natürlich war ihr Vater wütend.

Margits wütender Gesichtsausdruck verwandelte sich in Trauer, als sie mit leiser Stimme fortfuhr, „… am nächsten Tag waren er und seine Mutter verschwunden und niemand wollte mir sagen, was passiert war. Ich hatte zwei Wochen Hausarrest und danach beschloss mein Vater, mich zu einem Trainingslager des Bund Deutscher Mädel zu schicken ..." Margits Gesicht hellte sich auf und ein aufmüpfiger Glanz trat in ihre Augen. „Aber sobald ich da war, habe ich kein Blatt vor den Mund genommen. Ich erklärte unserer Anführerin ganz genau, was ich von dem ganzen Affentheater hielt."

Hilde konnte sich ein Kichern nicht verkneifen. Sie konnte sich lebhaft vorstellen, was genau Margit zu der BDM Leiterin gesagt hatte. Vor zehn Jahren hätte Hilde vermutlich dasselbe getan.

„Mein Vater wurde ins Trainingslager zitiert und es gab einen ziemlichen Skandal. Also beschloss er, mir eine Lektion zu erteilen und ließ mich verhaften."

„Das ist nicht dein Ernst", rief Hilde aus. Obwohl, genau betrachtet war es gar nicht so ungewöhnlich. Jeder gute Deutsche war angewiesen die Volksgemeinschaft über die eigene Familie zu stellen.

„Ich meine es todernst. Mein Vater sagt, ich werde sofort entlassen, wenn ich mich öffentlich entschuldige und schwöre, ein genauso braves, deutsches Mädchen zu sein wie meine Schwester."

Hilde starrte sie mit weit aufgerissenen Augen an.

In den kommenden Wochen arbeiteten Hilde und einige andere Insassinnen unermüdlich daran, Margit zu überzeugen, Reue vorzutäuschen, um das Gefängnis verlassen zu dürfen.

„Es nützt doch nichts, wenn du hier drin versauerst", sagte Hilde. „Denk doch nur, wie viel Gutes du tun könntest, wenn du da draußen wärst und im Untergrund arbeiten könntest. Ich bin mir sicher, dass dir ein paar Frauen hier Kontakte vermitteln können."

Einige Tage später erhielt Hilde eine Nachricht von ihrem Anwalt, dass ihr Antrag auf eine Revision des Urteils abgelehnt worden war. Sie seufzte tief, als ihre Hoffnungen auf lebenslange Haft anstatt der Todesstrafe zerschlagen wurden. Herr Müller versicherte ihr, dass er nicht aufgeben würde und einen Antrag auf Begnadigung stellen würde. Es war eine vage Hoffnung, aber alles, was ihr noch blieb.

Und als ob das noch nicht genug gewesen wäre, um ihre Stimmung zu dämpfen, brachte Margit nach einem weiteren Besuch ihrer Familie beunruhigende Neuigkeiten.

„Das besetzte Frankreich schickt vierhunderttausend *freiwillige* Zivilarbeiter zu uns, um die deutschen Männer zu ersetzen, die an die Front geschickt wurden. Mein Vater sagt, es gibt über eineinhalb Millionen Kriegsgefangene, die ihren Lebensunterhalt mit wertvoller Arbeit für das Regime verdienen." Margit spuckte auf den Boden. „Nazi Bastarde."

„So viele Leben ruiniert ... arme Soldaten. Wann ist dieser furchtbare Krieg endlich vorbei?", seufzte Hilde. An manchen Tagen hielt sie es einfach nicht mehr aus. Dann erschien der Tod tatsächlich wie ein erstrebenswerter Ausweg.

„Mein Vater hat nicht viel über den Krieg gesagt. Es scheint, als würden die Alliierten gegen die Wehrmacht an Boden gewinnen, aber Hitler hat verkündet, dass Berlin jetzt frei von Juden ist und dass der Rest Deutschlands – beziehungsweise das gesamte Reich – bald folgen wird."

„Alle Juden? Überall? Wo kommen die hin? In Lager?" Hildes Augen sprangen vor Schreck so weit auf, dass sie Angst hatte, sie würden herausfallen.

„Ja." Margit nickte abwesend. Sie schien mit ihren

eigenen Sorgen um ihren halbjüdischen Freund beschäftigt zu sein.

„Sind die Gerüchte wahr, die man über die Lager hört?“, flüsterte Hilde.

Margit warf Hilde einen kurzen Blick zu und presste die Lippen aufeinander. „Ich weiß es nicht sicher, aber ich habe meinen Vater ein paar Mal belauscht und ich bin mir ziemlich sicher, dass die Juden in diesen Lagern umgebracht werden. Ich habe gehört, wie er davon gesprochen hat, dass sie eine *wunderbare* Methode entwickelt haben, wie sie viele ahnungslose Menschen in kurzer Zeit töten können.“

Hilde schauderte. „Es gibt über zehn Millionen Juden in Europa. Er kann sie nicht alle umbringen. Das ist schlichtweg unmöglich.“

KAPITEL 30

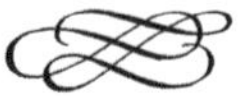

Der Mai kam und Q saß in seiner Zelle und kritzelte einige Notizen, als einer der Wärter die Tür öffnete. „Sie haben Besuch."

Q schaute hoch, sicher, dass der Wärter mit Werner sprach, aber Werner war gar nicht in der Zelle. „Für mich?"

„Ja. Kommen Sie mit."

Q folgte dem Wachmann und fragte sich, wer der Besucher sein könnte. Sein Anwalt würde erst in ein paar Wochen wieder kommen und Kriminalkommissar Becker hatte mehr als deutlich gemacht, dass Q keinen Besuch von Familie oder Freunden verdiente.

Als er die Frau sah, die im Besucherraum auf ihn wartete, klappte seine Kinnlade beinahe bis zum Boden.

„Annie?", fragte Q für den Fall, dass sie eine Erscheinung war. Er ging auf sie zu, um ihr die Hand zu schütteln, aber sie winkte ab.

„Ich bin nicht hier um Nettigkeiten auszutauschen. Du

bist der Grund, dass meine Tochter im Gefängnis sitzt und zum Tode verurteilt wurde. Es ist alles deine Schuld."

„Es ist auch schön, dich zu sehen", sagte er, als sie eine Pause einlegte, „und ich kann dir gar nicht genug danken für das Geld und das Essen, das du mir geschickt hast."

„Wenn's nach mir ginge, könntest du in der Hölle schmoren, aber Hilde hat mich förmlich angebettelt, dir Pakete zu schicken", stellte Annie klar. „Ich habe wirklich keine Ahnung, warum diese Frau dich noch immer liebt, nach allem, was du ihr angetan hast."

Q wollte widersprechen, überlegte es sich jedoch anders und ließ sie ihrem Ärger Luft machen. Es hatte sowieso keinen Zweck, mit Annie zu diskutieren, wenn sie in so einer Stimmung war. Was hätte er auch zu seiner Verteidigung sagen können? Er hatte schwere Schuld auf sich geladen, indem er der Person Leid zugefügt hatte, die er am meisten auf der Welt liebte.

„Wie hast du die Erlaubnis bekommen, mich zu besuchen?", fragte er, als Annie endlich mit ihren Beschuldigungen fertig war.

„Der nette Kriminalkommissar Becker ist ein Mann, der Richtig und Falsch unterscheiden kann – im Gegensatz zu meinem Schwiegersohn", sagte Annie mit einem selbstgefälligen Lächeln.

Q nickte, obwohl seine Meinung über Becker ganz und gar nicht der ihrigen entsprach. „Richte dem Kriminalkommissar meine besten Grüße aus und sag ihm, dass ich ihm sehr dankbar dafür bin, dass er deinen Besuch genehmigt hat. Aber ich nehme an, dass du dir diese Mühe nicht gemacht hast, nur um mich an mein Verschulden für Hildes Schicksal zu erinnern."

„Das stimmt, das habe ich nicht." Annie nickte. Sie zog einige Papiere aus ihrer Handtasche und breitete sie vor ihm aus. „Ich möchte, dass du die hier unterschreibst."

„Was ist das?"

„Diese Papiere übertragen mir das Sorgerecht für deine Kinder", sagte Annie und tippte darauf.

Q wich zurück, als hätte sie ihn geschlagen. „Nein, das werde ich nicht unterschreiben. Hilde und ich haben bereits entschieden, dass Gunther der Vormund für unsere Kinder werden soll."

„Dein Bruder? Der Mann, der Hilde ebenso verabscheut wie der Teufel das Weihwasser? Das kann nicht dein Ernst sein", kreischte Annie, offensichtlich erbost über die Zurückweisung.

„Ich meine es ernst. Gunter wird der Vormund." Q faltete die Hände in dem Versuch, Ruhe zu bewahren.

„Du kannst nicht wirklich glauben, dass dein Bruder ein passender Vormund für zwei kleine Jungen ist? Er ist Sozialist, um Himmelswillen."

„Sozialist oder nicht, er ist ein angesehener Bürger mit einem guten Ruf bei den Behörden, und er ist Anwalt. Er kennt alle administrativen Einzelheiten, die beachtet werden müssen. Außerdem habe ich Gunther geschrieben, dass es Hildes und mein ausdrücklicher Wunsch ist, dass unsere Söhne bei meiner Cousine Fanny in Amerika leben sollen, sobald der Krieg vorüber ist."

Annie wurde blass und brauchte ein paar Augenblicke, um ihre Stimme wieder zu finden. „Du würdest deine unschuldigen Kinder in feindliches Gebiet schicken?"

„Die Amerikaner sind nicht unsere Feinde. Die Nazis sind der wahre Feind."

„Genau dieses Denken hat dich in deine jetzige Lage gebracht.“ Annie sah ihn voller Verachtung an. „Wenn wir den Krieg gewonnen haben, sind keine Amis mehr übrig, zu denen du deine Kinder schicken kannst. In Deutschland werden sie es besser haben.“

Q stöhnte innerlich auf. Anscheinend glaubten einige Leute noch immer, dass Deutschland diesen Krieg gewinnen würde. Wie jemand so dumm sein konnte, war ihm schleierhaft.

„Du bekommst das Sorgerecht für meine Kinder nicht. Das ist mein letztes Wort.“

„Nun gut, dann gehe ich besser“, sagte Annie und streckte ihre Hand aus, als wollte sie ihn wegscheuchen. Eine Welle der Übelkeit überrollte Q, als er den Diamantring an ihrem Finger bemerkte. Hildes Ring.

„Dieser Ring gehört meinen Kindern, nicht dir“, sagte er, die Stimme mühsam unter Kontrolle haltend.

„Im Moment wird er nicht gebraucht, um für sie zu sorgen, also gibt es keinen Grund, warum ich ihn nicht tragen sollte.“ Annie bewegte ihre Hand, bis der Diamant einen Sonnenstrahl erfasste und millionenfach reflektierte. Ein Regenbogenmuster erschien auf den sonst langweilig grauen Wänden.

„Du könntest ihn verkaufen und das Geld für die Jungs auf die Seite legen“, sagte Q, ohne den Blick von dem Ring abzuwenden.

„Sei nicht albern, wir würden kaum Geld dafür bekommen. Dank dir und deiner Freunde ist Deutschland in einem so schlechten Zustand, dass niemand Diamantringe kaufen will, oder überhaupt irgendwelchen Schmuck.“

„Trotzdem gehört dieser Ring Volker und Peter.“

„Und ich werde dafür sorgen, dass sie ihn bekommen. Nach dem Krieg. Jetzt ist es besser, wertvolle Dinge wie diesen Ring verborgen zu halten, und welch besseren Ort könnte es dafür geben als meinen Finger?“, fragte Annie.

Q wusste, dass nichts dagegen zu unternehmen konnte, wenn sie die Vollmacht über seine Besitztümer missbrauchte. Sie konnte tun, was immer sie wollte und er konnte nur dasitzen und zusehen. Es nagte gewaltig an ihm und bestärkte ihn in seiner Überzeugung, Gunther zum Vormund für seine Kinder zu bestimmen und nicht sie.

Als Annie ging, sagte er, „Ich bereue nicht, was ich getan habe, weil ich fest davon überzeugt bin, dass es das Richtige war. Aber es tut mir wirklich leid, dass ich Hilde da mit reingezogen habe. Denn ich liebe deine Tochter von ganzem Herzen.“

KAPITEL 31

Hilde setzte sich hin, um ihren monatlichen Brief an Q zu schreiben. Wie immer lag ihr sein Wohlergehen und das ihrer Kinder am meisten am Herzen.

Emma hatte jüngst Bilder der Beiden geschickt und sie musste sich entscheiden, welches davon sie Q schicken sollte. Er würde so glücklich sein.

Mein liebster Q,

ich frage mich, wie viel länger ich Dir noch schreiben kann. So seltsam es auch klingen mag, aber bei mir ist der Alltag eingekehrt. Emma hat mir zwei Bilder von unseren geliebten Jungen geschickt und ich habe Dir eins beigelegt, damit du sie auch sehen kannst.

Es ist unglaublich, wie sehr sie gewachsen sind und noch schwerer sich vorzustellen, dass sie mir schon vor fast einem halben Jahr weggenommen wurden.

Volkers Besuch war so kostbar und ich denke jeden Tag an

diese eine Stunde mit ihm zurück. Ich wünschte, Du dürftest ihn auch sehen, aber leider fürchte ich, dass dies nicht möglich sein wird.

Annie besucht mich jeden Monat.

Hilde hielt inne. Es wäre unklug, über Annies ständiges Gejammer zu schreiben und wie sie Hildes Situation zu ihrem eigenen Vorteil ausnutzte. Dann lächelte sie und nahm den Stift wieder zur Hand ...

Du weißt, wie sie ist; so eine treue Seele, die das Wohl der anderen immer über ihr eigenes stellt. Sie beschwert sich nie, wenn Emma sie um die dringend benötigten Gelder für den Unterhalt der Jungen bittet. Anscheinend musste sie einige unserer Sachen verkaufen, weil nicht mehr genug Bargeld vorhanden war und ich konnte sie davon überzeugen, unsere Wohnung in Nikolassee vorübergehend unterzuvermieten. Ich hoffe, das ist in Deinem Sinne.

Bekommst Du die Pakete, die Annie Dir schicken soll? Ich habe ihr gesagt, dass ich gern ohne auskomme, solange ich weiß, dass es Dir gut geht. Du brauchst das extra Essen so viel dringender als ich.

Gott sei Dank bin ich leidlich gesund und habe kaum Gewicht verloren, weil ich tagein, tagaus nur in meiner Zelle auf dem Bett sitze. So ein untätiges Leben sagt mir nicht zu und ich sehne mich danach, mich nützlich zu machen. Annie und Emma haben mir beide kleine Handarbeiten geschickt. Aber das Flicken, Stopfen und Stricken ist immer schon nach ein paar Tagen erledigt und dann habe ich nichts mehr zu tun, außer herumzusitzen und auf das nächste Paket zu warten, Briefe zu schreiben, wenn es erlaubt wird, und auf bessere Zeiten zu hoffen.

Hilde fuhr mit der Hand durch ihre stumpfen, leblosen Haare und starrte entsetzt auf das Haarbüschel zwischen ihren Fingern. Q hatte ihr glänzendes Haar immer geliebt. Wenn ihr die Haare weiter so ausfielen wie einer Katze im Fellwechsel, würde sie bald eine Glatze haben.

Erinnerungen an glücklichere Zeiten tauchten auf. Ihre Hochzeitsreise nach Italien, eine herrliche, sorglose Zeit. Sie seufzte tief und setzte ihren Brief fort.

Wir hatten so ein gutes Leben miteinander und ich will Dir für jeden einzelnen Tag danken. Ich vermisse Dich und unsere Jungen mehr als alles auf der Welt, aber die schönen Erinnerungen an unsere gemeinsame Zeit geben mir Trost. Bitte sei gewiss, dass Du immer in meinen Gedanken bist, und egal was die Zukunft bringt, meine Liebe für Dich bleibt ewig bestehen. Ich möchte keinen einzigen Tag mit Dir missen, und wenn dies der Preis ist, den ich für neun wundervolle Jahre zahlen muss, dann werde ich es frohen Mutes ertragen.

Wie viele Menschen können behaupten, sie hätten ihr Leben voll ausgeschöpft? Diese Jahre mit Dir bedeuten mir mehr, als ein ganzes Leben ohne Dich es jemals könnte. Mein Leben hat an dem Tag neu begonnen, als ich Dir begegnet bin und von da an war ich der glücklichste Mensch auf der Welt.

. . .

Hilde drückte einen Kuss auf das Papier und in Ermangelung eines Lippenstifts fuhr sie die Umrisse ihrer Lippen mit dem Federhalter nach. Als sie mit ihrem Kunstwerk zufrieden war, nahm sie ein letztes Mal den Stift, um den Brief zu beenden.

Du bist wahrscheinlich damit beschäftigt, alle möglichen Theorien zu Papier zu bringen und ich hoffe, dass sie eines Tages in die richtigen Hände geraten. Ich liebe Den Wissenschaftler in Dir. Ich liebe alles an Dir.

Deine Hilde

Margit wartete, bis Hilde ihren Brief fertig hatte und zeigte dann auf die Bilder, die neben ihr auf der Matratze lagen. „Deine Kinder sind so süß."

„Ja, nicht wahr? Volker ist seinem Vater wie aus dem Gesicht geschnitten, aber Peter kommt nach mir." Hilde grinste. „Sieh nur, er bekommt endlich Haare. Man kann sehen, dass sie dunkel und glatt werden wie meine." Sie reichte Margit die Bilder.

„Die Beiden sehen glücklich aus", bemerkte Margit.

Hilde betastete die Bilder, als Margit sie zurückgab. „Es zerreißt mir das Herz, eine der Photographien wegzugeben, aber ich will, dass Q auch weiß, wie unsere Kinder jetzt aussehen."

„Ich bin mir sicher, dass er dein Opfer sehr zu schätzen weiß", sagte Margit.

„Ich werde Emma bitten, mir die Photographie zu ersetzen, die ich ihm schicke", murmelte Hilde.

Margit lachte sie aus. „Du und deine Kinder. Ich wünschte, ich könnte sie eines Tages kennenlernen. Übrigens, schreibt deine Stiefmutter nicht auch an Q und könnte ihm Bilder schicken?“

„Ich weiß, dass sie ihm schreibt, aber er kann nicht antworten, weil er nur einen Brief alle vier Wochen schreiben darf und den hebt er für mich auf. Anscheinend ist es in seinem Gefängnis schwieriger, Kassiber zu versenden.“

„Wir haben Glück“, stimmte Margit zu.

„Ich bin mir nicht sicher, ob ich dem von ganzem Herzen zustimmen kann“, erwiderte Hilde und stand vom Bett auf. Sie war von ihren Kindern getrennt und bekam nur hier und da ein paar Worte oder ein Bild, um über ihre Entwicklung auf dem Laufenden zu bleiben. Sie brachte sie abends nicht ins Bett und ging auch nicht mit ihnen im Park spazieren. Sie hatte definitiv kein Glück. Ihre Tage waren gezählt und sie überlebte gerade so.

Ist das eine besondere Foltermethode? Es ist sicher nicht Glück.

„Du weißt, wie ich das meine“, sagte Margit und fügte nach einem Blick auf Hildes sehnsuchtsvolles Gesicht hinzu, „Komm, wir gehen spazieren.“

Hilde sah ihre Zellengenossin an, als hätte das Mädchen jetzt völlig den Verstand verloren, aber Margit hakte sich bei ihr ein und sie gingen in ihrer Zelle spazieren. Fünf Schritte, umdrehen, noch fünf Schritte, umdrehen, während Margit so tat, als würden sie draußen im Park spazieren gehen und Hilde hätte ihre Söhne dabei.

„Sieh nur, wie groß sie sind! Ist Peter seit unserem letzten Spaziergang nicht gewachsen? Und wie er jetzt redet. Sein Stimmchen ist so süß.“

Hilde kicherte und spielte aus Mangel an besserer Unterhaltung Margits Spiel mit. „Ja, er läuft schon wie ein Großer. Und er sieht genauso aus wie sein Bruder in dem Alter. Sind sie nicht wundervoll?"

„Ja, das sind sie."

Hilde wandte sich an ihre Zellengenossin. „Ich erinnere mich, als sei es gestern gewesen, wie Volker seine ersten Schritte zwischen seinem Vati und mir gemacht hat. Ein paar Schritte von einem zum anderen. Wir saßen uns gegenüber und hielten zu seiner Sicherheit die Arme rechts und links von ihm ausgestreckt. Aber er schaffte es ganz allein; er war so stolz und strahlte über sein ganzes niedliches Gesichtchen."

Hilde wurde wieder ernst. „Ich werde Emma bitten, jedem eine Locke abzuschneiden und mir zu schicken."

„Das macht sie bestimmt. Du hast Glück, so jemanden wie deine Stiefmutter zu haben, die sich um deine Jungen kümmert. Viele verhaftete Frauen haben diesen Luxus nicht und ihre Kinder werden in Heime oder Armenhäuser geschickt." Margit blieb leicht außer Atem stehen.

„Ich bin wirklich dankbar. Sie könnten nirgends ein besseres Leben haben als bei ihrer Oma. Meine Eltern haben einen kleinen Garten an ihrem Haus, wo die Kinder draußen spielen können."

„Als ich ein Kind war, haben wir oft meine Tante auf dem Land besucht, und ich habe es geliebt, draußen herumzutoben. Wir sind extra früh aufgestanden und meine Schwester und ich sind raus gestürmt, um auf Entdeckungsreise zu gehen."

„Peter ist derjenige, der morgens immer früh wach ist ...", murmelte Hilde.

„Oh, ja. Sobald sie wach sind, meinen kleine Kinder, alle anderen müssten mit ihnen aufstehen. Ich habe genug Nichten und Neffen, um das zu wissen."

Ihr fröhliches Geplauder wurde von der Wärterin unterbrochen, die ihnen das Abendessen brachte und sie an ihre harsche Realität erinnerte.

KAPITEL 32

Während der Mai 1943 voranschritt, überlegte sich Q einen Plan, wie er Hilde retten konnte. Er bat um Erlaubnis, zusätzlich zu seinem monatlichen Brief an Hilde einen Brief an Hermann Göring schicken zu dürfen. Göring war nicht nur Oberbefehlshaber der Luftwaffe, sondern auch im Rahmen des Vier-Jahres-Plan für die gesamte Rüstungsproduktion verantwortlich.

Während er darauf wartete, dass über seine Anfrage entschieden wurde, weihte er Werner und Pfarrer Bernau bei einem ihrer wöchentlichen Gespräche in seinen Plan ein.

„Pfarrer Bernau, darf ich Ihre Meinung zu einer Idee hören?", begann Q das Gespräch.

„Natürlich. Was beschäftigt Sie?", erwiderte der dünne Mann in den Fünfzigern.

„Vor meiner Verhaftung habe ich an einer Geheimwaffe gearbeitet. Horchtorpedos, die sich nach dem Geräusch einer Schiffsschraube ausrichten. Als ich noch involviert war, bauten wir an einem Prototypen namens *Falke*, aber er war zu störungsanfällig. Er hat oft andere Geräusche aufgeschnappt, sich darauf ausgerichtet und das eigentliche Ziel verfehlt. Jedenfalls glaube ich, dass ich das Problem gelöst habe."

„Und ..." Pfarrer Bernau legte den Kopf schief.

„Nun, hier ist mein Plan. Ich habe um Erlaubnis gebeten, einen Brief an Hermann Göring zu senden. Ich will ihm meine Lösung anbieten, wie man die Horchtorpedos idiotensicher macht und im Gegenzug sorgt er dafür, dass Hildes Todesurteil in eine lebenslange Haftstrafe umgewandelt wird."

„Das ist ein verwegener Schachzug", sagte der Pfarrer mit ernstem Gesicht.

„Wieso glaubst du, dass er sich darauf einlassen wird? Die Torpedos werden in diesem Krieg nicht mehr viel nützen, der ist so gut wie vorbei", warf Werner ein.

„Das glauben wir, aber unsere Regierung meint immer noch, sie könnte diesen Krieg gewinnen und sie braucht Horchtorpedos, die zuverlässig funktionieren." Q stieß ein bitteres Lachen aus. „Diese Wahnsinnigen an der Macht halten eine neue Wunderwaffe oder ein fortschrittlicheres Modell von einer existierenden Waffe für den heiligen Gral, der zum Sieg führen wird."

„Aber dann verdammst du deine Frau zum Leben im Gefängnis. Würde sie das wollen?"

Q schüttelte den Kopf. „Hitlers Regime wird nicht ewig bestehen ..."

„Sie nennen es das Tausendjährige Reich", erinnerte ihn Pfarrer Bernau.

„Ja, aber wir wissen, dass es niemals Bestand haben wird.

Irgendwann werden die Massen entweder so schwinden, dass es für die Regierung nicht mehr tragbar ist, oder sie werden sich in großer Zahl erheben", argumentierte Q.

„Die Leute sind viel zu unterdrückt, um über eine Revolte überhaupt nachzudenken", erinnerte ihn der Pfarrer leise. Sie hielten bei dieser Art von Diskussion stets ihre Stimmen gesenkt.

„Ich denke, du solltest es versuchen; was könnte schlimmstenfalls passieren?", fragte Werner.

„... dass meine Lösung tatsächlich funktioniert", flüsterte Q, dessen Gewissen sich mit Gewalt Gehör verschaffen wollte.

Pfarrer Bernau legte seine Hände auf Qs Schultern und sah ihm tief in die Augen. Q fühlte sich wie vor dem Jüngsten Gericht. „Das, mein Sohn, ist ein Dilemma, das nur Sie lösen können. Wägen Sie Ihre Entscheidung sorgfältig ab und möge Gott jeden Ihrer Schritte begleiten."

Q verbrachte den Großteil der Nacht und des nächsten Tages mit Nachdenken. War Hildes Leben mehr wert als die Leben unzähliger namenloser Seeleute, die durch die verbesserten Horchtorpedos getötet werden könnten? War Hildes Leben es wert, seine eigenen Ideale und Überzeugungen zu verraten, niemals jemandem Schaden zuzufügen? Aber wenn er nicht versuchte, sie zu retten, würde er sich jemals vergeben können, die Frau zu töten, die er am meisten auf der Welt liebte?

Seine Lippen pressten sich zu einer schmalen Linie zusammen. *Es ist sowieso zu spät, die Horchtorpedos in diesem Krieg noch einzusetzen. Niemand wird verletzt.*

Es war eine Lüge. Und er wusste es.

Am nächsten Tag wurde sein Antrag, einen Brief an Göring zu schreiben, genehmigt, und er setzte sich daran, sein Angebot zu formulieren. Es bestand noch immer die Chance, dass Göring ablehnte.

KAPITEL 33

Q wurde ganz rührselig, während er tagein, tagaus darauf wartete, dass die Henker ihn holen kamen. Wie der junge Franzose setzte er sich hin, um das aufzuschreiben, was er als sein „Vermächtnis" ansah.

Meine liebe kleine Mutter!

Sonnabend vor Pfingsten mitten im Großreinemachen erhielt ich Deinen Brief, der mich so gefreut und gerührt hat, dass ich, noch das große Aufwischtuch in der einen Hand, völlig entrückt in laute Rufe der Freude, der Zustimmung, des Segens ausbrach! Ich habe ihn natürlich noch oft gelesen, und es wurde mir das Bedürfnis, mich Dir mitzuteilen, so stark, dass ich einen Antrag auf Sonderbewilligung eines Briefes gewagt habe - denn der eine normal mir zustehende Brief ist doch immer Hilde gewidmet, der er jetzt wohl viel, vielleicht alles bedeutet. Wie freundlich der Gnadenerweis der Götter, dass ich noch lebend in dem schlichten Papier aus Deiner Hand eine irdische Manifesta-

tion Deiner auf mich zukommenden Liebesmächte erhalten durfte.

Ja, ich spüre sie um mich weben, helfend und segnend! Oh, könnte ich Dir beschreiben, welche innere Heiterkeit, welch unerklärter, ganz paradoxer, gehobener Frohmut, welche Bereitschaft zu meinem Schicksal mich erfüllt. Welch Frieden! Wie mir die langen stillen Stunden hier in der Haft zum Geschenk werden, wenn ich sie „meditierend" verbringe, wozu ich doch zuvor nie Zeit hatte, bzw. mir nahm.

Doch zuvor noch eine Klarstellung für alle Fälle, die wohl bei Dir nicht nötig ist: Alle geistigen Güter, die ich noch erhalte, alle hoffentlich Reife und Abrundung, die mein Wesen noch erhält, das Ziel Deiner segnenden Kräfte und der der Götter selbst: Sie sind nicht für den Fall des Weiterlebens noch (wie kitschig) „Errettung vor dem Tode" gedacht und durch die Hinrichtung sinnlos, nein, ich buche alles mit einem Dank- und Glücksgefühl als vollen Gewinn in der klaren Gewissheit, hier und alsbald mein Leben zu beschließen! Ein kleiner Scherz möge Dir meine Auffassung noch klarer machen: Irgendein Unglücksrabe hat die Zellenwände mit Sätzen vollgekritzelt wie: Mutter Maria errette mich um meiner Familie willen - oder: Mutter von der barmherzigen Hilfe führe alles zum Guten. Bei einem „Gott sei mit mir“ konnte ich mir nicht verkneifen, dahinter zu setzen: Er ist mir Dir, aber das hindert ihn nicht, Dich hier durch das Beil sterben zu lassen! Und hat nicht meine jetzige Lage (es ist Dir doch bekannt, dass ich zum Tode verurteilt bin) bei rechter Betrachtung die einzigartige Chance, dass man nicht ungewarnt in den beim Menschgeschlecht so beliebten Schlendrian „Morgen ist auch noch ein Tag“ in den Tod schlittert, sondern durch die feste Zusicherung, dass innerhalb einer absehbaren Zeit das Leben beendet sein wird, man angehalten ist, alles Erdenkliche an Geistesgut noch einzuheimsen?

Alles scheint mir hier dazu angetan, mir dieses geistige Atemholen vor dem Lebensende möglich und fruchtbar zu machen. Sieh, mit einem Schlage bin ich von allem unwesentlichen Alltagstrott befreit, als da ist Geldverdienen - ausgeben, Hauswirtschaftliches, eine mittelmäßige, viele Stunden verschlingende Berufstätigkeit (Loewe war kriegsbedingt unter, bzw. abseits meiner Richtung).

Hier ist das Leben weltentrückt und vorgezeichnet. Lange, erquickende Ruhe- und Schlafstunden, die Mahlzeiten einfach aber mit Liebe zubereitet, pünktlich, ohne dass ich einen Gedanken an Beschaffung, Bereitung zu verwenden brauchte.

In den Stunden dazwischen ab und zu ein kurzer Spaziergang im Garten, eine saubere .... befriedigende Handarbeit, Lektüre. Wertvolle Bücher gibt's: Ich las noch: Goethes Italienische Reise, Wilhelm Meister, Selma Lagerlöf, Götz von Berlichingen, Mörike etc.

Dann, eine ganz besondere Vergünstigung für mich: ich darf wissenschaftlich schriftstellerisch arbeiten - ich bringe meine Erfahrungen, Entdeckungen, Erfindungen, besonders die Ergebnisse des Forschungsauftrages zu Papier, damit die 3 Jahre für das Reich und die Biologische Reichsanstalt nicht vergeblich waren.

Ihr alle verwöhnt mich und macht mir die Seele leicht über alle die, die ich verlassen musste. Hilde schreibt mir heroische, Liebe atmende Briefe, in denen sie mir unbesehen, was ich tat und damit ihr und den Kindern antat, ihre Liebe und Treue bewahrt, mich von der Schuld an ihrem eigenen Ungemach, Leid und Todesbedrohung freispricht und in höchster Gattenliebe und Verbundenheit mein Los teilen will ohne zu hadern ob verdient oder unverdient! Welch einen Lebenskameraden habe ich gehabt!

Das sieht man erst recht im Ernst. Denk sorgend an sie! Wie herrlich scheinen die Kinder behütet und geführt zu sein. Ich kann mich ihretwegen den frohesten und hoffnungsvollsten Gedanken hingeben. Wie hat mich darin auch Dein Brief beglückt: Dass Du meinen Volker-Sohn so liebst, dass Du ihn als eigen annehmen würdest. Und die herrlichen Dremmers!

Auch ist mein Leib durch Göttergnade völlig gesund, kein Körperschmerz oder Leiden schmerzt mich, wie es den „freien" Menschen ihr (auch zum todesabschluss-verurteilten) Leben oft vergällt und ihnen die geistige Sammlung erschwert.

Dann die Zelle! Wie passe ich zum Zellenleben! Hast Du nicht eine Vision von mir aus meinem früheren Leben gehabt, schreibend in einer Zelle? Nichts Beengendes, keine Freiheitsberaubung fühle ich hier darin; sie gibt mir Geborgenheit und Sammlung zur „Aktivität". Doch bin ich noch soweit dem Irdischen verbunden, dass ich das Stück Himmelsgewölbe vor meinem Fenster gegen das sich ein saftiger Baumwipfel abhebt, das Vorüberdröhnen des Sonnenballs und seinem heißen Anhauch meines Gesichtes, die Wechsel von Licht und Schatten durch Wolkenzug und Sonnenstand, das Wogen der Baumkrone und das Brausen der Winde und tausend Dinge mehr als Gnade und Bereicherung genieße.

Es ist das Leben des Anachoreten, was mir nach erlebnisreichem, freudevollen Leben im weiten wonnevollen bewusst genossenem Schweifen durch herrliche Teile dieser Welt mit dem liebsten besten Kameraden Hildelein zusammen vor dem Tode hier noch gewährt wurde. Möge es mir gelingen, jeden Tag, den ich noch Bewusstsein habe, in diesem Sinne zu nützen, dazu sauge ich mir auch Deine Gedanken an mich heran, die Du mir sendest und senden mögest.

Ein Geräusch von draußen lenkte Q ab. Es war das Herabsausen der Klinge der Guillotine.

„Schreibst du noch immer an deinem Vermächtnis?" Werner sah von dem Roman auf, an dem er arbeitete. Er musste das Geräusch auch gehört haben.

„Ja. Weißt du was? Ich habe keine Angst vor dem Sterben. Nicht mehr. Es verdunkelt mir weder meine Tage noch kriecht es nachts in meine Träume."

„Gut zu wissen", sagte Werner mit einem Schmunzeln.

„Ich habe bereits einen Tod erlebt und war ziemlich enttäuscht, wieder aufzuwachen." Normalerweise sprach Q nicht über seinen Selbstmordversuch. Im Rückblick war es eine überstürzte, dumme Tat gewesen.

„Wenn mein letzter Tag kommt, hoffe ich, dass ich mich bis zu meinem letzten Atemzug würdevoll verhalten kann. Ich werde nicht um mein Leben betteln und schreien", sagte Werner.

Q nickte. „Wir werden unseren Feinden und dem Regime nicht die Genugtuung geben, über unsere innersten Seelen zu triumphieren."

Sie schwiegen eine Weile bevor Q weitersprach: „Ich habe diverse Artikel über die Todesstrafe und die unterschiedlichen Hinrichtungsmethoden recherchiert."

Werner schüttelte den Kopf. „Und, hast du dich schon für deine bevorzugte Methode entschieden?"

„Du findest das vielleicht amüsant, aber ich habe herausgefunden, dass der physische Akt des Sterbens der unwichtigste Teil des Ganzen ist. Tatsächlich gibt es drei Hauptarten der Hinrichtung in Deutschland."

Werner lächelte wissend und legte seine Papiere beiseite. Wenn Q in Erzähllaune war, ließ man ihn am besten reden. „Ich bin ganz Ohr."

„Es gibt das Erschießungskommando, das normalerweise für Militärangehörige oder Parteimitglieder reserviert ist." Q stand in der Mitte der Zelle und zählte die Methoden an seinen Fingern ab.

„Dann ist da die Guillotine. Die haben wir von den Franzosen übernommen. Es ist eine zweckdienliche Methode, um den Kopf vom Körper zu trennen. Verglichen mit dem Erschießungskommando ist die Guillotine die wesentlich schnellere und schmerzfreiere Methode.

„Und dann ist da das Hängen. Das soll die schmerzhafteste und entehrendste Methode sein. Es kann mehrere Minuten dauern, bis der Todeskandidat elendig erstickt. Diese Methode sagt mir am wenigsten zu."

Werner applaudierte. „Ich nehme an, du hast auch nachgeforscht, was mit den Leichen passiert?"

„Natürlich", antwortete Q mit einem zufriedenen Lächeln. „Gefangene wie wir werden nicht begraben. Die Leichname werden zur Universität gebracht, wo sie für medizinische und wissenschaftliche Zwecke seziert werden."

„Na, das sind doch wunderbare Neuigkeiten. Du wirst sogar nach deinem Tod noch Großartiges für die Wissenschaft leisten!"

Q knüllte ein Blatt Papier zusammen und bewarf Werner damit. „Ich sollte dich deinen unwichtigen Kram weitermachen lassen, was auch immer das war."

Dann setzte er den Brief an seine Mutter fort. So gern er seine Entdeckungen über die verschiedenen Hinrichtungsmethoden mit ihr geteilt hätte, hielt er sich doch zurück. Sie würde es vermutlich noch weniger zu schätzen wissen als Werner.

. . .

Dieser Brief wird Dir zeigen, dass ich mit meinem Schicksal Frieden geschlossen habe. Ich habe mich erkühnt, mit der Freiheit des Geistesmenschen mich über die Gesetze hinweg zu heben - bin aber auch, wie selten einer bereit, den Preis dafür zu zahlen. Ja, ich meine fast, ich mache es mir zu leicht, in dem ich hier in der Versunkenheit des Eremiten meinem Tode entgegenlebe, und Ihr alle macht es mir zu leicht, wie Ihr in Güte an mich denkt und Du, kleine liebe greise ungebeugte, nicht zu beugende Mutter, die Du mich mit des Gedankens Macht stärkst.

Niemand ist bekanntlich vor seinem Tode glücklich zu preisen - ich zittere manchmal bei dem Gedanken, das Schicksal könnte mit rauer Hand in das Idyll hineingreifen. Es kann z.B. schwerer sein, gewisse Suppen jahrelang auslöffeln zu müssen, wenn man sich blamiert hat und Opfer (abgesehen von sich selbst) anderen eingebrockt hat, als schnell und voller Illusionen aus dem Leben zu gehen.

Mögen Deine Hoffnungen für den Frieden in Erfüllung gehen. Ich verlange nicht, dass die Götter um meiner treuen Augen willen ihre Weltpläne umstoßen. Ich würde, wenn ich es erlebte, willig aus ihrer Hand nehmen, was sie senden und aufbauen helfen.

Du kennst mich ja als einen Ungeduldigen, der sich immer gedrungen fühlte, im Walten des Schicksals selber einzugreifen. Diesen Trieb, diese Unruhe haben ja auch die Götter in mich hineingelegt. Ich glaubte, den Ruf zu hören, als ich mich auf jenen Weg begab, der hierher führte. Eine Erkennungsmöglichkeit, ob ich sie recht oder missverstanden habe, hatte ich vor diesem Keulenschlag des Schicksals noch nicht - ich konnte mich nur bemühen, meine Seele von niedrigen und gemeinen Motiven freizuhalten. Nun, wo meine Pläne zunichte geworden sind und ich ausgeschaltet bin, glaube ich eines zu erkennen: Dieses gewaltige

Ringen der Gegenwart soll nicht durch irgendwelche Kunststücke Einzelner aus dem Hintergrund entschieden werden, sondern im ehrlichen, offenen Kampf durch Blut, Schweiß und Tränen, Opfersinn, Ausdauer und alle diese Tugenden durchgefochten sein.

Weil ich mich beauftragt fühlte, bin ich frei von kleinlicher Reue, aber willig in der Erkenntnis der Götter, dass ich so nicht erwünscht war und gehe deshalb nach ihrem Entscheid von hinnen. Vielleicht geht an ganz anderen Stellen Saat von mir auf. Vielleicht sollte ich schöpferische Menschen zu aufbauenden Werken beflügeln, vielleicht kam es nur auf die beiden Kinder an, oder meine Beiträge zum Pflanzenschutz bringen Euch allen einmal Segen.

Immer rückt meine Phantasie (wohl als Reaktion gegen den destruktiven Krieg und den mit ihm zusammenhängenden destruktiven Teil meines Strebens, der zu nichts geführt) vom Apparat-Technischen ab und neigt sich den Pflanzen und dem Ackerbau zu. Was habe ich noch in der Biologischen Reichsanstalt meine Kollegen manche Stunde über diese Probleme ausgequetscht! Wenn ich denke, wie nach dem Kriege z.B. höchstgezüchteter Gartenbau mit Hilfe aller wissenschaftlicher Kenntnisse im Verein mit „chinesischer" Bedürfnislosigkeit und Fleiß eine erstrangige Aufgabe sein wird, auch erzieherisch sowohl bzgl. sachliches Wissen als bzgl. geistige Haltung des Arbeitenden, reizvoll gerade wegen des spröden Klimas und Bodens unserer Breiten, und wenn ich mich in die Rolle des Forschers, besonders aber Vermittlers der Erkenntnisse an den einfachen Mann der Praxis hineindenke, wozu ich große Talente habe, so könnte es mir leid tun, da nicht mitmachen zu dürfen.

Vielleicht wäre das die Aufgabe für mich gewesen. „Solch ein Gewimmel möcht ich sehn ... zum Augenblicke dürft ich sagen:

Verweile doch ..." (Die Stelle aus Faust II kennst Du doch!) und so werde ich vielleicht noch hier im Vorgefühl von solchem Glück meinen höchsten Augenblick erleben. Worauf dann ... die mit dem Spaten kommen mögen.

Wie schön, dass mein Fall Dich und Gunther zusammengeführt hat und mit Dremmers dazu! Auch ich möchte ihm die Hand reichen, ob er sie vielleicht ergreifen möchte, ohne dass die vergangene Zeit der Entfremdung erwähnt zu werden brauchte und ich wie Du mit ihm versöhnt von dannen scheide! Mir ist, als habe Gunther schon mancherlei Kram von mir und für mich und die Meinen übernommen. Er sei gesegnet! Wie tröstlich, wenn er auch hilft, meine beiden Kinder durchs Leben zu lotsen, und, wenn es soviel Gnade gäbe, auch Hilde, wenn sie am Leben bliebe!

Für Gunthers Jungen alle guten Wünsche! Es ist genug Blut von unserer Familie in den Kriegen geflossen!

Qs Hand zitterte und er musste eine Pause einlegen. In seiner Erinnerung sprang er zurück in die Zeit, als er ein kleiner Junge war und mit seinen älteren Brüdern Gunther, Knut und Albert spielte. Sie waren bereits Jugendliche, als er geboren wurde.

Albert war ihm altersmäßig und von seiner Denkart her am nächsten. Elf Jahre älter und ein begabter Mathematiker, hatte er Q oft bei den Hausaufgaben geholfen. Q lächelte bei dem Gedanken daran, wie sie in ihrem großen Garten gespielt hatten, bevor sie nach Berlin gezogen waren. Q hatte in der Schaukel gesessen und Albert hatte ihm so viel Anschwung gegeben, dass er sich gefühlt hatte, als würde er in die Wolken fliegen.

Jahre später hatten sie wissenschaftliche Fragen diskutiert und Albert hatte immer über Qs simple Lösungen gelacht. Aber Q hatte seinen Bruder mehr als sonst jemanden bewundert und sich geschworen, auch so ein brillanter Kopf zu werden wie Albert, wenn er groß war.

Trauer überwältigte Q, als er mit seiner Zeitreise bei dem Tag kurz nach seinem elften Geburtstag ankam, als Albert loszog, um Pilot im Weltkrieg zu werden. Albert war so lebensfroh, so selbstsicher, und er sah in seiner Uniform so gut aus.

Seine Mutter hatte gewartet, bis er gegangen war, bevor sie ihren Tränen freien Lauf gelassen hatte. Q hatte nicht verstanden, warum sie weinte. Nicht an dem Tag.

Etwa ein Jahr später erhielten sie das gefürchtete Telegramm. *Es tut uns sehr leid Ihnen mitteilen zu müssen, dass Ihr Sohn Albert Quedlin über Frankreich abgeschossen wurde.* An diesem Tag änderte sich Qs Leben für immer. Nichts war mehr so unbeschwert wie zuvor.

Sein zweitältester Bruder Knut war das schwarze Schaf der Familie. Er reiste lieber, anstatt einer geregelten Arbeit nachzugehen. Q hatte Knuts Wanderlust und sein Bedürfnis, überall außer daheim zu sein, nie verstanden.

Als Q sechsundzwanzig war, unternahm sein Bruder eine seiner längeren Exkursionen. Er wollte Norwegen der ganzen Länge nach bereisen, bis hinauf zum Polarkreis. Knut wurde nie wieder gesehen.

Seine Mutter klammerte sich jahrelang an die Hoffnung, dass ihr Sohn eines Tages wie immer in ihrer Küche auftauchen würde. Aber nach sieben Jahren hatten Gunther und Q darauf bestanden, dass sie ihn für tot erklären ließ. Seine arme, starke Mutter.

Bald würde nur noch Gunther übrig sein. Der älteste,

verantwortungsbewussteste ihrer vier Söhne. Gunther und seine Mutter waren oft aneinander geraten, weil er so dickköpfig war. Für ihn war alles entweder schwarz oder weiß, Grautöne gab es nicht. Es war unvermeidbar, dass er Anwalt wurde.

Q schürzte die Lippen. Gunther und Hilde hatten sich auf den ersten Blick nicht leiden können und beide waren nicht in der Lage gewesen, diesen ersten Eindruck zu überwinden. Er musste es Gunther sehr zugute halten, dass er ihm jetzt half, wo er ihn am meisten brauchte. Q hatte nicht fragen müssen; Gunther hatte Herrn Müller ohne zu zögern seine Unterstützung angeboten. Er würde ein guter Vormund für Qs Söhne sein.

Es dämmerte bereits und er schrieb weiter ...

Ich werde Dir persönlich wohl kaum noch einmal schreiben (denn dies war eine Ausnahme) außer an meinem letzten Tage, wo man m.W. mehrere Briefe schreiben darf.

Bis dahin wirst Du wohl nur über Hilde von mir hören, der ich meine ganze Seele und die seltenen Briefe weihe! Aber erhalten möchte ich gerne noch welche von Dir, besonders ein Echo auf diesen, sonst wollen wir den Zensor nicht mit Lappalien belästigen. Vielleicht, dass mir einer aus der Verwandtschaft immer alle 2 Wochen schreibt? Aufbauende Gedanken und Freundliches aus meiner früheren und Eurer Welt. Kinderdetails, Verwandtschaftsschicksale.

Ich sehe das meiste mit kinematographischer Treue, z.B. Dich an der Endhaltestelle der 44 und in Deiner Wohnung, wie Du leibst und lebst. So fühle ich mich nie verlassen in meiner Eremitage und ein Brief von draußen belebt die Bilder nur.

Grüße alle von mir! Mit Annie Klein bist Du wohl auseinander? Wie schade, sie ist eine so gute Seele, aufopfernd, viel Herz, nur wenig ausgebildet (wegen ihres Mannes). Übrigens: Nachricht an alle: Kein Geld mehr in Briefe einlegen! Nur noch Briefmarken.

Heute ist Freitag und da zum Wochenende nach meiner Beobachtung nicht abgeholt wird, dürfte ich am Montag, den 21.VI. 1943 noch am Leben sein. Mittsommer!

Denk Dir, am 20. Dezember wäre ich beinahe eben mal gestorben. Ein halbes Sonnenjahr habe ich immerhin noch erlebt. Sind wir durch meinen Brief uns nicht viel näher gekommen? Leb wohl! Dank für alles, was Du mir Gutes getan und mitgegeben hast, z.B. die Bärennatur, die die Kinder erben mögen. Wir sind, nun, denke ich, im Geist verbunden.

Dein Sohn
Wilhelm

Es war fast Mitternacht und die Dämmerung wich den wenigen kurzen Stunden der Dunkelheit. Q starrte auf das Papier, bis die Buchstaben verschwammen. Er wollte seiner Mutter noch so viel mehr erzählen, aber dies würde sein letzter Brief an sie sein. Die ehrliche Seele die sie war, hatte sie ihm unmissverständlich klar gemacht, dass sie keine geschmuggelten Kassiber bekommen wollte.

KAPITEL 34

Hilde steckte in einem Dilemma. Vor ein paar Minuten hatte sie erfahren, dass sie am 15. Juli noch einmal Besuch von einem ihrer Söhne erhalten durfte. Nun musste sie sich für ein Kind entscheiden.

„Margit, was soll ich tun?", fragte sie ihre Zellengenossin.

„Das ist wirklich eine schwierige Frage." Margit legte eine Hand ans Kinn und zog die Stirn kraus. „Wen möchtest du lieber sehen?"

„Beide, natürlich", seufzte Hilde. „Das letzte Mal, als Volker zu Besuch kam, ist drei Monate her, aber ich habe Peter seit meiner Verhaftung nicht mehr gesehen … und ich würde so gern sehen, wie er läuft … und spricht. Hören, wie er mit seinem kleinen Stimmchen ganz viele Worte plappert."

„Dann nimm Peter", schlug Margit vor.

„Ich weiß nicht. Meinst du, er erinnert sich überhaupt an mich? Er war kaum neun Monate alt, als ich ihn bei Mutter

Annie lassen musste." Hilde stand auf und ging im Raum auf und ab. Sie schaute aus dem kleinen Fenster auf die blühenden Bäume, dann drehte sie sich zu Margit um. „Was ist, wenn er mich nicht erkennt? Was ist, wenn er keine Ahnung hat, wer diese fremde Frau ist? Würde ihn das nicht verstören?"

„Hmm, das glaube ich nicht; aber dann nimm Volker", sagte Margit.

„Ich möchte Peter wirklich gern sehen ..."

„Vielleicht solltest du nicht darüber nachdenken, was du willst, sondern was für deine Kinder das Beste ist", regte Margit an und versuchte damit, Hilde zu helfen, ihre Gefühle aus der Entscheidung auszuklammern.

„Du hast wahrscheinlich recht ... Peter weiß noch nicht einmal, was eine Mutter ist. Wenn er mich hier sieht, wie seltsam wird ihm das vorkommen? Es würde ihm nichts bedeuten." Hilde nickte. „Es ist wichtiger, dass Volker zu Besuch kommt. Ich möchte, dass er mich noch als seine Mutter erkennt, sollte ich hier jemals wieder rauskommen."

„Er hat Bilder von dir."

„Ja, aber das ist nicht das Gleiche. Vielleicht wird er mich nicht vergessen, wenn er mich wenigstens ab und zu sieht. Er ist so ein intelligenter Junge." Hilde lächelte bei den Erinnerungen, die ihr in den Kopf strömten. „Wenn Emma ihm weiter von mir erzählt und ich hoffentlich irgendwann hier rauskomme, dann bin ich nicht nur die fremde Tante, der er nie zuvor begegnet ist."

„Wird die Fahrt nach Berlin ihn nicht zu sehr belasten?", fragte Margit.

„Nein. Wir haben ihn schon auf Reisen mitgenommen, als er noch viel kleiner war und er fand es immer toll. Er ist ein gesunder Junge und neugierig genug, um eine fremde Umgebung zu genießen."

„Denkst du nicht, er könnte beunruhigt sein? Wenn er so intelligent ist, wie du sagst, wird er merken, dass das hier kein Krankenhaus ist, sondern ein Gefängnis."

„Vielleicht." Hilde zog die Nase kraus, während sie einige Augenblicke nachdachte. Dann sprach sie weiter. „Selbst wenn ihn der Besuch ein wenig aus der Bahn wirft, wenn du an meiner Stelle wärst, würdest du ihn nicht sehen wollen?"

„Natürlich würde ich das. Also, nimm Volker."

„Das werde ich. Und wenn ich nicht weiterleben darf, dann hat er wenigstens eine Erinnerung an seine Mutter." Tränen sammelten sich in Hildes Augen.

Noch drei Wochen, dann würde sie ihren geliebten Sohn wieder in die Arme schließen.

~

Einige Tage später kam ein Brief von Q an. Sie riss ihn auf und verschlang seine Worte.

Meine geliebte Hilde,

Oh, wie habe ich mich über Deinen letzten Brief gefreut und das kostbare Bild unserer kleinen Jungen. Aus tiefstem Herzen danke ich Dir dafür. Ich muss zugeben, dass ich einige Tränen vergossen habe, als ich sah, wie groß die Beiden geworden sind. Aber ich weiß, dass sie in Sicherheit und gut versorgt sind ... mehr kann ich nicht verlangen.

Was Deine Frage nach den Paketen von Annie angeht. Ja, sie schickt mir jeden Monat eins und ich bin ihr für ihre fortlaufende Unterstützung sehr dankbar. Sie enthalten immer dringend benötigte Lebensmittel und Briefmarken (wir dürfen kein Geld mehr haben, können uns mit den Briefmarken aber gewisse Dinge kaufen).

Obwohl ich keinen Besuch erhalten darf, hat es Deine freundliche Mutter geschafft, Kriminalkommissar Becker umzustimmen und mich besucht.

Hilde starrte auf das Papier. Mutter Annie hatte Q besucht? Wie? Oder vielmehr: Warum? Sie las neugierig weiter.

Ich war über ihren Besuch unendlich dankbar und glücklich, aber leider empfand sie bei dem Ergebnis unseres Gesprächs nicht die gleiche Freude. Deine aufopfernde Mutter wollte gern die Vormundschaft für unsere beiden Jungen, aber im Einklang mit dem, was Du und ich schon zuvor besprochen hatten, musste ich ihren Wunsch ablehnen. Stattdessen sagte ich ihr, dass mein Bruder unser bevorzugter Vormund für die Kinder ist.

Hilde kicherte laut genug, um Margits Aufmerksamkeit zu erregen, die ihr einen fragenden Blick zuwarf.

„Es ist nur Q. Er ist so witzig", erklärte Hilde und stellte sich vor, wie Q und ihre Mutter im Besuchsraum saßen und sich gegenseitig anstarrten, während ihre Mutter langsam verzweifelte, weil ihr klar wurde, dass sie ihren Willen nicht bekommen würde. So ging das schon seit Jahren mit den beiden. Q war Annie gegenüber immer höflich und zuvorkommend gewesen, aber er war ihrem Charme nie erlegen, so wie alle anderen. Anscheinend sogar Kriminalkommissar Becker.

Hilde hielt den Brief an ihre Nase. Qs Geruch klebte noch am Papier. Dann las sie wieder weiter.

Ich habe einige Briefe von Emma erhalten und sogar einen von Deiner Schwester Sophie. Bitte übermittle ihnen meinen innigen Dank, wenn Du die Gelegenheit dazu hast.

Es vergeht kein Tag, an dem ich die Umstände nicht bereue, die zu Deiner Verhaftung geführt haben. Bitte vergib mir! Wenn es einen Weg gäbe, Dir das zu ersparen, was vor Dir liegt, würde ich es tun ... sogar auf Kosten meines eigenen Lebens.

Meine Liebste, ich will Dir keine falschen Hoffnungen machen, aber vielleicht gibt es doch eine Rettung für Dich.

Hilde hielt inne und schüttelte den Kopf. Sie hegte keinen Groll gegen Q. Sie hatte seine subversiven Aktivitäten aus freiem Willen unterstützt. Wenn sie gewollt hätte, wäre es ein Leichtes gewesen, ihn zu verlassen und sich selbst zu retten.

Q hatte ja sogar vorgeschlagen, sie und die Kinder nach einem gestellten Streit zu verlassen. Aber sie hatte dem nicht zugestimmt.

Sie richtete ihre Aufmerksamkeit wieder auf den Brief ihres Ehemannes.

. . .

Mir geht es gut und mir wurde großzügig erlaubt, meine wissenschaftliche Arbeit fortzusetzen. Es ist für meinen Verstand eine große Erleichterung, sich mit der Lösung wissenschaftlicher Probleme zu befassen. Du kennst mich gut genug um zu wissen, wie ich mich in meine Arbeit vertiefen kann. Sie füllt endlose Stunden aus und die Zeit vergeht wie im Flug. So seltsam es auch klingt, ich bin mit meiner derzeitigen Situation ganz zufrieden. Das Einzige, was ich mir wünsche, ist, Dich an meiner Seite zu haben.

Hilde spürte einen Anflug von Eifersucht. Q arbeitete und hatte etwas, das ihn den Tag über beschäftigt hielt, während sie nichts zu tun hatte. Sie würde Emma bitten, ihr Sophies alte Schulbücher zu schicken. Dann konnte sie sich mit mit Französisch-Übungen oder Geschichte ablenken.

Instinktiv griff sie nach dem Jaspisanhänger an ihrem Hals, den Qs Mutter ihr geschenkt hatte. Der Stein erwärmte sich schnell in ihrer Hand und gab ihr Zuversicht.

Ihre Gedanken wanderten zu Ingrid und eine Welle des Mitgefühls erfüllte ihre Seele. Q würde der dritte ihrer vier Söhne sein, der starb. Das war ein Schicksal, das keine Mutter erdulden sollte. Hilde beschloss, um Erlaubnis zu bitten, diesen Monat einen zusätzlichen Brief zu schreiben. Der Brief würde an Ingrid gehen.

Dann wandte sie sich wieder Qs Brief zu und las die Schüttelreime, die er ihr geschrieben hatte. Bald hielt sie sich den Bauch vor Lachen.

„Worüber kicherst du denn so da drüben?“, fragte Margit.

„Qs Brief. Er hat mir ein paar Schüttelreime geschrieben“, antwortete Hilde und fing an, sie zu rezitieren, wurde jedoch von einer Wache unterbrochen, die ihre Zellentür öffnete.

„Freigang“, verkündete die Wärterin und schickte sie hinunter in den Hof zu ihrem täglichen Spaziergang.

„Nimm den Brief mit und lies uns die Schüttelreime vor“, drängte Margit.

Hilde nickte und schob den gefalteten Brief in ihre Tasche, während sie sich zu den anderen Gefangenen im Hof gesellten. Hilde sagte einige der Verse auf und durch Margits und Hildes Gekicher angelockt, kamen einige andere Insassen und sogar einige Wärterinnen dazu, um zuzuhören.

„Schauen wir mal, ob ihr raten könnt, wie es eigentlich heißen sollte. Zartewimmer.“ Hilde sah die Frauen erwartungsvoll an, die das Wort wiederholten.

Eine von ihnen grinste und rief, „Wartezimmer.“

„Genau. Jetzt versuchen wir das hier. Ich mache gern einen Badstummel.“

Margit strahlte. „Der ist einfach. Ich mache gern einen Stadtbummel.“

„Gut, einen noch. Der Laschwappen siecht das Gewäsch.“ Hilde beobachtete, wie die Frauen die Worte vor sich hinsagten.

Endlich meldete sich eine der Wärterinnen zu Wort. „Der Waschlappen wäscht das Gesicht.“

„Richtig“, sagte Hilde.

Margit berührte ihren Arm. „Danke, dass du die mit uns geteilt hast.“ Sie sah in die Runde der versammelten Frauen und seufzte, „Wir lachen hier nicht oft genug.“

KAPITEL 35

Q hatte von Göring eine unverbindliche Aussage bekommen, dass man Hildes Gnadengesuch wohlwollend betrachten würde, aber es gab nichts Offizielles. Aus diesem Grund fütterte er die Kriegsmarine häppchenweise mit kleinen, wenn auch unwichtigen Verbesserungen für die Horchtorpedos. So würde er seine Entdeckungen nicht preisgeben, bevor Hildes Urteil nicht aufgehoben war, aber ihm konnte auch niemand vorwerfen, er würde nicht kooperieren.

Eines Tages im Juli kam Qs Anwalt mit Neuigkeiten.

„Ich habe mit Erhard Tohmfors Frau gesprochen, um ihr mein Beileid zum Tod ihres Mannes zu überbringen“, sagte Herr Müller.

Ein Kloß setzte sich in Qs Hals fest. Sein guter Freund war tot. Für immer weg. Einer der freundlichsten, aufrichtigsten Männer, die er gekannt hatte.

„Wie geht es ihr?“, fragte Q, als er wieder Gewalt über seine Stimme hatte.

„Frau Tohmfor geht es den Umständen entsprechend gut. Sie wurde verhaftet, aber die Gestapo hat sie nach kurzer Zeit wieder freigelassen. Ich hatte gehofft, sie könnte mir Informationen geben, die für Ihren Widerspruch hilfreich wären."

„Ich will keinen Widerspruch einlegen. Es ist ganz richtig, dass ich des Verrats angeklagt wurde und ich akzeptiere die Gewalt der Obrigkeit, die mich für die Übertretung ihrer Gesetze straft. Meine Mission im Leben, die ich aus freien Stücken auf mich genommen habe, war es, die derzeitige Regierung zu stürzen."

„Es besteht immer noch die Chance –", drängte Herr Müller.

„Nein." Q schüttelte den Kopf. „Mir wäre es lieber, Sie würden Ihre Zeit und mein Geld darauf verwenden, ein milderes Urteil für meine Frau zu erwirken. Mein Fall ist verloren."

Herr Müller nickte, obwohl er offensichtlich nicht zustimmte. „Wie Sie wünschen."

„Ich habe jedoch eine Bitte an Sie", sagte Q.

„Fahren Sie fort." Herr Müller sah auf die Uhr. „Wir haben noch ein paar Minuten Zeit."

„Könnten Sie einen lieben Freund von mir, Leopold Stieber, kontaktieren und ihn fragen, ob er gewillt wäre, mit für meine Kinder zu sorgen, wenn ich nicht mehr auf dieser Erde weile?"

Der Anwalt stimmte zu und Q gab ihm Leopolds Adresse. Als es Zeit war, sich zu verabschieden, gab Herr Müller ihm eine Ausgabe des Nazi Propagandablattes *Völkischer Beobachter*. „Sie haben vielleicht Interesse an den Nachrichten."

„Danke. Ich bin mir sicher, dass dieser Lesestoff mich aufmuntern wird“, sagte Q in sarkastischem Ton.

„Vielleicht tut er das, da Sie doch auf das Ende dieses Krieges warten. Der vierte Jahrestag der Kriegserklärung gegen England steht bevor. Wenn Sie mich fragen, gibt es in diesem Land keinen Menschen, der nicht auf das Ende wartet“, sagte Herr Müller und machte sich bereit zu gehen. „Jemand hat mich vor einigen Tagen kontaktiert. Der Mann wollte seinen Namen nicht preisgeben, aber er bestand darauf, dass ich Sie wissen lasse, dass er in Sicherheit ist.“

Q nickte nachdenklich. Der Anwalt sagte weiter kein Wort, sondern umarmte Q, was in höchstem Maße ungewöhnlich war. „Ich werde in einigen Wochen wiederkommen.“

„Guten Tag“, antwortete Q, der verzweifelt nach einem Grund für Herrn Müllers seltsames Verhalten suchte.

Der Wärter durchsuchte die Zeitung nach versteckten Botschaften und brachte Q dann zurück in seine Zelle. Gedankenverloren warf Q die Zeitung auf den Tisch und steckte die Hände in die Taschen, wo seine Finger ein Stück Papier berührten, das zuvor nicht dort gewesen war.

Q ließ sich auf das Stockbett fallen und faltete den Zettel auseinander.

Bitte zerstöre diesen Brief sofort.

Nach Deiner und E.s Verhaftung habe ich versucht, mit verschiedenen Personen in Kontakt zu kommen, deren Namen ich kannte, aber vergeblich. Es war alles wie abgeschnitten. Ich habe es nicht gewagt, herumzufragen, aus ständiger Furcht, selbst entdeckt zu werden.

Ich bin in Sicherheit und arbeite weiter wie bisher, obwohl die Situation für mich täglich kritischer wurde. Aber jetzt haben sich die Wellen gelegt und ich setze unsere Arbeit fort.

Ich habe es allein Deiner und E.s Beharrlichkeit zu verdanken, dass ich noch am Leben bin, weil Ihr meinen Namen nie erwähnt habt. Ich bewundere Dich für Deine selbstlose Haltung. Standhaft und stark. Du warst der brillante Kopf und E. war der geborene Führer, der es wie kein anderer verstand, uns auf den richtigen Weg zu leiten.

Diesen Weg werde ich weiterhin ehren, trotz der zusätzlichen Schwierigkeiten. Mir fehlen die Verbindungen, die Du und E. hatten, aber das macht mir nichts aus. Sei gewiss, dass ich die Arbeit für unsere Sache unerschütterlich vorantreiben werde, sogar mit mehr Begeisterung als zuvor.

Ich habe von E.s unglücklichem Ende vor ein paar Tagen erfahren, und die Tatsache, dass dieses unmenschliche Regime einen der besten Menschen ausgelöscht hat, den ich je kannte, gibt mir jeden Tag die Kraft weiterzumachen.

Kürzlich musste ich mir während eines Fliegerangriffs anhören, dass „wir uns bei diesem Schwein Q für die Angriffe der Feinde bedanken können".

Du kannst Dir nicht vorstellen, wie sehr ich den Tag des geplanten Aufstands herbeisehne.

X

Der Brief war mit der Maschine geschrieben, aber es gab keinen Zweifel daran, dass Martin der Absender war.

Q lächelte und tröstete sich mit der Tatsache, dass er wenigstens einen seiner Freunde hatte retten können. Er riss das Papier in kleine Fetzen und schluckte sie herunter.

Martin war mit dem Schreiben dieses Briefes ein großes – und sinnloses – Risiko eingegangen, aber es war wohltuend zu wissen, dass er die Rüstungsproduktion bei Loewe weiterhin sabotierte.

Vielleicht gab es doch noch Hoffnung für Deutschland.

Am nächsten Tag erreichten Kriegsneuigkeiten die Gefangenen. Während des Freigangs im Hof machten die Entwicklungen der letzten Woche unter nervösem Geflüster die Runde.

„Die Rote Armee hat in Kursk einen vernichtenden Angriff gegen unsere Wehrmacht gestartet", sagte einer der Wärter mit ungewöhnlich angespanntem Gesicht. „Sowohl mein Bruder als auch mein Cousin sind in der 4. Panzerdivision. Ich fürchte, sie werden nicht wieder nach Hause kommen."

Einer der russischen Gefangenen grinste und hob die Hände, als wollte er Gott um Hilfe anflehen, die Deutschen zu besiegen.

„Es sieht nicht gut aus für Hitler", fügte ein anderer Insasse hinzu; „die britischen, kanadischen und amerikanischen Truppen haben Sizilien besetzt. Gerüchten zufolge haben sie alle wichtigen Häfen eingenommen."

Qs dachte an seine Hochzeitsreise. Licata, Gela, Pachine, Avola, Noto, Pozzallo, Scoglitti, Ispica, Rosolini, und Syrakuse. Es schien Jahrhunderte her zu sein, dass er und Hilde die antiken Häfen besucht hatten. Damals, 1937, war Sizilien friedlich, ruhig und gastfreundlich gewesen. Sie hatten sogar darüber gewitzelt, für immer dort zu bleiben und Weinbauern zu werden.

„Ich frage mich, wie lange Mussolini den vereinten

Kräften der westlichen Alliierten standhalten wird", murmelte Q.

„Wenn die Italiener sich nicht helfen können, werden wir hingehen und es für sie erledigen", sagte einer der Wärter.

Q schüttelte den Kopf. „Die Wehrmacht blutet aus. Wo soll denn der Ersatz für die vielen gefallenen Soldaten herkommen? Sogar mein fünfzehnjähriger Neffe wurde eingezogen, um an der Flak zu dienen."

„Pah, das ist Propaganda des Feindes – unsere Verluste sind minimal", erwiderte der Wärter.

Aber Q glaubte ihm nicht. Bevor er festgenommen wurde, hatte er täglich ausländische Radiosender gehört, und deren Zahlen wichen immer stark von denen des Propagandaministeriums ab.

„Eines Tages werdet ihr euch an meine Worte erinnern. In einem Jahr werden Hitler und sein Tausendjähriges Reich nur noch ein Haufen Schutt sein. Leute wie ihr werden es sein, die die Last auf sich nehmen müssen, unser Land aus der Asche wieder aufzubauen. Das Leid wird unfassbar sein. Viel schlimmer als alles, was wir jetzt erleben."

KAPITEL 36

Hilde lag auf ihrem Bett und suhlte sich in Selbstmitleid. Volker war krank und hatte nicht nach Berlin reisen können.

„Wenn ich Volker nicht sehen kann, will ich auch meine Mutter nicht sehen", jammerte sie.

„Das ist einfach nur dumm", schalt Margit. „Jeder Besuch ist besser, als hier drin Trübsal zu blasen. Ich bin mir sicher, dass du den Besuch deiner Mutter genießen wirst."

„Werde ich nicht. Ich will meinen Sohn sehen! Meinen Sohn!"

Letztendlich schleppte sich Hilde doch zum Besucherraum, aber nur weil Margit darauf bestand. Und vielleicht war sie auch ein winzig kleines Bisschen neugierig, welche Neuigkeiten ihre Mutter vom Anwalt mitbrachte.

Als sie den Besucherraum betrat, fand sie überraschenderweise zwei Personen vor, die auf sie warteten. Sie brauchte etwas, bis sie ihren Halbbruder Klaus erkannte. Er war gewachsen und überragte sie jetzt um mehr als einen Kopf. Seine Schultern waren breiter geworden und sein Gesicht hatte seine pausbäckige Kindlichkeit verloren.

„Du bist so groß geworden." Hilde drückte ihren Bruder.

„Ich bin kein Junge mehr", erinnerte er sie mit dem Stolz eines Jugendlichen, der gern ein Mann sein wollte. „Ich bin jetzt Soldat. Ein Luftwaffenhelfer."

Hilde nickte und schüttelte ihrer Mutter die Hand. „Ein Soldat mit fünfzehn? Das ist schrecklich."

„Ich bin vor ein paar Wochen sechzehn geworden", protestierte er und bemühte sich, noch gerader zu stehen.

Nachdem sie einige Freundlichkeiten ausgetauscht hatten, fragte Hilde nach dem, was ihr am wichtigsten war. „Hast du Neuigkeiten von Herrn Müller, Mutter?"

„In der Tat. Herr Müller hat mich angerufen, um mir zu sagen, dass er dein Gnadengesuch eingereicht hat. Es wird dem Führer persönlich zur Entscheidung vorgelegt werden. Herr Müller ist zuversichtlich, dass der Führer eine positive Antwort geben wird."

Hilde zuckte die Schultern. Sie sollte überglücklich sein, aber das war sie nicht.

„Das scheint dich nicht besonders zu freuen", sagte Annie.

„Ich versuche, mir nicht zu viele Hoffnungen zu machen und ich kann mir nicht vorstellen, ohne meinen Q weiter zu leben."

Annie schüttelte den Kopf. „Wie kannst du nur so etwas sagen? Er ist für all das hier verantwortlich."

„Mutter, ich erwarte nicht, dass du das verstehst, aber erst jetzt, wo ich durch diese schweren Zeiten gehe, weiß ich wirklich zu schätzen, was Q für ein guter Mann ist. Er ist die Liebe meines Lebens, jetzt mehr denn je."

„Wie kann er immer noch am Leben sein?", fragte Klaus. „Ich dachte, sie hätten alle Verräter von dieser Schulze-Boysen Gruppe hingerichtet."

Hilde zuckte bei der Erwähnung der Exekutionen zusammen. „Q arbeitet wieder wissenschaftlich und die Regierung hofft auf nützliche Forschungen von ihm. Das ist der einzige Grund, warum er noch lebt. Sie halten ihn so lange gefangen, wie er ihnen von Nutzen ist und dann ..."

„Und du erzählst mir immer noch, dass er so ein guter Mann ist? Er verrät seine eigenen, verworrenen Ideale und arbeitet jetzt für die Regierung, die er so gehasst hat? Um sich selbst Zeit zu erkaufen? Was ist mit dir? Warum bietet er seine Arbeit nicht für deine Freilassung an?" Annie redete sich in Rage.

„Mutter, für mich gibt es da draußen nichts mehr und der einzige Grund, warum ich leben will, sind meine Söhne." Es war schwer zu erklären, aber jeden Tag empfand sie eine größere Distanz zu der Welt da draußen. In einem Moment akzeptierte sie ihr Schicksal, im nächsten war sie starr vor Angst und wollte schreien, *Lasst mich leben! Ich will leben!*

Dann wieder war sie der Meinung, sie gehörte dort nicht mehr hin und zweifelte daran, ob sie nach allem, was sie durchgemacht hatte, je wieder in ein normales Leben zurückfinden konnte.

„Deine Jungs brauchen ihre Mutter." Annie wandte ihren Blick ab. „Du wirst bei ihnen sein, vielleicht sogar schon an deinem Geburtstag in fünf Wochen."

„Da bin ich mir nicht so sicher, Mutter. Wenn Deutschland den Krieg verliert, werden sie uns alle vor dem Ende töten."

„Unser Führer wird das nicht zulassen. Wir werden diesen Krieg gewinnen", sagte Klaus mit jugendlicher Begeisterung. Die Nazipropaganda hatte bei ihrem Bruder hervorragend funktioniert.

Annie nickte. „Da hörst Du es. Und für den unwahrscheinlichen Fall, dass unsere Feinde gewinnen sollten, bin ich zuversichtlich, dass du bereits frei sein wirst. Die Nazis sind keine Barbaren. Dein Gnadengesuch wird bewilligt werden."

Hilde legte eine Hand aufs Herz und hoffte, dass ihre Mutter recht behalten würde. Aber selbst wenn sie verschont würde, hatte Q nicht den leisesten Grund, auf Gnade zu hoffen. Während seiner Verhöre, im Prozess, und noch viel mehr in seinen Briefen an sie, hatte er der Naziideologie offen die Stirn geboten und sie eins der schlimmsten Übel der Menschheit genannt. Die achte Todsünde.

Er hat es viel zu deutlich gemacht, dass er auf der Seite unserer Feinde steht; sie werden ihm nicht die Genugtuung geben, Recht behalten zu haben. Sein unerschütterlicher Widerstand hatte ihr eigenes Leben auch nicht leichter gemacht. Der Richter glaubte, dass sie die Überzeugungen ihres Ehemannes teilte. Obwohl das stimmte, hatte sie peinlichst darauf geachtet, es niemals zuzugeben.

Würde sie wirklich wegen der zwei Briefe sterben müssen, die sie für ihn getippt hatte?

Ihre Mutter unterbrach ihre Gedanken und kam näher.

Sie legte den Arm um Hilde, bevor sie ihr etwas in die Tasche fallen ließ.

„Was ist das?“ Hilde formte die Worte lautlos mit den Lippen.

„Beruhigungsmittel“, flüsterte Annie ihr ins Ohr. „Nimm sie für den Fall … Du weißt schon.“

KAPITEL 37

Q hatte auf Rückmeldung von Herrn Müller mit Neuigkeiten über Leopold gewartet. Für den Fall, dass sowohl er als auch Hilde hingerichtet würden, wollte er so viel Unterstützung für seine Söhne sichern wie möglich. Leopold war ein Fabrikbesitzer mit guten Beziehungen, gemütlich, ehrlich und mit hohen moralischen Ansprüchen.

Sie waren schon zu Schulzeiten Freunde gewesen und Q wusste, dass Leopold seine Eltern in jungen Jahren verloren hatte und später adoptiert wurde. Leopold wusste aus erster Hand, wie viel Unterstützung verwaiste Kinder benötigten.

Der Anwalt hatte darum gebeten, Q draußen im Hof treffen zu dürfen, wo die Wachen es deutlich schwerer hatten, sie zu belauschen. Die Bitte wurde gewährt und Q gesellte sich zu ihm. Die beiden schlenderten durch den Hof, während sie redeten.

„Haben Sie Leopold Stieber gefunden?“, fragte Q leise, während er starr geradeaus blickte.

„Ja und nein. Er wurde verhaftet und des Hochverrats angeklagt."

Q verlor beinahe die Fassung, aber er hielt sich aufrecht und fragte, „Was hat er getan?"

„Sie wollen mir wirklich weiß machen, Sie hatten keine Ahnung, dass er für die gleiche Organisation wie Sie arbeitete? Man hat ihn beschuldigt, der Roten Kapelle anzugehören." Herr Müller durchbohrte Q mit seinem Blick.

„Ich … ich hatte nicht den leisesten Schimmer", stammelte Q. „Ich … er … er hat es mir nie gesagt."

„Nun, ihr Freund wurde für unschuldig befunden."

„Sie haben ihn freigesprochen?", fragte Q, lauter als gewollt, während ihn Erleichterung durchflutete.

Herr Müller nickte und bewegte seine Augen zur Seite, um anzudeuten, dass das Interesse der Wachen zunahm.

„Ihr Freund muss gute Beziehungen haben, aber anscheinend nicht gut genug. Sie haben ihn nicht auf freien Fuß gesetzt, sondern ihn in das Konzentrationslager Sachsenhausen verlegt."

„Nachdem sie ihn für unschuldig befunden haben?", fragte Q fassungslos.

„Ja. Das Instrument der Schutzhaft kann jederzeit auf jedermann angewendet werden. Ich habe herausgefunden, dass er in einem Industriekomplex Zwangsarbeit leistet. Der Besitzer lobt Ihren Freund in den höchsten Tönen."

Q überdachte diese Neuigkeiten schweigend, bis der Anwalt weitersprach: „Was wissen Sie über Stiebers Eltern?"

„Er verwaiste sehr früh und wurde adoptiert. Seine Eltern waren nette Menschen; ich habe sie mehrmals getroffen." Q fragte sich, warum der Anwalt etwas über Leopolds Eltern wissen wollte.

„Wussten Sie, dass sie Zigeuner waren?"

„Zigeuner?", zischte Q. „Das wusste ich nicht." Was wusste er noch alles nicht über seinen Freund?

„Sie haben ihren Nachnamen kurz nach Leopolds Adoption geändert und sind nach Berlin gezogen, um noch einmal von vorn anzufangen. Ich bin mir nicht sicher, ob er es bereits als Kind wusste. Aber er erfuhr es auf jeden Fall nach 1939, als sein Vater starb und seine Mutter untertauchte. Sie ist möglicherweise der Grund, warum er sich dem Widerstand anschloss."

Q antwortete nicht. Ein scheußliches Gefühl des Verrats breitete sich in ihm aus. Er und Leopold hatten sich seit mehr als zwanzig Jahren gekannt, waren dick befreundet gewesen, aber sein Freund hatte es nicht für nötig befunden, ihm die Wahrheit zu sagen. Weder über seine Eltern, noch über seinen Widerstand gegen die Regierung.

Es ist ja nicht so, als wäre ich ihm gegenüber ehrlich gewesen. Q erkannte, dass sie beide Geheimnisse bewahrt hatten, die niemand wissen sollte. Bei dieser Ironie lachte er leise in sich hinein. *Das ist komisch. Wir waren über die Hälfte unseres Lebens befreundet und trotzdem wussten wir nicht, dass der andere für dieselbe Sache kämpft.*

Der Anwalt schwieg ebenfalls und nach einiger Zeit wurde die Spannung unerträglich.

„Sie haben noch mehr Neuigkeiten", stellte Q sachlich fest.

„Ja. Wollen wir uns irgendwo hinsetzen?"

„Nein. Sagen Sie es mir einfach." Q steigerte sein Tempo, um von den neugierigen Ohren der Wärter wegzukommen.

„Nun gut. Hitler und Goebbels sind noch immer sehr erbost über Ihren Attentatsplan."

Q holte tief Luft und faltete die Hände. „Das klingt nicht gut."

„Tut es nicht. Ich habe erfahren, dass man vorhat, Sie öffentlich vor der Loewe Fabrik zu erhängen."

Das Blut gefror Q in den Adern. *Sie wollen ein Exempel statuieren.*

KAPITEL 38

Hilde saß in ihrer Zelle und spielte an der Beruhigungspille herum, die ihre Mutter ihr gegeben hatte. Trotz der Umstände rührte die Geste ihrer Mutter sie zu Tränen. Es war vermutlich das Netteste, was in letzter Zeit jemand für sie getan hatte.

Sollte sie jemals in die Freiheit zurückkehren, schwor sie sich, würde sie an einer besseren Beziehung zu ihrer Mutter arbeiten.

Einige Tage später ergriff Hilde die Gelegenheit beim Schopfe, Papier für einen Kassiber an ihre Stiefmutter zu kaufen. Volker war zwar nicht in der Lage gewesen, sie zu besuchen, aber sie konnte ihm wenigstens schreiben.

Liebe Mutter Emma,

diesen Brief darfst Du nicht erwähnen, da er inoffiziell ist. Lass Deine Antwort im zweiten Satz mit den Worten, „Ja, meine liebe Hilde." beginnen. Das ist für mich das Zeichen, dass Du den Brief erhalten hast.

Meinen herzlichsten Dank für Deinen letzten Brief und die schönen Bilder. Du kannst Dir meine Freude nicht vorstellen! Der kleine Peter sieht so süß aus, wie er neben seinem großen Bruder steht und ich kann erkennen, wie er die Nase kraus zieht. Es wärmt mir das Herz. Das ist das erste Bild, auf dem auch Du und Vati zu sehen seid. Jetzt habe ich euch alle vier hier bei mir in meiner Gefängniszelle.

Ich sehne mich danach, meine Kinder wiederzusehen und warte auf die Besuchserlaubnis, wenigstens für Volker. Mutter Annie hat mir versprochen zu fragen, aber wir müssen warten, bis sie von ihrem Urlaub an der Ostsee zurück ist.

Sobald ich meinen lieben kleinen Volker wieder in den Armen halten konnte, werde ich geduldig sein, bis ich Dich und Vati wiedersehen darf. Ich hoffe, dass ich in einem halben Jahr noch am Leben bin und vielleicht, nur vielleicht, ist der Krieg ja bis dahin vorbei. Wäre das nicht ein Glückstag?

Seit gestern bin ich zuversichtlicher, da ich jetzt schon zum zweiten Mal gehört habe, dass Frauen nicht mehr hingerichtet werden. Ich habe auch von drei Frauen gehört, von denen wir dachten, sie wären schon exekutiert worden, aber nein, sie leben noch.

Dem Rat meines Anwalts folgend habe ich eine Ergänzung zu meinem Gnadengesuch geschrieben und möchte nun wieder hoffen – auf ein wenig Leben. Ich will nicht für mich leben, denn ich bin für diese Welt nicht mehr geeignet. Um meiner Kinder willen hoffe ich.

Wenigstens weiß ich, dass meine Kinder bei Dir in den allerbesten Händen sind und natürlich sollst Du alle Entscheidungen treffen. Falls ich nicht überlebe, können die Kinder nach dem

Krieg zu Qs Cousine Fanny nach Amerika. In Übersee hätten sie ein gutes Leben. Und Du hättest nicht mehr die Last, noch zwei Kinder großzuziehen, jetzt, wo Deine eigenen erwachsen sind. Bitte sorge Dich nicht um die Zukunft.

Was macht Deine Gesundheit? Du schreibst nie etwas von Dir, dabei hast Du all die Arbeit mit den Kindern. Was ist mit Deinen Beinen und Deinem Herzen und bekommst Du auch genug Schlaf? Hast Du oft Beklemmungen?

Ich muss immer lächeln, wenn Du mir über die Kinder schreibst, wie Vati sie mit zu seinen Kunden nimmt und was sie gern machen. Jetzt, bei den schönen Sommertagen, denke ich noch öfter an meine Söhne. Wie wir im See gebadet haben. Auf der Wiese gepicknickt haben. Wir wollten mit ihnen in diesem Sommer an die Ostsee fahren, aber dann traf uns dieser schreckliche Schicksalsschlag.

Wegen Deiner Bedenken, Volker zu Mutter Annie zu schicken, denke ich nicht, dass es ihm schaden wird und es wird Dich etwas entlasten. Er ist so viel schlauer als ich es war, als ich vor so vielen Jahren das erste Mal zu Dir kam.

Mutter Annie wird ihn verwöhnen, soviel steht fest. Aber er wird nur ein paar Tage bei ihr sein und wenn er wieder bei Dir ist, wird er sicher akzeptieren, dass er sich bei Dir benehmen muss.

Ich bete, dass es sein letzter Besuch hier bei mir sein wird. Mein Anwalt ist zuversichtlich, dass mein Gnadengesuch bewilligt wird. Dann werden sie mich woanders hinbringen. Ein normales Gefängnis ist viel besser als dieses hier, wo alle auf das Ende warten.

So Gott will ist dieser Krieg bald vorbei und wir können alle wieder zusammen sein. Deswegen betrachte diesen Besuch als den letzten. Wer weiß, wie alles in sechs Monaten aussieht?

Bitte nimm meinen herzlichsten Dank entgegen für alles, was Du für mich tust. Die Plätzchen waren köstlich. Du kannst Dir nicht vorstellen, wie schlecht das Essen hier ist. Und wenn man kein Essen von draußen bekommt, hat man schrecklichen Hunger. Sie haben die Rationen schon zweimal reduziert, seit ich hier bin. Anscheinend denken sie, Gefangene können allein von Luft und Liebe leben ... und Liebe gibt es hier drin nicht viel.

Vielen Dank für die Bücher; sie sind die größte Hilfe, denn mir ist ständig langweilig.

Und gib meinen beiden Söhnen einen großen Kuss von mir. Lass sie ihre Mutter nicht vergessen. Ich vergesse sie auch nicht. Im Gegenteil, ich denke jede wache Minute an sie und träume jede Nacht von ihnen. Ich werde sie bis zu meinem letzten Atemzug und darüber hinaus lieben.

In Liebe
Hilde

Sie faltete die beiden Bögen und quetschte sie in den Umschlag, bevor sie ihn zuklebte. Jetzt würde sie warten müssen, bis eine der netten Wärterinnen Dienst hatte und sie dafür zu bezahlen, dass sie den Brief beim nächsten Postamt aufgab.

Hilde hoffte, dass sie schon eine Entscheidung über ihr Gnadengesuch haben würde, wenn Emmas Antwort ankam. Dann könnte sie – mit Gottes Hilfe – ihrer Stiefmutter gute Nachrichten übermitteln.

KAPITEL 39

Q bekam einen Brief von seiner Mutter und las ihn zum zigsten Mal.

Mein lieber Wilhelm,

Ich möchte Dir für Deinen langen und detaillierten Brief danken. Ich habe ihn mehrmals gelesen und er hat mir ein klareres Bild von Deinem Gemütszustand und Deinem Schicksal geliefert.

Aber ich muss Dir auch sagen, dass mir das Herz schwer ist, nachdem ich ihn gelesen habe. Meine Stimmung schwingt turbulent, ja fast schon gewaltsam auf und ab.

Während ich Dich immer lieben und Dir stärkende Gedanken senden werde, wünschte ich, Du würdest für die große Schuld, die Du auf Dich geladen hast, Reue zeigen.

Sowohl Gunther als auch ich haben an Kriminalkommissar Becker telegrafiert und um Besuchserlaubnis gebeten. Abgelehnt.

. . .

Q sah zu Werner hinüber, der am Tisch saß. „Becker hat meiner armen Mutter schon wieder die Besuchserlaubnis verweigert. Sie muss wahnsinnig werden“, beschwerte er sich.

„Du darfst der Verzweiflung keinen Raum geben.“

„Mit ihren siebenundsiebzig Jahren und der fragilen Gesundheit hat sie ihn angefleht, mich ein letztes Mal sehen zu dürfen. Und der grausame Hundesohn hat ihre Bitte wieder abgelehnt.“ Q seufzte und vergrub den Kopf in seinen Händen.

„Du musst an der Hoffnung festhalten, dass Becker irgendwann einlenken wird.“

„Irgendwann?“, fragte Q mit einem Hauch Sarkasmus in der Stimme. „Wie viel Zeit habe ich, hast du, denn noch? Jeder Tag kann der Letzte sein.“

Werner schüttelte den Kopf. „Das weiß keiner von uns. Wir sind hier schon viel länger als die meisten anderen Gefangenen.“

„Warum? Warum wurde mein Urteil bisher nicht vollstreckt?“ Q sprang auf und tigerte durch den kleinen Raum.

„Ich kenne die Antwort darauf nicht. Keiner in diesem Gefängnis kennt die Antwort. Diese Dinge werden weiter oben beschlossen.“

„Niemand sagt mir oder meiner Familie etwas. Wir können nur spekulieren. Es könnte daran liegen, dass ich meine Forschungen an die Regierung gebe. Vielleicht warten sie darauf, dass sie noch etwas Brauchbares aus mir herausholen können.“

„Das ist doch gut, nicht wahr?“, fragte Werner.

„Ja und nein.“ Q fuhr sich mit der Hand durch die

verwuschelten Haare. Seit er im Gefängnis war, trug er die Haare nicht mehr kurz und seine Locken bildeten eine dichte Wolke um seinen Kopf.

„Gunther hat Becker besucht und gefragt, wie meine Chancen stünden, wenn sie für mich um Gnade bitten würden."

„Was hat er gesagt?"

Anstatt zu antworten, las Q aus dem Brief vor:

Kriminalkommissar Becker hat Deinem Bruder gesagt, dass natürlich jede Familie das Recht hat, um Gnade zu bitten. Dann hat Gunther Deinen Pflichtverteidiger kontaktiert, aber die gleiche Antwort erhalten.

Werner schnaubte abfällig. „Was sollten sie auch sonst sagen? Diese Nazis haben ihre Entscheidung getroffen; da weichen die nicht von ab."

„Wenigstens hat der Pflichtverteidiger versprochen, das Thema mit den verantwortlichen Personen beim Reichskriegsgericht zu besprechen."

„Du weißt aber schon, dass er sein Versprechen vermutlich nicht halten wird?"

„Ja, das weiß ich." Q nickte und Stille breitete sich in der Zelle aus.

Nachdem er den Brief seiner Mutter noch einmal gelesen hatte, sagte Q, „Ich werde sie bitten, kein Gnadengesuch einzureichen."

Werners Kopf fuhr herum. „Warum nicht?"

„Es wäre sinnlos."

„Du darfst die Hoffnung nicht aufgeben. Du musst stark bleiben und daran glauben, dass sich diese Situation irgendwie regeln wird."

„Ich gebe nicht auf, aber mein Geist befindet sich bereits jenseits der Begrenzungen dieser Welt. Ich habe keine Angst mehr vor dem Ende. Wovor ich Angst habe, ist, dass mein Urteil in eine lebenslängliche Haft geändert wird. Ich will diese Last niemandem zumuten. Ich habe in dieser Welt weder einen Platz noch einen Nutzen."

„Das stimmt nicht", beharrte Werner.

„Es stimmt. Meine Mutter wird das verstehen. Vielleicht wird sie sogar stolz auf mich sein. Eines Tages", sagte Q und hoffte, dass seine Mutter irgendwann in der Zukunft verstehen würde, warum er sich entschieden hatte, gegen das Gesetz zu verstoßen und am Untergang dieser Regierung zu arbeiten.

„Das Ende ist nahe, mein Freund", sagte Werner „Der Russe drängt die Wehrmacht jeden Tag weiter nach Westen."

Q nickte und die Männer verfielen wieder in Schweigen, so dass Q über die Vergangenheit nachdenken konnte.

Es hatte alles mit der Remilitarisierung nach dem Weltkrieg begonnen. Hitler hatte erklärt, dass er die Schmach des Versailler Vertrags auslöschen würde. Wenn er es dabei belassen hätte, wäre nichts passiert. Aber in dem Moment, als er seinen ehemaligen Verbündeten Russland attackierte, ging alles den Bach runter.

Selbst ohne die Eröffnung der Ostfront und den Krieg gegen Russland war es ein sehr riskantes Unterfangen, gegen die Alliierten zu kämpfen.

All diese Opfer wieder umsonst. Soldaten, die für Nichts starben.

Manche Länder wie Schweden oder die Schweiz wussten, dass diejenigen am glücklichsten aus dem Krieg kamen, die nie teilnahmen.

Deutschland war nie so schlau gewesen.

KAPITEL 40

Die Zeit verrann und während der Juli in den August überging, waren die Nachrichten, die von draußen zu Hilde drangen, voller Horror. Am fünfundzwanzigsten Juli hatten die Alliierten mit täglichen Fliegerangriffen auf Hamburg begonnen, die sie Operation Gomorrha nannten. Jeden Tag stieg die Zahl der Toten und näherte sich schnell dreißigtausend.

Hilde war voller Sorge und weinte unentwegt. Margit hatte es aufgegeben zu versuchen, sie zu beruhigen, als endlich ein Brief von Emma ankam.

Liebste Hilde,

wahrscheinlich hast Du von den schrecklichen Bombardierungen Hamburgs gehört. Die Jungen und ich haben die Stadt sofort verlassen, nachdem die Regierung allen Bürgern die Evakuierung angeraten hat. Wir sind jetzt bei meiner Cousine, die auf dem Land lebt.

Dein Vater und Sophie sind zurückgeblieben, weil sie für die Kriegsanstrengungen gebraucht werden.

Sobald ich Zeit finde, werde ich Dir einen längeren Brief schreiben.

Deine Mutter,
Emma

Hilde seufzte tief. „Margit, gute Neuigkeiten! Emma und meine Söhne sind auf dem Land in Sicherheit."

„Siehst du? Ich habe dir doch gesagt, dass es ihnen gut geht." Margit strahlte, während sie vom oberen Stockbett herunterkletterte.

„Ich bin so dankbar, dass sie die Jungs aus Hamburg weggebracht hat, aber wie schwer muss es für meinen Vater und Sophie sein? Allein in diesen schweren Zeiten. Sie sollten so schnell wie möglich wieder zusammen sein. Wer ist ihr denn wichtiger, ihr Mann und ihre Tochter oder ihre Enkel?"

„Diese Frage können nur höhere Mächte als wir beantworten", antwortete Margit.

„Verdammter Hitler! Ohne ihn und seinen blöden Krieg würde keiner von uns jetzt so leiden", platzte Hilde heraus.

„Still." Margit legte einen Finger auf die Lippen. „Sei vorsichtig, du weißt nie, wer zuhört."

Hilde rollte die Augen. „Ich bin schon zum Tode verurteilt, erinnerst du dich? Ich brauche nicht mehr vorsichtig zu sein."

Beide Frauen brachen bei der Ironie ihrer Situation in heftiges Gekicher aus. Als Hilde wieder atmen konnte, sagte sie, „Jedenfalls sollte Emma bei ihrer Familie sein. Das ist in diesen Zeiten wichtig."

Margit wurde ernst. „Da bin ich anderer Meinung. Ich möchte lieber nicht mit meiner Nazi-Familie zusammen sein."

Hilde sah ihre Freundin mitfühlend an. Wenn man keine Familie hatte, die man liebte, was war dann im Leben überhaupt lebenswert? „Vielleicht sollte ich Emma bitten, nicht mit Volker nach Berlin zu kommen, auch wenn ich ihn wirklich, wirklich gern sehen möchte."

„Berlin ist im Moment ein furchtbarer Ort bei den ständigen Angriffen und den fürchterlichen Brandbomben. Der Blonde Engel hat mir gesagt, dass die Regierung vielleicht bald eine Evakuierung der Stadt anordnet."

„Ich wette, das gilt nicht für Gefangene", brummte Hilde unwirsch.

„Wahrscheinlich nicht. Bisher hat das Propagandaministerium alle nicht arbeitenden Frauen und Kinder gebeten, Berlin freiwillig zu verlassen."

„Was würden die Wachen sagen, wenn wir uns freiwillig melden, um die Stadt zu verlassen?", kicherte Hilde.

Margit musste mitlachen und für einen kurzen Augenblick vergaßen sie die Realität, bis Hilde wieder ernst wurde. „Ich frage mich, ob Qs Mutter die Stadt verlassen hat. In ihrem letzten Brief hat sie mir erzählt, dass das zweite Zimmer in ihrer Wohnung für ausgebombte Leute beschlagnahmt wurde."

„Ich kann mir gar nicht vorstellen, auf so engem Raum mit Leuten zusammen zu leben, die man nicht kennt." Margit seufzte theatralisch und Hilde bekam noch einen Lachanfall.

„Du meinst so wie du und ich?", fragte sie ihre Zellengenossin schließlich.

Margit runzelte die Stirn, als müsste sie angestrengt über die Frage nachdenken. Dann nickte sie langsam. „Das ist was Anderes. Jedenfalls stehen die Dinge schlecht um Berlin und ich glaube, es wird nur noch schlimmer."

Einige Tage später erhielt Hilde einen Brief, der mit dem Reichsadler mit Hakenkreuz gestempelt war.

„Oh mein Gott, Margit, der ist vom Reichskriegsgericht", sagte Hilde und hielt den Brief mit zitternden Fingern hoch. „Ich kann ihn nicht öffnen."

„Soll ich dir helfen?", fragte Margit und versuchte, Hilde den Umschlag aus den Händen zu schnappen.

„Nein. Wag es ja nicht." Hilde setzte sich auf ihr Bett und fummelte den Brief vom Gericht auf.

In großen, roten Buchstaben starrte ihr das Wort *Abgelehnt* entgegen und ihre Augen füllten sich mit Tränen. Der Bogen Papier segelte auf den Boden, wo Margit ihn aufsammelte und las.

„Oh, Hilde, das tut mir so leid. Dein Gnadengesuch wurde abgelehnt. Von Hitler persönlich. Es sind keine Gründe angegeben. Da steht nur, dass die Entscheidung endgültig ist." Margit sank neben Hilde aufs Bett und legte die Arme um sie, während Hilde wie ein kleines Kind weinte.

„Er ist auf den 21. Juli 1943 datiert", flüsterte Hilde zwischen zwei Schluchzern. „Sie haben mehr als eine Woche gebraucht, um mich zu informieren."

Margit hielt Hilde lange Zeit, ohne ein Wort zu sagen. Sie wusste, dass nichts ihre Freundin trösten konnte, deren Hoffnungen auf eine Zukunft mit einem einzigen Wort zerschlagen worden waren. *Abgelehnt.*

Drei Tage später betraten zwei Wachen ihre Zelle und Hilde sprang voller Angst auf. *Sie kommen mich holen.*

„Packen Sie Ihre Sachen", sagte eine von ihnen und zeigte auf Margit; „Sie sind entlassen."

„Ich bin entlassen?" Margit fiel in ihrer Eile, aus der Zelle zu kommen, bevor die Wachen ihre Meinung änderten, fast aus dem oberen Bett.

„Ja. Beeilung."

„Ich komme raus", flüsterte Margit, während sie ihre paar Habseligkeiten einsammelte. Auf dem Weg nach draußen drückte sie Hilde fest. „Gib die Hoffnung nicht auf. Denk dran, der Blonde Engel hat gesagt, dass sie keine Frauen mehr hinrichten."

„Danke, dass du mir so eine gute Freundin warst. Lebe ein gutes Leben." Hilde klammerte sich an Margit, während Traurigkeit sie überrollte. Wie sollte sie ohne Margits fröhliche Kameradschaft hier drin bei Verstand bleiben?

Die Wärterin räusperte sich.

Hilde wusste, dass Margits Vater ihre Freilassung arrangiert hatte, weil sie endlich zugestimmt hatte, gute Miene zum bösen Spiel zu machen und Reue vorzutäuschen. Sie hatte sich bei ihm für ihre Fehltritte entschuldigt, während sie gleichzeitig mit ihren Mitgefangenen die besten Wege erörtert hatte, im Untergrund gegen das Regime zu kämpfen und denen zu helfen, die weniger Glück hatten als sie.

„Ich muss gehen", flüsterte Margit und drehte sich um. Im Türrahmen schob sie die Schultern zurück und marschierte aus der Zelle, aus dem Gefängnis.

Sie war wieder in Freiheit.

Vielleicht würde wenigstens eine von ihnen überleben.

KAPITEL 41

Q schaute überrascht von seinen Forschungen auf. Pfarrer Bernau stand vor dem kleinen Tisch. Wenn Q sich nicht irrte, war sein wöchentlicher Besuch erst in zwei Tagen fällig.

„Was führt Sie her, Herr Pfarrer?", fragte Q.

„Leider nichts Gutes. Mein Kollege im Gefängnis Ihrer Frau hat mir erzählt, dass ihr Gnadengesuch abgelehnt wurde."

Q sackte auf seinem Stuhl zusammen und vergrub sein Gesicht in den Händen. „Das ist alles meine Schuld."

„Sie müssen aufhören, sich Vorwürfe zu machen. Es ist nicht Ihre Schuld, und das wissen Sie." Der Pfarrer versuchte ihn zu trösten, aber Q wollte nichts davon hören.

„In drei Wochen hat sie Geburtstag. Sie wird einunddreißig und ich werde nicht bei ihr sein." Er brauchte all seine Selbstbeherrschung, um nicht in Tränen auszubrechen.

Der Pfarrer legte ihm eine Hand auf die Schulter. „Ihre Frau weiß, dass Sie in Gedanken bei ihr sind."

„Das ist nicht das Gleiche." Qs Stimme brach und er musste mehrmals tief durchatmen, um sich wieder in den Griff zu bekommen. „Wenn ich gewusst hätte, dass das passiert … dass ich der Grund für Hildes Verurteilung werde … dass ich die eine Person auf der Welt töten würde, die ich am meisten liebe … dann hätte ich anders gehandelt."

„Sie hätten nicht gegen die Nazis gekämpft?"

Q schüttelte den Kopf und versuchte, die richtigen Worte zu finden. „Doch, natürlich hätte ich diese Mission verfolgt, aber ich hätte mehr Vorsichtsmaßnahmen ergriffen, um sie zu schützen. Sie verlassen." Er hielt inne und hinterfragte seine letzte Aussage. „Ich frage mich, was schlimmer gewesen wäre … ihr das Herz zu brechen oder ihr Leben zu beenden?"

„Keiner von uns weiß, was die Zukunft für uns bereit hält und wir müssen auf Gott vertrauen, dass Er weiß, wo Er uns auf der Welt haben will", sagte Pfarrer Bernau mit ernstem Gesicht.

„Ich war so vorsichtig und habe das Ausmaß meines Hasses gegen die Nazis erfolgreich geheim gehalten. Meine kleinen Reden hier und da gegen den Nationalsozialismus waren nichts im Vergleich zu meinen wahren Gefühlen. Aber dass ich all meine treusten Freunde zerstören würde …" Q schüttelte den Kopf. „Ich hätte alle Kontakte zu Kollegen, Wissenschaftlern und Ingenieuren abbrechen sollen."

„Warum die?", wunderte sich der Pfarrer.

„Es gibt da draußen keinen Ingenieur, der nicht ein paar Militärgeheimnisse kennt. Warum glauben Sie, war es für mich so leicht, Geheiminformationen zu sammeln? Hätte ich das Ende voraussehen können?" Verzweiflung ließ Q weiter in sich zusammensinken und er schaute Pfarrer Bernau an, als könnte ihn dieser durch irgendein Wunder von seiner Schuld befreien.

„Das werden wir nie erfahren. Gottes Wege sind unergründlich."

„Aber das sind die Fragen, die schwer auf meinem Gewissen lasten. Und ich habe Angst um jeden, der wirklich unschuldig ist, selbst im Sinne des Gerichts. Dessen einziger Fehler es war, mich zu kennen. Vielleicht sogar der gute Direktor der Biologischen Reichsanstalt, der mich für sich arbeiten ließ." Q verzweifelte mit jeder Sekunde mehr.

„Sie dürfen sich nicht für die Ungerechtigkeiten des derzeitigen Regimes verantwortlich fühlen. Es ist nicht Ihre Schuld und seien Sie gewiss, dass jeder Mensch vor das Jüngste Gericht treten muss, wenn seine Zeit gekommen ist."

„Wenn mich das irdische Gericht doch nur vor meinem Tod noch einmal anhören würde, dann würde ich energisch und ohne den Hauch eines Zweifels aussagen, dass mir niemand geholfen hat, außer mein guter Freund und Vorgesetzter bei Loewe, Erhard. Dann wäre mein Leben immer noch von Nutzen, wenn ich mit meiner Aussage das Leben eines Anderen retten könnte."

„Warum denken Sie, das Gericht würde Ihnen diesmal glauben? Haben die Richter nicht immer wieder bewiesen, dass die Wahrheit sie nicht interessiert?", fragte der Pfarrer und faltete die Hände.

„Erhard, mein bewusster und aktiver Helfer, ist bereits

tot. Meine Frau wird ihm zweifellos folgen", knurrte Q wie ein verwundetes Tier.

„Das wissen wir nicht. Bloß weil ihr Gnadengesuch abgelehnt wurde, bedeutet das nicht, dass sie hingerichtet wird. Ich habe schon lange keine Frau mehr begleiten müssen."

Q schloss die Augen und versuchte, sich Bilder aus besseren Tagen in Erinnerung zu rufen. Tage, an denen er und Hilde zusammen gewesen waren. Glücklich.

Ihr herzhaftes Lachen hatte ihn gefangen genommen, bevor er sie überhaupt das erste Mal gesehen hatte. Aber das war jetzt Geschichte. Q wusste nicht, wie lange er sich seinen Erinnerungen hingegeben hatte, als ein Räuspern ihn in die Gegenwart zurückholte.

„Pfarrer Bernau, während ich mein Leben der geistigen, kulturellen und intellektuellen Entwicklung widmen wollte, musste ich die profane Notwendigkeit des Broterwerbs erfüllen."

Der Pfarrer lächelte. „Das Gefühl kenne ich nur zu gut."

„Gleichzeitig habe ich mich schon zu Beginn meiner Karriere entschieden, Wege zu finden, meine russischen Freunde zu stärken und ihre Feinde zu schwächen."

„Wenn man den Nachrichten aus dem Osten Glauben schenken kann, verrät Stalin die Ideale, die ihn an die Macht brachten." Pfarrer Bernau runzelte die Stirn. „Aber ich bin immer noch der Überzeugung, dass er das geringere der beiden Übel ist. Was sind Ihre Erfahrungen mit den Russen?"

„Sie waren immer respektvoll und höflich. Meine Kontakte haben mich nie gedrängt, meinen Beruf zu wechseln und eine Karriere anzustreben, die von größerem

Nutzen für sie hätte sein können. Sie haben mich als Individuum respektiert, und das ist ein sehr hohes Gut."

„Sie mochten diese Agenten?"

Q nickte. „Ja. Die Agenten, denen ich begegnet bin, waren feine Menschen. Ich konnte gar nicht anders als sie zu mögen. Wir teilten die gleichen Ideale und haben gemeinsam für eine gute Sache gearbeitet ..." Q wurde still, als er an den Doppelagenten dachte, der ihn verraten hatte. Selbst nach acht Monaten schmerzte diese teuflische Tat noch immer. Er hatte diesem Mann sein Leben anvertraut. Und jetzt würde nicht nur er dafür bezahlen, sondern viele andere ebenfalls.

KAPITEL 42

Am Morgen des 5. August 1943 wurde Hilde nach Plötzensee verlegt. Das konnte nur eines bedeuten: ihre Zeit auf Erden neigte sich dem Ende zu.

„Sie dürfen so viele Abschiedsbriefe schreiben, wie Sie möchten", sagte der Wärter nicht unfreundlich, während er ihr Papier, Federhalter und Tinte aushändigte. Dann verließ er die Zelle und verriegelte die Tür.

Hilde starrte erst die Tür und dann das Papier an. So oft hatte sie sich vor genau diesem Moment gefürchtet, aber jetzt, da er gekommen war, war sie ruhig, fast wie betäubt.

Sie seufzte und berührte die Beruhigungspille, die Mutter Annie ihr gegeben hatte. Sie würde sie später nehmen, nachdem sie die Briefe geschrieben hatte. Denn für die brauchte sie einen klaren und wachen Verstand.

Ihre Beziehung mit ihrer Mutter war kompliziert gewesen, aber im Angesicht des wartenden Sensenmanns spielten ihre Streitereien keine Rolle mehr. Trotz all ihrer Fehler liebte Annie ihre Tochter und hatte ihr gezeigt, dass

Hilde ihr etwas bedeutete. Es war an der Zeit, Frieden zu schließen.

Meine allerliebste Mutti,

dass ich Dir diesen Kummer nun doch noch bereiten muss, ist für mich fast das Schrecklichste an der Sache. Ich habe noch einige Stunden Zeit und bin ruhig und gefasst.

Bitte tröste Dich mit meinen beiden Süßen und Du hast ja auch Deinen Klaus. Wenn er diesen Krieg überlebt, wird er Dir bestimmt nur Freude machen. Meine besten Wünsche für ihn; er soll sich nicht in Politik einlassen; lasse ihn ruhig so einen harmlosen Beruf wie Musiker oder ähnliches ergreifen.

Was soll ich Dir noch sagen, meine beste Mutti, ich darf nicht allzu weich werden, wie kann ich Dir noch etwas Tröstliches sagen?

Nimm auch Du es nicht so schwer; ich sage mir, man muss seine Person und sein Schicksal nicht so wichtig nehmen. Wie viele müssen sterben in diesem Krieg, sei es an der Front oder in der Heimat durch Fliegerangriffe? Rechne mich mit unter die Kriegsopfer.

Mach mit meinem Nachlass was Du für richtig hältst. Ich lege alle Entscheidungen in Deine Hände. Gib denen, die ich und die mich gern gehabt haben und die nett zu mir waren mit vollen Händen. Gib Dremmers für ihre liebe Sorge um die Kinder.

Wie schön, dass ich euch alle habe, die ihr die Kinder gern habt und für sie sorgen werdet. Ich möchte, dass Du sie oft siehst, dass sie Dich besuchen und Du eventuell mit ihnen verreist. Verwöhne die Kinder nicht zu sehr.

Wenn sie später einmal zu Cousine Fanny kommen könnten, so wäre mir das eine schöne Beruhigung.

Meine liebste Mutti, sei bedankt für alles, meine kleine rührend gute Seele; auch für mein Leben, das Du mir gegeben hast. Es war schön, ich habe es voll gelebt und genossen. Und verzeihe mir allen Kummer, den ich Dir bereitet habe.

Und sorge, dass meine Kinder ihre beiden Eltern nie vergessen, dass sie sie noch im Tode lieben.

Leb Wohl. Vergiss allen Schmerz freue Dich wieder des Lebens – ich bitte Dich!

Ich verlasse Dich jetzt; Du musst für die Kinder weiterleben, die ich mehr als alles geliebt habe. Gib ihnen Deine und meine ganze Liebe.

Ich werde in Gedanken bei meinem geliebten Q sein, wenn ich sterbe, dessen Schicksal ich bis zu meinem letzten Atemzug teile.

Deine Tochter

Hilde

PS: Bitte grüße alle meine lieben Bekannten noch einmal von mir. Ich habe an alle sehr viel und oft gedacht Meine besten Wünsche an alle. Seid mutig und schaut dem Leben mit klarem, beherztem Blick ins Gesicht.

Hilde wischte sich ein paar Tränen von den Wangen, während sie den Brief unterschrieb. Sie lehnte sich in ihrem Stuhl zurück und dachte lange darüber nach, wem sie als nächstes schreiben sollte. Während sich ihr Herz danach sehnte, Q zu sagen, wie sehr sie ihn liebte, würde sie sich diesen Brief bis zum Schluss aufheben.

Sie wog den Federhalter in der Hand und starrte die graue Wand vor sich an. Die Zelle war so groß wie eine Speisekammer und nur mit einem einzigen Stuhl und einem Tisch ausgestattet. Sonst nichts.

Und was sollte ein Mensch auch anderes benötigen, der kurz vor der Reise ins Jenseits stand?

Ihr Vater und ihre Stiefmutter waren in den letzten acht Monaten ihr größter Halt gewesen. Sie hatten sich selbstlos ihrer beiden Kinder angenommen und würden sie jetzt wie ihre eigenen großziehen müssen. Ihr Herz blutete, während sie ihnen schrieb.

Mein liebster Vati und liebe, gute Mutter,

Euch muss ich jetzt für immer meine über alles geliebten Kinder in Eure lieben, treusorgenden Hände geben. Es ist für mich das Schwerste, dass ich von ihnen lassen muss. Ich weiß die Kinder bei Euch in den besten Händen, und Ihr wisst, dass sie später zu Fanny kommen können; es ist Qs und mein größter Wunsch. Wenn dies aus irgendeinem Grunde nicht gehen sollte, so möchte ich, dass die beiden doch immer zusammenbleiben. Wenn es sich machen ließe, wäre es schön, wenn sie zusammen in ein gutes Schulerziehungsheim kämen.

Lasst sie uns nicht vergessen und uns in schöner Erinnerung bewahren. Lasst sie ihr Leben jeden Moment genießen.

Ich kann leicht aus dem Leben gehen, weil ich mein Leben immer genossen habe und keine Trauer über Nichtgelebtes haben kann. Ich gehe so ruhig und gefasst, fast heiter in den Tod. Es soll Euch dies auch ein Trost sein; ich weiß, es geht schnell und schmerzlos, wie sonst kaum einem Menschen vergönnt ist. Wir „fallen“ auch in diesem Krieg wie so viele. Ihr habt nun die Sorge um unsere Kinder; aber sie werden Euch sicher auch sehr viel Freude machen.

Ihr habt auch noch Eure beiden Töchter, von denen Ihr mehr Freude zu erwarten habt, als ich sie Euch bereitet habe. Nehmt aber mein Geschick nicht zu schwer, um der Kinder Willen müßt Ihr wieder zuversichtlich in die Zukunft schauen. Ich danke Euch für Eure Hilfe und Liebe zu den Kindern; lasst sie nur, das ist meine größte Bitte, immer zusammenbleiben.

Behaltet meinen guten, lieben Q und mich in gutem Angedenken und vergesst, was Euch vielleicht an uns nicht immer gefallen hat. Wir haben Euch immer sehr hoch geschätzt, und ich habe Euch Beide, Vati, und Dich, meine liebe Mutter, immer sehr lieb gehabt, wenn ich es auch nicht immer so zeigen konnte.

Lebt Wohl, meine lieben Eltern, Julia und Sophie.

Eure zutiefst dankbare Tochter

Hilde

Meine beiden süßen Volker und Peter. Die Mutti küsst Euch in Gedanken noch beim letzten Atemzug.

Tränen liefen ihr über die Wangen, während sie sich die Gesichter ihrer beiden Jungs ins Gedächtnis rief. Erschöpft von den aufwühlenden Emotionen musste Hilde erst einmal eine Pause einlegen, bevor sie den letzten Brief in Angriff nahm. Während sie ihn schrieb, stolperte sie über ihre eigenen Worte und Tränen tropften auf das Papier und verschmierten die Schrift.

Jeder weitere Satz, den sie schrieb, zerriss ihr das Herz, und doch spürte sie die absolute Zuversicht, dass ihre Seelen in Ewigkeit verwoben waren und sie Q wiedersehen würde – auf der anderen Seite.

Als sie den Brief beendet hatte, rief sie den Wärter. Er nahm ihre letzten Grüße an sich, versprach, ihr eine Mahlzeit zu bringen und fragte, ob sie mit einem Pfarrer sprechen wollte.

Eine halbe Stunde später betrat ein katholischer Geistlicher die Zelle und stellte sich als Pfarrer Bernau vor.

„Frau Quedlin, kann ich irgendetwas für Sie tun, um Ihrem Gemüt Erleichterung zu verschaffen?", fragte der Pfarrer als er sah, wie schwer sie sich tat.

„Nein, nein. Ich bin bereit, diese Welt zu verlassen, aber …" Sie musste erst ihre Tränen herunterschlucken, bevor sie weitersprechen konnte. „Es ist das Schicksal meiner Kinder, das so sehr auf mir lastet. Ich werde die Vergangenheit wiederholen und das Eine tun, von dem ich mir geschworen habe, es niemals zu tun – meine Kinder zu verlassen, so dass sie von ihrer Großmutter aufgezogen werden."

Er legte freundlich die Hand auf ihre Schulter. „Belasten Sie sich nicht mit Schuld. Stattdessen dürfen Sie dankbar sein, dass Ihre Kinder eine Familie haben, die sie liebt und die Erinnerung an Sie wachhalten wird."

„Ich bin dankbar. Ich hoffe nur, dass sie mir eines Tages vergeben werden und meine Gründe verstehen, warum ich dem Widerstand geholfen habe."

„Das werden sie, da bin ich mir sicher." Der Pfarrer sah zur Tür und senkte dann die Stimme. „Frau Quedlin, ich bin mit Ihrem Ehemann im Kontakt und werde ihm eine Nachricht von Ihnen übermitteln."

Hilde nickte, während schon wieder Tränen in ihre Augen schossen. „Sagen Sie ihm, dass ich ihn liebe und dass auch der Tod das nicht ändern kann. Ich werde auf ihn warten …" Sie brach heftig schluchzend ab.

Pfarrer Bernau versuchte, sie zu trösten, aber nichts, was er sagen konnte, machte die Situation leichter. Er gab ihr die letzte Salbung und ging.

Mit zitternden Fingern holte Hilde die Beruhigungspille

aus der Tasche und schluckte sie. Sie ließ ihren Kopf auf den Tisch fallen, während sie darauf wartete, dass das Mittel zu wirken begann.

Die Henker kamen einige Zeit später, nachdem die Tablette sie wunderbar benommen gemacht hatte, und sie folgte ihnen zur Todeskammer.

Ihre letzte Stunde verbrachte sie in Fesseln im Erdgeschoss des Gebäudes, das „Haus der Toten“ genannt wurde, bevor sie über einen kleinen Innenhof in die Hinrichtungskammer geführt wurde, die in einem separaten Gebäude mit zwei Zimmern untergebracht war.

Bis dahin hatte die Beruhigungspille ihre volle Wirkung entfaltet und Hilde nahm ihre Umgebung kaum noch wahr. Sie hatte Mühe, auf den Füßen zu bleiben. Als man ihren Kopf auf den Holzblock legte, schloss sie die Augen und dachte an Q und ihre beiden Kinder, wie sie das letzte Mal alle zusammen gewesen waren.

Es war dieser Gedanke und die Erinnerung an Qs Stimme und Volkers Lachen, die das Geräusch der herabfallenden Klinge übertönten. Die Nazis hatte ihr das Leben genommen, aber sie waren nicht in der Lage gewesen, ihre Seele oder die Erinnerung an die Freude zu rauben, die sie in ihrer Familie gefunden hatte.

KAPITEL 43

Q stellte einen weiteren Bericht über Erfindungen im Bereich der Flugtechnik für das Reichskriegsministerium fertig. In Wahrheit waren es lediglich Abwandlungen von Erfindungen, die es bereits gab. Er blickte beim Geräusch des Riegels hoch und sah Pfarrer Bernau die Zelle betreten. In Anbetracht der späten Stunde und des ernsten Gesichtsausdrucks des Pfarrers musste etwas Schreckliches passiert sein.

„Pfarrer ...“, sagte Q.

„Ich bringe Ihnen schlechte Neuigkeiten, Doktor Quedlin. Die Schlimmsten. Ihre Frau wurde heute Nachmittag exekutiert.“ Der Pfarrer legte dem weinenden Q eine Hand auf die Schulter. „Die Information ist noch nicht offiziell, also können Sie niemandem Ihre Trauer zeigen. Aber ich musste einfach kommen und Ihnen Bescheid sagen.“

„Das ist alles meine Schuld.“ Q fühlte sich, als würde ihn ein riesiger Mühlstein zermalmen. Obwohl er gewusst hatte, dass es passieren würde, überraschte ihn die Realität ihres Todes.

„Wir haben schon oft darüber gesprochen. Ihre Frau wusste, was sie tat und hat bewusst die Entscheidung getroffen, an Ihrer Seite zu kämpfen. Sie hätte es nicht anders gewollt."

„Nein, mein Mangel an Schlagfertigkeit ist der wahre Grund für Hildes Tod. Sie wurde meinetwegen verurteilt. Es ist und bleibt die schwerste Last und meine größte Schuld, die ich jede Sekunde Tag und Nacht mit mir herumschleppe."

„Ihre Frau hat Ihnen vergeben und das sollten Sie auch tun", sagte Pfarrer Bernau.

Q vergrub sein Gesicht in den Händen und murmelte, „Wie soll ich mir dafür vergeben, meine größte Liebe umgebracht zu haben?"

„Ich habe Ihre Frau heute begleitet und sie hat mich gebeten, Ihnen zu sagen, dass sie Sie liebt und dass auch der Tod das nicht ändern kann." Der Pfarrer faltete die Hände zum Gebet. „Ihre Seele ist jetzt bei Ihm und sie leidet nicht mehr."

Stumme Tränen rannen über Qs Wangen. „Wenn ich sie doch nur nicht diese Papiere hätte tippen lassen –"

„Es ist sinnlos, sich in Was-wäre-wenn zu suhlen. Wir wissen nicht, was geschehen wäre. Man hätte sie vielleicht wegen etwas Anderem verhaftet; die Tatsache, dass sie Ihre Frau war, hätte vielleicht schon gereicht. Wir wissen beide, dass das Gericht auf Rache aus war, nicht auf Gerechtigkeit. Sie zu lieben war Verbrechen genug, um die Todesstrafe zu bekommen."

Q nickte, wohlwissend, dass der Pfarrer sein Bestes gab,

um ihn zu trösten, aber seine Schuld drohte ihn aufzufressen. „Wenigstens finde ich Trost in der Tatsache, dass ich für diesen Fehler mit meinem eigenen Leben bezahlen werde."

Pfarrer Bernau sagte nichts und saß einfach nur eine Weile bei ihm. Als der Pfarrer ging, sackte Q auf seinem Bett zusammen und hoffte, im Schlaf die Gnade des Vergessens zu finden.

Eine ganze Woche lang verbrachte Q in Höllenqualen. Er trauerte um seine geliebte Hilde, durfte sich aber nichts von seiner Traurigkeit anmerken lassen. Selbst Werner wusste nicht Bescheid.

Am siebten Tag erhielt Q Hildes letzten Brief. Er hielt ihn lange in den Händen und sog den daran haftenden Geruch seiner verstorbenen Frau ein. Er streichelte das Papier, als wäre es ihre zarte Haut, und dann liefen die Tränen, als er zu lesen begann.

Mein liebster Q,

es ist so weit und sie haben mich geholt.

Mein Leben fing in dem Moment an, als ich Dich traf – erinnerst Du Dich an den Film? Der große Fang mit Stan Laurel und Oliver Hardy. Ich erinnere mich an Dich und Leopold, als wäre es gestern gewesen.

Deine Liebe und Hingabe haben mein Leben verändert. Während dieser neun Jahre mit Dir habe ich jeden einzelnen Moment ausgekostet. Ich liebe Dich mit jeder Faser meines Seins, und ich bedauere nur, dass wir nicht mehr Zeit miteinander hatten. Ich sterbe zufrieden, denn ich hatte Dich und unsere Kinder.

Fühl Dich nicht schuldig an meinem Tod. Es war meine bewusste Entscheidung, in guten wie in bösen Tagen zu Dir zu stehen. Wir haben unser Ehegelöbnis nie vor einem Pfarrer abgegeben, aber ich habe immer an die Worte geglaubt, „bis dass der Tod uns scheidet."

Q berührte das Papier wo Hildes Tränen die Worte verwischt hatten. Erinnerungen an ihre Hochzeit kamen in ihm hoch. Die sachliche Zeremonie auf dem Standesamt. Wie sie die wartenden Photographen mit Grimassen verwirrt hatten. Die Feier mit ihren Freunden und reichlich ungarischem Wein.

Er lächelte durch seinen Tränenschleier.

Ich sage Dich los, vergebe Dir für jede Handlung oder Unbedachtsamkeit, die mein Schicksal herbeigeführt haben mag. Wir steckten da gemeinsam drin. Und ohne Dich wäre mein Leben nicht das Gleiche. Also bin ich in mancher Hinsicht froh, dass ich die Erste bin, die geht.

Ich wollte um unserer Kinder Willen leben, aber nicht um meiner selbst. Sie werden jetzt ohne ihre Mutter aufwachsen müssen. Wenigstens weiß ich, dass Emma, Annie, Ingrid und unsere gesamte Familie sie lieben und ihr Bestes tun werden, sie zu guten Männern zu erziehen. Ich kann nichts Anderes glauben.

Und ich bete, dass Du durch irgendein Wunder doch noch

einen Weg finden wirst, diesen Krieg zu überleben, um bei ihnen zu sein.

Manchmal frage ich mich, was passiert wäre, wenn wir die Visa für Amerika bekommen hätten. Aber es sollte nicht sein. Für uns gab es keinen einfachen Ausweg und ich glaube noch immer, dass wir das Richtige getan haben.

Jetzt heißt es Lebewohl, mein geliebter Q, aber nicht für immer. Ich werde auf der anderen Seite mit offenen Armen auf Dich warten.

Ich liebe Dich.

Hilde

Heftiges Schluchzen schüttelte Qs Körper, als er am Ende des Briefes angelangt war. Er presste das Papier an seine Brust, rollte sich auf dem Bett zusammen und beweinte den Verlust seiner Frau und ihrer gemeinsamen Zukunft.

Ein neugieriger Werner drehte sich am Tisch um, wo er an seinem Roman gearbeitet hatte. Ein Blick in Qs Gesicht sagte ihm, was in dem Brief stand.

Er ging die zwei Schritte zu Qs Bett und setzte sich auf die Kante. „Es tut mir so leid, mein Freund."

KAPITEL 44

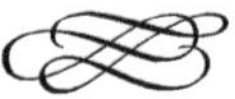

In den folgenden Tagen verfiel Q in wilden Aktionismus. Jetzt, wo es Hilde nicht mehr gab, verspürte er den Drang, lose Enden zu verknüpfen und seine Angelegenheiten zu ordnen.

Der erste Kassiber ging an seine Cousine Fanny.

Liebe Cousine,

ich gehe davon aus, dass Du bereits von unserem denkwürdigen Schicksal gehört hast.

Auch, dass wir Dir unsere Kinder anempfehlen, sollten die alternden Großeltern nicht mehr in der Lage sein, mit ihnen fertig zu werden, die Lage in Deutschland zu schlimm werden und meine Freunde in der Sowjetunion sie aus irgendwelchen Gründen nicht versorgen können.

Da das Hauptverbrechen meiner Frau ebenso wie meins die Feindseligkeit gegen den Nationalsozialismus ist, könntest Du eventuell von Deiner Regierung Unterstützung bekommen, wenn Du bei der Versorgung unserer Kinder hilfst.

Wenn Du eines Tages das Gefühl hast, dass die Belastungen aus ihrer Obhut zu viel für Dich sind, denke bitte daran, dass ihre Eltern im Kampf gegen einen wahnsinnigen, unmenschlichen Antisemitismus gestorben sind.

Lebewohl! Und wenn meine Söhne diesen Krieg gesund und lebend überstehen, hilf ihnen bitte, gute Bürger eines führenden Weltreiches zu werden, in dem sie ihre Fähigkeiten voll ausschöpfen können.

Aus tiefstem Herzen danke. Sei Dir gewiss, dass ich für immer in Deiner Schuld stehe für jeglichen Liebesdienst, den Du meinen Kindern erweist.

Dein Cousin,

Q

Er holte etwas von dem Geld und den Briefmarken, die Annie ihm gegeben hatte und wartete darauf, dass einer der Wärter Dienst hatte, der dafür bekannt war, Kassiber aus dem Gefängnis zu schmuggeln.

Q nahm den Stift und begann, einen Brief an seine Mutter zu schreiben. Sie hatte ihm ausdrücklich untersagt, ihr weitere Kassiber zu schicken, aber heute konnte er nicht anders, als ihr die grausigen Nachrichten mitzuteilen.

Allerdings kam er nicht weiter als „Liebste." Seit nunmehr neun Monaten war es Hildes Name gewesen, der auf dieses Wort folgte. Jetzt war seine Hilde nicht mehr. Bilder von ihr nahmen ihn gefangen und er faltete die Hände und träumte von besseren Zeiten. Er brauchte viele Minuten, ehe er in die düstere Realität zurückkehrte.

Liebste Mutter,

Meinen Dank für die Liebesgabe! Ich bitte Dich, nicht zu viel zu tun! Ich werde ohnehin schon derart lieb behandelt in Essensdingen, dass ich mich schon geniere, von Dir etwas zu nehmen.

Ich möchte mich in meiner Bitte an Dich jetzt ganz beschränken, sodass ich höchstens 1 bis 2mal in der Woche ein Stückchen Kuchen dazubekomme! Haferflocken, Zucker und Apfelstückchen geben ein Fest! Überhaupt, lernt man bei so einfacher Kost, erst richtig die Freude am Essen! Solange trockenes Brot und trockene Pellkartoffeln (mit Schale!) ein tiefer Genuss sind, und in beliebiger Menge wundervoll schmecken, kann man sich noch nicht verwöhnt nennen. Da ist dann eine einfache Schnecke eine Sensation!

Ich verstehe es vollkommen, wenn Du oder Hildes Eltern mir nicht mehr schreiben wollen, jetzt, wo meine geliebte Hilde diese Welt verlassen musste. Du darfst es ja offiziell gar nicht wissen; ich erst nach Erhalt ihres Abschiedsbriefes, geschrieben am 5. August, den ich erst am 12. August hier erhielt. Ich wusste es aber schon vorher und durfte es mir nicht anmerken lassen! Ich werde aber Euch Verwandten einen offiziellen Brief schreiben mit der Ankündigung! Geht es wenigstens den beiden kleinen Jungs gut? Wie haben Dremmers die wüsten Angriffe aus der Luft überstan-

den? All diese Gräuel, die um uns herum geschehen, die ich nicht verhindern konnte, machen mir keine Angst mehr, denn ich werde nicht lange genug leben, um sie am eigenen Leib zu erfahren. Ich bin auf alles gefasst jetzt! Und ich glaube, etwas abgestumpft. Meine Stütze ist es jetzt, dass ich selbst dicht davorstehe, den Weg meiner Hilde zu gehen! Möchtest Du nicht aus Berlin fliehen? Ich denke ganz egoistisch, damit Du den Kindern noch lange erhalten bleibst.

Mit allergrößter Dankbarkeit habe ich die Nachricht vernommen, dass mein Bruder und seine Frau angeboten haben, sie aufzunehmen, sollte es zum Schlimmsten kommen. Sie haben mit ihren eigenen vier Kindern schon alle Hände voll zu tun. Daher bin ich für das Angebot doppelt dankbar. Bitte sende Gunther und Käthe meine besten Wünsche und alles Liebe. Sie sind so gute Menschen.

Kannst Du mir sagen, ob der arme Otto auch inhaftiert wurde? Er war ein lieber Freund und ich habe immer viel von ihm gehalten, aber ich habe ihn nie in mein Geheimnis eingeweiht. Also hoffe ich aus tiefstem Herzen, dass er nicht für meine Handlungen verdammt wurde.

Otto und ich hatten entgegengesetzte politische Überzeugungen und er hat meiner Meinung über das Vaterland, Verrat und meiner Liebe zu Russland und dem kommunistischen Gedanken nie zugestimmt. Trotzdem mochte ich ihn sehr und respektierte ihn als Wissenschaftler. Ich wollte nicht, dass er sich zwischen unserer Freundschaft und seiner politischen Meinung entscheiden muss.

Es war eine Qual, meine innere Überzeugung vor allen um mich herum zu verbergen, außer vor Hilde und Erhard. Aber ich konnte nicht riskieren, dass irgendjemand in dem Machtgeflecht gefangen wird, nur weil ich meine eigene Bürde erleichtern und mich jemandem anvertrauen wollte.

Ich sage Dir, meine liebe Mutter, dass ich mich tagein, tagaus furchtbar schuldig fühle, weil ich die Ursache und der Grund für den Tod meiner geliebten Frau bin. Hunderttausende Male habe ich schon gedacht, dass ich sie besser hätte schützen sollen.

Bitte sag Dremmers, dass ich Hilde das tatsächlich vorgeschlagen habe (sie nach einem gestellten Streit zu verlassen), und dass sie es nicht zugelassen hat. Im Gegenteil, sie hat mir gesagt, sie würde in guten wie in schlechten Zeiten zu mir stehen, bis dass der Tod uns scheidet.

Ihr Tod hat uns geschieden, aber ich weiß, dass mein Tod uns für immer vereinen wird.

Mein – unser – Leben war nur noch Resignation und Mühen, weswegen wir uns entschieden hatten, nach Amerika auszuwandern. Meine russischen Freunde haben nie versucht, mir das auszureden, obwohl es gegen ihre eigenen Interessen verstieß.

Der Krieg wird jetzt auch für die leichtsinnigen Deutschen bitterböse. Es ist doch ein Unterschied, ob man die Londoner Altstadt zertöppert mit (damals) überlegenen Kräften, oder ob man selbst mit den nunmehr gegnerseits überlegenen Methoden das zehnfache (oder mehr) an Bombenlast auf sich bekommt. Was anderen weh tut, hat man hierzulande bisher nicht so wichtig genommen und nur wenig Mitgefühl gehabt - echtes Mitleid wird einem durch eigene Schmerzen beigebracht!

Ich erwarte aber keinen Volksaufstand zur Beendigung des (nun zwecklos gewordenen) Weiterkämpfens (weil es diesmal aus erzieherischen Gründen von den Göttern verhängt zu sein scheint, dass die Suppe bis zuletzt ausgelöffelt wird und eine klare Situation entsteht!). Deshalb auch nehme ich gern auf mich den Verzicht auf „Rettung“ durch eine Revolution. Du wirst später mal ausrechnen können, wie wenig Zeitspanne verzögerter Tod von Inge und mir dazu gereicht hätte, uns zu befreien.

Auch der ideal denkende, aber meines Erachtens veralterte Hitler wird nicht eine Niederlage und den Abfall der früher begeisterten Massen überleben wollen. Er wird den Tod auf dem Schlachtfeld suchen und finden. Noch ein viertel, noch ein halbes Jahr? Aber Du sei nicht feige! Bleibe mutig am Leben, auf einen Gottes Wink hin und suche aus ihm zu lernen - und bleibe leben noch lange und freue Dich an Deinen Enkeln und hilf ihnen seelisch, wenn das Schicksal ihrer Eltern sie drücken sollte.

Über meine finanziellen Angelegenheiten sprichst Du bitte mit Gunther. Ich bin gemeinsam mit Otto Inhaber verschiedener Patente. Ich hoffe, dass das Reich in der kurzen, verbleibenden Zeit seiner Existenz meinen Anteil nicht konfisziert. Es ist mein Wunsch, dass meine Kinder die Rechte und Tantiemen erben.

Sobald Du meine offizielle Todesnachricht erhalten hast, gehe bitte zum Patentamt und versuche, die Namen meiner Söhne eintragen zu lassen.

Mach Dir keine Sorgen, wenn das nicht möglich sein sollte. Ich glaube nicht, dass dieses Tausendjährige Reich noch mehr als einige Monate existiert, und sobald alles zu Staub zerfallen ist, wird es eine Aufhebung des Urteils gegen Hilde und mich geben.

Dann wird Gunther in der Lage sein, alles zu bekommen, was meinen Kindern rechtmäßig zusteht, da bin ich mir sicher.

Für Dich, meine liebe Mutter, wünsche ich ausdrücklich, dass Du so viel Geld, wie von meinem Vermögen noch übrig ist für Deine Bedürfnisse verwendest. Dieser Brief ist mein Testament; bitte bewahre ihn gut und sicher auf.

Wenn es zum Schlimmsten kommt, bin ich mir sicher, dass meine russischen Freunde Dir aushelfen werden.

Du hast nie aufgehört, mich zu lieben, auch wenn meine

Meinung nicht mit Deiner übereinstimmte. Ich bin dankbar für Deine Großzügigkeit, denn ich würde diese Welt nicht in dem Wissen verlassen wollen, dass die Frau, die mich geboren und großgezogen hat, mich nicht mehr liebt. Du kannst Dir nicht vorstellen, wie viel mir das bedeutet.

Eines Tages erhältst Du vielleicht eine Rechnung über zehn oder zwanzig Reichsmark. Da wird „für Wein" drauf stehen. Bitte bezahle sie; es sind Schulden, um die ich mich aus gegebenem Anlass nicht kümmern konnte. Und ich möchte doch nicht, dass so eine Kleinigkeit wie der Tod mich davon abhält, meine Schulden zu begleichen.

Ich bin damit beschäftigt, mich um alle offenen Angelegenheiten zu kümmern, da ich weiß, dass das für die Hinterbliebenen sehr mühselig ist. Wenn Du etwas wissen möchtest, frag mich bitte. Ich hoffe, ich habe noch einige Tage bei klarem Verstand, um Deine Fragen zu beantworten.

Meine Stimmungen wechseln ständig. Sie sind in meinem letzten offiziellen Brief recht akkurat beschrieben. Wie Du weißt, müssen die offiziellen Briefe viel vorsichtiger geschrieben sein als dieser hier.

Von jetzt an bin ich auf das „Wunder des Todes" gut vorbereitet und nicht mehr sehr anfällig für irdisches Leid. Meine leidensfähigen Nerven sind betäubt.

Deswegen kann ich auch essen und genießen. Ich verspüre eine fast mystische Verbundenheit mit dieser Welt. Fast religiös, so wie Du.

Meine liebe kleine Mutter. Das Einzige, was ich von Dir erbitte, ist, dass Du mich immer in ehrenhafter Erinnerung behältst.

Dies ist ein weiterer Abschied. Mir fällt nichts mehr ein, was ich im Moment noch schreiben könnte. Ich sitze seit acht Uhr heute Morgen an diesem Brief und jetzt ist es vier Uhr nachmittags.

Dein – vom Schicksal geknechteter - Sohn
Wilhelm

KAPITEL 45

Am 23. August, Hildes Geburtstag, erhielt Q die Erlaubnis, seinen monatlichen Brief zu schreiben. Für einen Augenblick starrte er den Wärter angesichts dieser unmenschlichen Grausamkeit ungläubig an, aber dann nickte er und nahm Federhalter, Tinte und Papier entgegen. Der Wärter konnte nichts von Hildes Geburtstag wissen.

Er entschied sich, der einen Person zu schreiben, die er schon sein ganzes Leben liebte, und sie offiziell über Hildes Tod zu informieren.

Werner schien Qs miese Laune zu bemerken und fragte, „Wie kommst du zurecht, mein Freund?"

„Mir könnte es kaum besser gehen", lachte Q sarkastisch, „Meine Söhne sind bei meinen Schwiegereltern in den besten Händen und ich darf meine Forschungen zum Thema Pflanzenschutz aufschreiben. Was brauche ich mehr?"

„Freiheit?", fragte Werner mit einem Schulterzucken.

„Ha. Freiheit wird überschätzt. Wir haben hier drin alles, was wir brauchen. Kein mühseliger Haushalt, kein Einkaufen, und die – zugegebenermaßen schlechten – Mahlzeiten kommen immer pünktlich."

Werner lachte laut auf. „Nun, wenn du es von dieser Warte aus betrachtest … wir bekommen genug Schlaf, haben gute Bücher zu lesen und dürfen sogar körperlich etwas arbeiten."

„Siehst du? Die Arbeit, die sie uns geben, ist sogar vergnüglich."

„Nun, ich würde die Beschriftung von Schildern in Zierschrift jetzt nicht unbedingt als *vergnüglich* bezeichnen, aber es könnte schlimmer sein."

Q wurde ernst und heftete seine Blicke auf Werner. Ohne seinen guten Kameraden wäre er schon vor Monaten wahnsinnig geworden.

„Ich akzeptiere das Recht meiner Feinde, mich zu töten, nach der Chuzpe, die ich in meinen Handlungen bewiesen habe. Und ich sterbe wie so viele andere in diesem Krieg, aber ich kann mit Stolz behaupten, dass ich immer gegen den Nationalsozialismus und für die militärische Niederlage Deutschlands gekämpft habe. Mein Pech war es, dass ich vor dem bevorstehenden Ende des Krieges verhaftet wurde."

„Wenigstens hast du die Genugtuung, in guter Gesellschaft zu sein. Der besten." Werner grinste und klopfte sich auf die Brust.

„Wir müssen alle für unsere Handlungen geradestehen, und ich tue das mit Stolz. Inzwischen habe ich so viel Zeit gehabt, über das Sterben nachzudenken, und wie es geschehen wird, dass es sein Grauen verloren hat. In Zeiten wie unseren ist es nicht vielen Leuten gestattet, so schnell und schmerzlos zu sterben." Q seufzte. Es stimmte.

Jeden Tag um die Mittagszeit, außer samstags und sonntags, erwartete er die Henker, um später am Abend hingerichtet zu werden. Aber während er anfangs in Todesangst gewartet hatte, veränderte sich dies in Unbehagen, dann in Neugier und schließlich in Resignation. Seit Hildes Tod war es wie das Warten auf die Straßenbahn, mit der er sein Ziel erreichen würde.

„Übrigens, mein Anwalt hat mir erzählt, dass Hitlers Vorhaben, mich öffentlich vor der Loewe Fabrik zu erhängen, abgesagt wurde. Das wäre mir sehr unangenehm gewesen."

„Dafür kannst du dich, glaube ich, bei unseren russischen Freunden bedanken. Gerüchten zufolge will die Regierung ihre Funkspiele mit Moskau nicht gefährden", sagte Werner und verschränkte die Arme.

„Unser Ziel war es, diesem Regime 1942 ein Ende zu setzen, aber es sollte nicht sein." Q stand auf und wanderte durch den Raum. „Für mich nicht, für dich nicht, und auch nicht für Millionen unschuldiger Menschen auf beiden Seiten, die weiterhin geopfert werden, bis einige Dickschädel endlich an einer Betonwand zerschlagen werden."

Werner nickte. „Wenigstens haben wir die Genugtuung, dass sich immer mehr Menschen von den angepriesenen Idealen abwenden, trotz härtester Sanktionen und Drohungen. Das wird schlussendlich zum unglücklichen Ende dieses ganzen irren Unterfangens führen."

„Operation gelungen … Patient und Arzt tot." Q lachte hysterisch und fing an zu brüllen, „Ich bereue nichts! Alles was ich sehe und höre stärkt meine Überzeugungen! Diese

Regierung muss fallen! Die Nazischweine müssen besiegt werden!"

Besorgt trat Werner näher und legte ihm eine Hand auf die Schulter. „Hilde hat dir vergeben, das weißt du."

Q sah in die traurigen Augen seines Freundes. „Ich weiß, aber ..." Q schluchzte und plumpste auf sein Bett. „Heute ist ihr Geburtstag … und ich vermisse sie so sehr."

KAPITEL 46

In der darauffolgenden Woche stellte er seine Forschungsarbeit ein und dachte stattdessen darüber nach, wie er denen helfen konnte, die ihm geholfen hatten, indem sie ihm Geld, Essen und andere Notwendigkeiten ins Gefängnis geschickt hatten.

Er wollte sich von der Welt verabschieden und gleichzeitig mit seinen letzten Handlungen ein klein wenig Gutes tun. Seine Situation erlaubte es ihm nicht, materielle Hilfe anzubieten, aber eins hatte er noch, und das war sein Kampf gegen Hitler und die Nazis. Das würde er anbieten.

Deutschland würde den Krieg früher oder später verlieren, und er hoffte, dass sein Status als Verräter nach der Kapitulation auch nach seinem Tod noch denen helfen konnte, die ihm am Herzen lagen.

Q machte eine Liste von Menschen, denen er Kassiber schicken würde.

Von seinen drei engsten Freunden war nur noch Otto – hoffentlich – in Freiheit. Jakob war während der Reichskristallnacht ums Leben gekommen und Leopold, selbst ein Verräter des Regimes, war in einem Konzentrationslager.

Gunther schaffte es ebenso auf die Liste wie Hildes Eltern. Sie würden die Hauptlast auf sich nehmen müssen, die beiden verwaisten Kinder großzuziehen. Q wurde bei dem Gedanken das Herz schwer, aber er schüttelte die Nostalgie ab. Jetzt war nicht die Zeit für Sentimentalitäten.

Seine Mutter. Hildes Mutter. Bei dem Gedanken an Annie zögerte er. Seine Gefühle ihr gegenüber waren gemischt. Aber er würde auch ihr einen seiner „Empfehlungsbriefe" schreiben, um seiner Söhne Willen.

Der gute Direktor der Biologischen Reichsanstalt und einige seiner früheren Kollegen. Martin, sein Komplize bei Loewe. Q lächelte bei der Erinnerung daran, wie Martin seine Loyalität bewiesen hatte. Er hatte Q damals vor dem Auffliegen gerettet, indem er eine Tasse Kaffee über die geheimen Unterlagen gekippt hatte, die Q gerade kopieren wollte.

Er setzte sich hin und schrieb den ersten dieser Briefe.

Lieber Freund,

meine geliebte Frau wurde bereits hingerichtet, und ich brenne darauf, ihr zu folgen. Meine beiden Jungen sind bei meinen Schwiegereltern gut versorgt.

Und mittlerweile scheint die Weltgeschichte mit meiner Meinung über das Dritte Reich und seinem katastrophalen Gehabe im Garten Gottes übereinzustimmen.

Wir sterben im Kampf gegen den Nationalsozialismus. Wir hoffen, dass ihr alle die schlechten Zeiten überstehen werdet, die alle Überlebenden in fürchterliche Probleme bringen werden, obwohl nicht ohne eure eigene (passive) Schuld.

In der freudigen Gewissheit, dass dieser Tag nicht mehr fern ist und dass meine Frau und ich zu den Märtyrern der Gewinnerseite zählen, grüße ich euch.

Diesen Brief zu behalten ist gefährlich. Bewahre ihn bitte nur weit weg von Deinem eigenen Haus auf, weit weg von Berlin, so dass er erst entdeckt wird, wenn Deutschland den Krieg verloren hat.

Ich will mein Anliegen an meine Freunde in der Sowjetunion schicken, aber auch an andere Alliierte, um ihnen Dich und Deine Familie anzubefehlen aufgrund Deines guten Wesens und Deines Wohlwollens mir gegenüber.

An den Zuständigen

Ich empfehle die Person, die diesen Brief vorzeigt, als technischen Experten und einen guten Menschen, der in der Lage ist, dieses Land wieder aufzubauen und zukünftig für das Wohl der Nation zu arbeiten.

Gefängnis Plötzensee, Zelle 140
2. September 1943
Wilhelm "Q" Quedlin

Nachdem er fast ein Dutzend ähnlicher Kassiber verschickt hatte, lehnte er sich zurück und überlegte, was er als Nächstes tun sollte. Das Leben schien in so weite Ferne gerückt, dass er noch nicht einmal Freude an seinen Forschungen empfand.

Am Abend ging Q mit dem zufriedenen Gefühl eines Mannes schlafen, der seinen Nachlass geregelt hat, nur um vom schrillen Getöse des Fliegeralarms geweckt zu werden.

Werner sprang im gleichen Moment aus dem oberen Bett, wie Q die panischen Rufe der Wachen und anderen Gefangenen hörte. Er und Werner drängten sich unter den Tisch und zerrten noch eine der Matratzen um sich, um nicht von den herabfallenden Putz- und Betonbrocken getroffen zu werden.

Die Stunden vergingen und der Angriff wurde schlimmer. Es war die schrecklichste Bombardierung, die er je erlebt hatte. Ein ohrenbetäubender Lärm signalisierte, dass eine Bombe direkt auf dem Gefängnisgebäude gelandet sein musste. Q hustete von dem Staub, der die kleine Zelle füllte. Die dicken Gefängnismauern bebten wie Blätter im Herbstwind.

Ein weiterer direkter Treffer explodierte irgendwo in der Nähe. Q duckte sich unter die Matratze und hielt sich die Ohren zu, bis der Geruch von Rauch ihn aufblicken ließ. Von der Wucht der Explosion aufgerissen, hing die Metalltür der Zelle schief in den Angeln. Ein Feuer loderte im Flur.

„Sieh nur!“, zischte Q.

„Wir müssen hier raus, oder wir verbrennen bei lebendigem Leib!“, brüllte Werner.

Hitze und Rauch füllten den Flur, während Q und Werner aus ihrer Zelle flüchteten. Viele Zellentüren waren aufgerissen worden, aber andere waren noch verschlossen. Q hörte die markerschütternden, qualvollen Schreie der Mitgefangenen, die darum bettelten, dass sie jemand retten möge, während der tödliche Rauch unter den Türen hindurch in die Zellen kroch.

Aber die Wachen waren schon vor Stunden aus dem Zellenblock geflohen und hatten in den Schutzkellern

Zuflucht gesucht. Es gab keine Möglichkeit, die Türen aufzuschließen. Q warf einen letzten Blick über die Schulter, während Werner ihn die Treppen hinunter in den Innenhof zerrte.

Eine Brandbombe nach der anderen ging mit grellen Explosionen hoch und erschütterte nicht nur das Gebäude, sondern selbst das Fundament, auf dem das Gefängnis stand. Die gesamte Stadt stand in Flammen.

Die Apokalypse hatte eingesetzt.

Viele Gefangene in unterschiedlichen Zuständen des Schocks versammelten sich im Innenhof. Q duckte sich gegen die trügerische Sicherheit der Wand und hoffte – nein, betete – dass die Bomben aufhören würden zu fallen.

Erst mit dem Morgengrauen wurde sein Wunsch erfüllt. Als der Rauch sich legte, sah Q nichts außer Schutt und Asche, wo einst Gebäude gestanden hatten. Ein großer Teil des Zellenblocks in Haus III, inklusive dem angrenzenden Hinrichtungsgebäude, war zerstört worden.

Halb Berlin war zerstört worden.

Als die Wachen zurückkehrten, taten sie ihr Bestes, das Chaos in den Griff zu bekommen und steckten Gruppen von Gefangenen in die verbleibenden Zellen. Q und Werner teilten sich eine Zelle von der Größe ihrer eigenen mit vier anderen Gefangenen. Nachdem alle mehrmals durchgezählt worden waren wurde klar, dass vier zum Tode verurteilte Gefangene die Gelegenheit genutzt hatten, zu entkommen.

Das Gefängnis hatte massive Schäden davongetragen. Der Todeskammer fehlte das Dach und die Guillotine war vom Feuer beschädigt und aus ihrer Verankerung gerissen worden. Ob sie noch operabel war, war fraglich.

In den folgenden Tagen wurden Reparaturen vorgenommen. Q und Werner kamen wieder in ihre ursprüngliche Zelle, da dort nur die Tür beschädigt worden war.

Q konnte nicht genau sagen, was es war, aber seit dem Luftangriff hatte jeden im Gefängnis eine beklemmende Spannung ergriffen. Die Wachen sahen unglücklich aus und sprachen im Flüsterton, während die Gefangenen vom Schock abgestumpft auf ihr weiteres Schicksal warteten.

Am vierten Tag bemerkte Q reges Treiben im Innenhof. Mindestens acht Beamte waren gekommen und bereiteten irgendetwas vor. Der tägliche Freigang war gestrichen worden und Q hörte Geräusche von Bauarbeiten. Er schob einen Stuhl unter das Fenster, um besser sehen zu können, konnte aber trotzdem nicht erkennen, was vor sich ging.

Sobald es am 7. September abends dunkel wurde, mussten alle Gefangenen im Innenhof zum Appell antreten.

„Sie zählen uns schon *wieder*?" Werner versuchte einen Witz zu machen, aber Q war nicht in der Stimmung. Eine böse Vorahnung sandte ihm eisige Schauer den Rücken hinunter.

Es war kalt in dieser Nacht und der Himmel über der Hauptstadt war stockfinster, mit Ausnahme der einen oder anderen feindlichen Brandbombe, die in der Ferne explodierte. Trotz der Verdunkelungspflicht erleuchteten Scheinwerfer den Gefängnishof. Ihre Strahlen tanzten über den Nachthimmel.

Alle Gefangenen mussten sich in Reihen aufstellen. Q nahm seinen Platz ein und beobachtete verwundert das Spektakel. Er hatte keine Ahnung, was er von diesem höchst ungewöhnlichen Appell halten sollte. Die Spannung stieg. Jeder wartete auf Anweisungen.

Als die ersten acht Männer namentlich aufgerufen und

zu dem notdürftig reparierten Hinrichtungsgebäude geführt wurden, ging ein Raunen durch die Reihen. Mehrere Minuten später wurden acht weitere Männer aufgerufen. Die verbleibenden Gefangenen, inklusive Q, standen wie betäubt da. Man hätte eine Stecknadel fallen hören können.

Q schloss die Augen. Seine Zeit war gekommen. Er suchte Werners Hand und drückte sie einen Moment. „Das ist es, mein Freund", flüsterte er.

Q stand lange Zeit im Hof, während Reihe um Reihe weggeführt wurde. Er war weder ängstlich noch nervös. Das unausweichliche Ende war nichts, wovor man sich fürchten musste. Im Gegenteil, er spürte eine gewisse Erleichterung, dass die Warterei endlich vorbei war.

Einmal mussten die Henker ihre Arbeit unterbrechen, weil mehrere Bomben in ein Gebäude in der Nähe einschlugen. Die Scheinwerfer gingen aus und nur die Mondsichel warf ein unwirkliches Licht auf die schauerliche Szene.

Das grauenhafte Morden setzte sich bis acht Uhr morgens fort. Als die übrig gebliebenen Gefangenen zurück in ihre Zellen beordert wurden, wusste Q nicht, ob er erleichtert oder enttäuscht sein sollte. Er sah in völlig erschöpfte Gesichter und grüßte nickend einige Bekannte. Eine Nacht in der Kälte stehend und auf den Tod wartend hatte an allen gezehrt.

Q und Werner hatten beide überlebt und fielen in ihre Betten, um den ganzen Tag zu schlafen. Abends wiederholte sich das schaurige Schauspiel – fünf endlose Nächte lang.

Am Ende der sechsten Nacht lebten Q und Werner noch immer. Q zuckte die Schultern, als sich weder Freude noch

Erleichterung einstellten. Nach so häufigem Fehlalarm war alles in ihm taub. Alle seine Gefühle waren ausgelöscht wie die Flamme einer Kerze.

An diesem Abend schlüpfte ein sichtlich angeschlagener Pfarrer Bernau in ihre Zelle.

„Das … war das mit Abstand grauenhafteste Erlebnis meines ganzen Lebens“, sagte der Pfarrer mit gepresster Stimme.

Q nickte. Der Pfarrer war ein guter Mann. Zuzusehen, wie hunderte von Männern ermordet wurden, musste ihm sehr zugesetzt haben.

„Vor zwei Wochen hat Hitler sich darüber beschwert, dass über dreihundert Gefangene auf die Bescheide zu ihren Gnadengesuchen warten und der Reichsjustizminister hat versprochen, die Bearbeitung der Anträge zu beschleunigen. Das hat man auch getan. In fast jedem Fall wurde angeordnet, das Urteil sofort zu vollstrecken.“ Der Pfarrer seufzte und schüttelte den Kopf.

Q war sprachlos.

„Herr Pfarrer, Sie können nicht zulassen, dass diese blutigen Nächte Sie zerstören. Sie müssen stark bleiben und Gutes tun. Die verbleibenden Gefangenen brauchen Sie.“ Werner hatte die Gabe, immer die richtigen Worte zu finden, und nach einigen Augenblicken des Schweigens zeigte sich so etwas wie ein Lächeln auf dem Gesicht des Pfarrers.

„Das werde ich. Das werde ich. Ich bete zu Gott, dass Er mir die Kraft gibt, weiterzumachen.“

„Wie haben die es so schnell geschafft, die Guillotine zu reparieren?“, konnte Q sich nicht verkneifen zu fragen.

„Haben sie nicht.“

„Haben sie nicht?“ Werner zog die Augenbrauen hoch.

„Nein. Der ursprüngliche Plan war, die Gefangenen an einen entlegenen Ort zu bringen und sie dort einem Erschießungskommando gegenüber zu stellen, aber die Logistik war zu schwierig. Stattdessen hat man einen Balken mit acht Strängen im Hinrichtungsschuppen angebracht ...“ Pfarrer Bernau versagte die Stimme.

„Hängen?“ Q griff sich an den Hals.

Der Pfarrer sah aus dem Fenster in den Himmel, während er mit zitternder Stimme erzählte, „Die Gefangenen hatten die Hände hinter dem Rücken gefesselt und mussten auf einen zweistufigen Schemel steigen. Die Henker folgten ihnen und legten eine Schlinge um ihren Hals, ehe sie ihnen den Schemel unter den Füßen wegzogen. Die nächsten Gefangenen, die weder ein Tuch über dem Kopf noch die Augen verbunden hatten, mussten den Todeskampf derer vor ihnen mit ansehen, bis sie selbst an der Reihe waren. Insgesamt wurden zweihundertsechsundvierzig Gefangene in den letzten sechs Nächten ermordet.“

Q starrte den Pfarrer an und wünschte sich inständig, die grässlichen Nachrichten ungehört zu machen.

KAPITEL 47

Als die Massenhinrichtungen aufhörten, blieb ein seltsames Gefühl der Leere zurück. Von den ursprünglich dreihundert Gefangenen im Todestrakt waren nur noch fünfzig übrig.

Die Wärter schienen genauso erschüttert zu sein wie die Insassen. Keiner von ihnen hatte jemals Massenhinrichtungen miterlebt und Gerüchten zufolge musste mehr als einer von ohnmächtig weggetragen werden. Einige wurden dabei gesehen, wie sie sich heftig übergeben mussten.

Inzwischen hatten die Gefangenen wieder täglich eine Stunde Freigang. Vor einer Woche war der Innenhof noch voll und laut gewesen, jetzt war er verlassen und still.

Q spürte eine ganz neue Spannung in der Luft und wusste auch bald, warum. Die Nachricht kam, dass Italien am elften September bedingungslos kapituliert hatte.

„Jetzt wendet sich das Blatt", sagte Q.

„Das war zu erwarten; Italien hatte nie die militärische Stärke, den Alliierten zu trotzen", erklärte Werner.

„Nachdem Mussolini abgesetzt wurde, haben die neuen Führer das einzig Kluge getan." Er hatte dank seiner einflussreichen Kontakte immer mehr Informationen als die meisten anderen Insassen.

Einer der Wärter hörte ihr Gespräch und gesellte sich dazu. „Im Gegenteil, Deutschland ist mit Italien eine Menge Ballast losgeworden."

„Diese Itaker waren immer mehr Last als Hilfe", sagte eine andere Wache. „Wir hätten ihnen niemals anbieten sollen, unsere Verbündeten zu werden."

Q schwieg, aber er war sich sicher, dass Italiens Kapitulation der Anfang des Endes dieses scheußlichen Krieges war.

Die Diskussion wendete sich der furchtbaren Situation in Berlin zu. Die Luftangriffe schienen mit jeder weiteren Nacht intensiver zu werden.

„Diese englischen Kindermörder haben halb Berlin in Schutt und Asche gelegt", sagte ein Wärter.

„Ich habe gehört, dass die meisten wertvollen Kulturgüter zerstört wurden. Nur ein paar kostbare Kunstgegenstände konnten rechtzeitig gerettet werden und werden jetzt in unterirdischen Minen aufbewahrt.

„Wenn ich ehrlich sein soll, ich habe diesen Krieg so satt. Meine beiden Jungs kämpfen irgendwo in Russland und meine Frau ist nur noch ein Nervenbündel."

„Unser ganzes Viertel hat kein Gas mehr zum Kochen", beklagte sich ein anderer Wachmann.

„Wenigstens versorgt die Stadt jeden Bürger mit drei Mahlzeiten am Tag. Es ist etwas mühsam, zu den Verteilstellen zu gehen, aber unsere Regierung sorgt für uns. Ich wette, die Itaker kriegen das nicht hin."

Q bedeutete Werner, außer Hörweite der Wachen zu gehen. „Selbst wenn das ganze Land verwüstet ist, wird die Verwaltung weiterarbeiten und sie werden noch die eine oder andere Liste erstellen."

„Es ist genauso viel Segen wie Fluch", erwiderte Werner.

Als sie in ihre Zelle zurückkehrten, beschäftigte Italiens Kapitulation noch immer Qs Gedanken und er konnte nicht anders, als Mitleid mit den armen Soldaten da draußen zu empfinden. Es waren nur Männer, oft sogar Jungen. Sie sollten sich nicht gegenseitig bekämpfen.

„Ich frage mich oft, was es aus einem Mann macht, in den Schützengräben zu sitzen. Gunther war im Weltkrieg, aber er weigert sich, darüber zu sprechen", murmelte Q mehr zu sich selbst. „Jetzt ist sein ältester Sohn Kriegsgefangener in Russland. Die Eltern haben keine Ahnung, ob er verwundet wurde oder nicht. Die Sorge um ihn macht sie krank."

„Es gibt Gerüchte, wie Stalin seine Kriegsgefangenen behandelt. Furchtbare Gräuel passieren auf beiden Seiten", sagte Werner, während er sich auf den einzigen Stuhl setzte, um an seinem Roman weiterzuarbeiten.

„Ich hätte nie gedacht, dass Menschen so tief sinken können", gab Q zu. „Vielleicht hatte Marx Recht."

Werner sah von seinen Papieren hoch. „Inwiefern?"

„Es gibt nichts Gutes im Menschen. Sie sind von Natur aus schlecht." Q streckte sich auf seinem Bett aus und sah an die Decke. Die Schäden der furchtbaren Luftangriffe waren immer noch sichtbar.

„Warum sagst du das?", wollte Werner wissen.

„Denk nur an all die Dinge, die die Menschen sich im Verlauf dieses Krieges gegenseitig angetan haben. Unsere

Art hat sich schlimmer verhalten als jedes wilde Tier. Wir sind nicht besser als die Barbaren, und es scheint, als hätte sich die menschliche Rasse in den letzten tausend Jahren kein bisschen weiterentwickelt."

„Ich stimme zu, dass viel Schlimmes passiert, aber das bedeutet nicht, dass alle Menschen schlecht sind." Werner runzelte die Stirn und grinste Q an. „Es gibt dich und mich."

Q lachte leise in sich hinein. „Du hast Recht, aber wir werden nicht mehr lange da sein."

„Komm schon. Wenn mehr gute Nachrichten wie Italiens Niederlage durchsickern, wird der Krieg im Nullkommanichts vorbei sein."

„Oh Gott, nein!" Q riss die Augen auf, als ihm die Bedeutung von Werners Worten bewusst wurde. „Ich hoffe, der Krieg endet nicht so früh, dass ich doch noch überlebe."

„Du wärst wohl der Einzige, der Angst hat, seine eigene Hinrichtung zu verpassen", amüsierte sich Werner und wandte sich wieder seinem Roman zu.

KAPITEL 48

Das Jahr 1944 hatte begonnen und Q war noch immer im Gefängnis. Er hatte inzwischen dreizehn Monate in Gefangenschaft verbracht und erinnerte sich kaum noch an ein Leben draußen.

Hildes Tod hatte ein riesiges Loch in seinem Herzen hinterlassen. Fünf Monate waren vergangen und er erwachte immer noch jeden Morgen mit unerträglicher Trauer und schlief jeden Abend mit Tränen in den Augen ein. Nur in seinen Träumen war er glücklich, denn da war er bei ihr.

Selbst Werners Versuche, ihn aufzuheitern, scheiterten und jeden Tag wurde Q schwermütiger. Er wollte leben, wie jeder andere auch, aber nicht ohne Hilde.

Es ist meine Schuld, dass sie sterben musste.

Er hatte diesen Gedanken inzwischen so oft gedacht, dass er ernsthaft angefangen hatte zu glauben, ebenfalls zu sterben sei seine gerechte Strafe. Nur dann konnte er seine Schuld sühnen.

Jeden Tag wartete er auf seine Hinrichtung – und jeder Tag verging und er war immer noch am Leben. Tief in seinem Inneren wusste er, dass er nicht mehr leben wollte. Trotz seiner Witze darüber nagte dieser Schwebezustand zwischen Leben und Tod an seinem Verstand, und er wünschte sich, dass das Warten endlich ein Ende hätte.

Manchmal flüsterte er die Worte, ohne es zu wollen: „Bitte, Gott, lass es endlich vorbei sein."

~

Q bekam einen Brief mit Bildern der Kinder von seiner Schwägerin Julia. Er starrte auf die Photographien und versuchte die Freude zu empfinden, die er immer für seine Kinder gehabt hatte, aber nichts geschah.

Die Photographie war an Volkers viertem Geburtstag aufgenommen worden und diese beiden Kinder hatten mit denen in seiner Erinnerung nichts mehr gemeinsam. Es war schon so lange her. Peter war noch ein Baby gewesen – und jetzt war er ein Junge. So sehr er sich auch bemühte, er konnte seine Erinnerung nicht mit den Menschen auf dem Bild in Einklang bringen.

Q warf einen letzten Blick auf das Bild, bevor er es wegpackte. Er tröstete sich damit, dass sie glücklich aussahen. *Es geht ihnen gut.* Dann verschloss er alle Gefühle für sie tief in seinem Inneren. *Es ist besser so.*

Mehrere Tage später verkündete ein Wärter, dass er einen Brief schreiben durfte, aber er musste noch am selben Tag geschrieben werden.

Der Mann wollte ihm nicht in die Augen sehen, also nickte Q und machte sich ans Schreiben ...

. . .

Meine lieben, geliebten Dremmers,

wenn ich auch schon sehr fortgeschritten bin in der Kunst, mein inneres Leben auf ein winziges Flämmchen herunterzuschrauben, so ist die trottelige Schrift durch die olle Feder begründet und noch nicht durch meinen geistigen Zustand.

In meinem Leben ist eine Regieänderung eingetreten, sodass ich heute einen Brief zuerteilt bekommen habe und ihn benutzen muss. Dann könnte ich erst wieder in sechs Wochen schreiben, doch das ist eine viel zu große Spanne, um diesen Termin überhaupt in Erwägung zu ziehen.

So komme es, dass ich nicht auf den Brief meiner lieben Mutter warten kann, um ihr antworten, sondern Euch hierdurch meines liebenden Gedenkens noch einmal versichern kann.

Ich vernahm noch lebend, dass Gunther der Vormund von Volker und Peter geworden ist und ich freue mich, dass auf diese Weise jetzt zwei Familien als Helfer für die Jungs gewonnen sind.

Teilt meiner Mutter mit, dass ich nicht mehr so oft oder ausführlich schreiben kann, dass ich aber sehr gern bis „Schluss" regelmäßig von Euren Schicksalen und dem Gedeihen der Kinder hören möchte.

Es ist eine große Abgespanntheit und Gleichgültigkeit über mir; die Sterberei wird, je länger ich meinen Tod als Hausgenossen habe, umso uninteressanter.

Zwar können wir Menschen die Wunder des Erwachens zum Bewusstsein wie des Verlöschens unseres Bewusstseins täglich im Schlaf sowie im Tod, ebenso wie die Riesenausmaße des modernen astronomischen Weltraumes, niemals begreifen; aber wir können eines: durch anhaltende Beschäftigung damit den Nimbus des Besonderen weggewöhnen und damit vertraut werden.

Und dazu habe ich allerdings Zeit gehabt und kann mit einiger Genugtuung sagen, ich bin so ziemlich darüber hinweg. Mehrere Generalproben gelegentlichen blinden Alarms haben mir dies Zuversicht gegeben.

Allerdings erkaufe ich das mit einer schlimmen Gleichgültigkeit gegen die üblichen Menschenschicksale draußen. Trotzdem denke ich in milder, ferner Liebe, wie von jenseits der Wolken an Euch alle.

Wenn Ihr an mich denkt und eines Tages zurückdenkt, so wisset, dass ich diese letzte Spanne nicht gelitten habe, eher mich gelangweilt.

Seit langem habe ich keinen Hunger mehr und bin mir im Übrigen bewusst, dass auch draußen das Leben glückselig ist, sondern ähnlich eingeengt, unbefriedigend und vom Tod umgeben dahingeht.

Die Zukunft ist ein noch geschlossener Vorhang, der trotz Ungeduld sich euch allen nicht lüften will.

Nehmt also diesen Gelegenheitsgruß als solchen an, mehr ist er nicht. Ich bin im Grunde längst nicht mehr da für Euch. Grüßt alle von mir, später auch Volker und Peter, von einem guten Kameraden, der's nicht mehr sein sollte.

Euer Q

Q verschickte den Brief mit besorgniserregender Gleichgültigkeit. Nichts, nicht einmal seine Forschung, interessierte ihn noch und er wartete nur darauf, seiner geliebten Frau zu folgen.

~

Einige Tage später kam ein Wärter mit Neuigkeiten für Werner. „Packen Sie Ihre Sachen, Sie werden verlegt."

„Wurde meinem Gnadengesuch stattgegeben?", fragte Werner mit hoffnungsvollem Blick.

„Ja, zu fünf Jahren Gefängnis, aber freuen Sie sich nicht zu früh." Der Wärter verzog das Gesicht, ehe er fortfuhr, „Sie werden in das Wehrmachtgefängnis Torgau Forst Zinn verlegt."

„Ein Militärgefängnis?", murmelte Werner, „Aber ich bin doch kein Soldat!"

„Jeder Verfechter einer aufrührerischen Haltung kann dort inhaftiert werden, inklusive Kriegsdienstverweigerern, ungehorsamem Personal, Deserteuren, denjenigen, die dem Feind geholfen haben, Spionen ebenso wie Kriegsgefangenen und Mitgliedern des Widerstands", erklärte der Wachmann.

Q sah seinen Freund an, glücklich und traurig zugleich. Er würde nicht hingerichtet werden, aber was würde ihn in Torgau erwarten? Ein Ort, an dem wenige Männer die harschen Bedingungen und Krankheiten überlebten, die die Gefangenen dort so oft heimsuchten.

„Tja, das heißt dann Lebewohl", sagte Werner und versuchte, sich seine Gefühle nicht anmerken zu lassen.

„Ja, Lebewohl." Q schüttelte seinem Freund die Hand und fand sich dann in einer festen Umarmung wieder.

Als Werner ihn losließ und ihn ansah, glänzten Tränen in seinen Augen. „Bleib stark, mein Freund. Der Krieg ist fast vorbei."

„Pass gut auf dich auf, und eines Tages werden wir uns in einer anderen Welt wieder begegnen."

„Zeit zu gehen", rief der Wärter.

Es war sowohl mit traurigem als auch hoffnungsvollem Herzen, dass Q seinem Freund nachschaute.

KAPITEL 49

27. Januar 1944

Einen Monat vor seinem einundvierzigsten Geburtstag erhielt Q die Nachricht, dass er in das Gefängnis in Halle verlegt würde, eine Stadt, die etwa drei Stunden von Berlin entfernt lag.

Jeder wusste, warum Gefangene dorthin verlegt wurden.

„Ist es an der Zeit?", fragte Q und sah sich in seiner Zelle um. Seine Blicke trafen Pfarrer Bernau und den Gefängnisdirektor, die gekommen waren, um sich zu verabschieden.

„Ja. Es ist an der Zeit." Der Direktor stand im Türrahmen der Zelle und nickte mit traurigem Gesicht.

Q zuckte die Schultern.

„Doktor Quedlin, ich möchte Ihnen sagen, wie leid mir das Alles tut. Wenn ich irgendetwas tun kann ..."

Q schüttelte den Kopf. „Nein, so soll es sein. So muss es sein."

Der Direktor nickte, wandte sich dann ab und ging, um

dem Pfarrer die Möglichkeit für ein paar letzte Worte zu geben.

„Mein Freund, sind Sie bereit für das, was jetzt kommt?"

„Herr Pfarrer, das bin ich. Ich habe mit diesem Leben abgeschlossen und bin bereit für den nächsten Schritt. Ich warte darauf, wieder mit meiner Hilde vereint zu sein."

„Ich werde ein Gebet für Sie sprechen."

Q winkte ab. „Sparen Sie sich Ihre Gebete für jemanden auf, der sie dringender braucht, Herr Pfarrer. Meine Seele ruht in der Gewissheit, dass ich bald die Strafe bekomme, die ich verdient habe und meine Hilde nicht länger allein sein muss. Leben Sie wohl."

Der Pfarrer legte eine Hand auf seine Schulter und ging dann. Q und einige andere Gefangene wurden hinaus zu einem kleinen Lastwagen gebracht. Ein paar Minuten später war er auf dem Weg zu seiner letzten Heimat auf Erden.

Q kam am Nachmittag in Halle an und wurde in eine Zelle im Todestrakt gesperrt. Sie war der in Plötzensee sehr ähnlich, aber ohne Möbel. Nur eine Matratze auf dem Boden und eine Wolldecke boten etwas Komfort.

Er hob die Augenbrauen, als einer der Wärter seine Arme und Beine fesselte, aber seine Seele war bereits zu weit weg, um Erniedrigung oder Ärger zu empfinden. Trotz der noch geringeren Rationen verspürte er weder Hunger noch Durst. Es war, als habe sein Körper bereits alle Funktionen eingestellt. Er war nur noch eine Hülle, die seine Seele an Ort und Stelle hielt.

Die Minuten wurden zu Stunden, dann zu Tagen. Eine zähe, trübe Masse. Q verlor jedes Gefühl für Raum und Zeit. Licht und Dunkelheit von Tag und Nacht waren die einzigen Indikatoren für den Verlauf der Zeit. Er hockte bewegungslos in der Ecke und wartete.

Wartete.

Wartete.

Am achten Tag kamen sie ihn holen. In Fesseln führten sie ihn in einen Raum, in dem Federhalter, Tinte und Papier auf ihn warteten.

Q beäugte das leere Papier. Er hatte bereits vor langer Zeit denen die ihm etwas bedeuteten, Lebewohl gesagt und jetzt waren nur noch zwei Briefe zu schreiben.

Liebe Familie Dremmer,

heute folge ich meiner geliebten Hilde.

Ich bin froh, dass die Wartezeit vorbei ist und ich bald in Frieden ruhen werde.

Die Welt da draußen hält keine Versprechen mehr für mich bereit; so viel ist zerbrochen. An eine bessere Zukunft zu denken und darauf zu hoffen, ist viel zu weit weg und zu undeutlich in meiner Vorstellung.

Bitte bereitet meinen Söhnen ein einfaches und glückliches Leben. Heute werden Opfer gebracht, damit das Leben morgen wieder unschuldig und zwanglos sein kann. Eine Generation hatte das Pech, in den Schmelztiegel unserer Ära geworfen zu werden, um der nächsten Generation ein glückliches Leben ohne Probleme zu bereiten.

Wenigstens haben wir, Hilde und ich, das Beste unserer Zeit erlebt. Wann wird es je wieder so herrlich sein, wie wir es in den kurzen Jahren unseres gemeinsamen Lebens empfanden?

Ich mache mir keine Sorgen mehr darüber, was ich hier auf Erden zurücklasse. Alles ist geordnet. Meine Hilfe beim Wieder-

aufbau dieser zerstörten Welt wurde von den höheren Schicksalsmächten nicht gewünscht.

Es wird ohne mich getan werden müssen; es gibt jede Menge andere, vielleicht nicht so verständig, wie ich als Mediator zwischen den verfeindeten Welten gewesen wäre. Aber wer bin ich, das zu entscheiden? Das wird jetzt ohne mich vonstatten gehen.

Q

4. Februar 1944

PS: Wenn Ihr meine Habseligkeiten erhaltet, schickt bitte einen Brief an Gunther. Er ist schon frankiert und enthält eine Sammlung von Schüttelreimen. Sie erheitern vielleicht die Tage derer, die nach mir kommen.

Q hielt einen Moment inne und nahm dann ein weiteres Blatt weißes Papier, um seiner Mutter zu schreiben.

Meine allerliebste Mutter,

dies ist mein endgültiger Abschied.

Alles, was Du über das Wie und Warum wissen musst, habe ich Dir schon in meinen früheren Briefen erklärt.

Bitte trauere nicht um mich. Ich füge mich in das, was jetzt geschehen muss, und ich werde diese Welt mit erhobenem Haupt verlassen. Bald werde ich dort sein, wo ich hin gehöre – vereint mit meiner geliebten Frau.

Grüße Gunther herzlich von mir und sage ihm, er soll ein gutes Leben führen, wenn dieser Krieg vorbei ist. Möge er sich so um Dich kümmern, wie ich es getan hätte.

Sei gewiss, dass ich Dich liebe. Ich kann meine Dankbarkeit für all die Liebe und Stärke, die Du mir trotz unserer Meinungsverschiedenheiten über Politik gegeben hast, nicht ausdrücken. Mit der Zeit wirst Du sehen, wie Recht ich hatte.

Dein Dich liebender Sohn

Wilhelm

Q versiegelte beide Briefe und ließ sie auf dem kleinen Tisch liegen. Der Wärter kehrte mit seiner Henkersmahlzeit zurück. Q trank eine Limonade und aß ein kleines Stück Brot, das er langsam und sorgfältig kaute. Viel zu schnell hatte er sein Mahl beendet und der Wachmann kam, um ihn wegzubringen.

Der Henker wartete bereits neben der Guillotine auf ihn und Q ging mit festem Schritt auf ihn zu. Er nahm das Glitzern eines Sonnenstrahls auf dem scharfen Metall der Klinge wahr und lenkte seine Gedanken auf seine Frau.

Ich komme, meine Liebste!

NACHWORT DER AUTORIN

Liebe Leserinnen und Leser,

vielen Dank, dass Sie mich auf dieser emotionalen Reise durch das Leben meiner Großeltern begleitet haben.

Ein Großteil meines Wissens stammt aus den Briefen, die Q (in Wirklichkeit Hansheinrich) und Hilde (Ingeborg) an ihre Familienmitglieder geschickt haben. Ich habe zwei Briefe am Ende dieses Kapitels eingescannt, einer im handschriftlichen Original von Ingeborg an ihre Familie, der andere eine Abschrift von Qs Brief an seine Schwiegereltern. Diese Briefe sollen Ihnen zeigen, dass Hilde und Q echte Personen waren. So sehr ich mir auch gewünscht hätte, dieser Geschichte ein anderes Ende zu geben, dies sind die traurigen Tatsachen gewesen.

Leider wurden die Briefe, die die beiden sich gegenseitig während ihrer Zeit im Gefängnis geschrieben haben, nie gefunden.

Qs Brief an Cousine Fanny in Amerika (in Kapitel 44)

hat es nie über den großen Teich geschafft und wurde später im Gefängnis Plötzensee gefunden.

Mit der Person von Werner Krauss habe ich mir einige künstlerische Freiheiten erlaubt. Er ist eine reale Person, die den Krieg überlebte und tatsächlich Hansheinrichs Zellengenosse war, allerdings nur für einige Monate. Krauss schrieb einen 33-seitigen Bericht über sein Mitwirken in der Schulze-Boysen Gruppe, der mehrere Seiten über seine Zeit in Plötzensee zusammen mit meinem Großvater beinhaltete. Aus diesem Bericht habe ich ihre Freundschaft so gut ich konnte rekonstruiert.

Pfarrer Bernau ist dem katholischen Geistlichen Buchholz und seinem evangelischen Kollegen Harald Poelchau nachempfunden, die beide in Plötzensee tätig waren und dem Widerstand angehörten.

Die *Plötzenseer Blutnächte,* in denen die Massenhinrichtungen vorgenommen wurden, dauerten vom 7. bis 12. September 1943, nachdem große Teile des Gefängnisses zerstört worden waren. Anscheinend hatte Hitler sich kurz vor den Luftangriffen darüber beschwert, dass die Bearbeitung der Gnadengesuche so lange dauerte, und die Zerstörung vieler Zellen könnte der passende Anlass gewesen sein, die Tötungen zu beschleunigen.

Es ist nicht bekannt, warum Hansheinrich Kummerow und Werner Krauss unter den Wenigen waren, die in diesen fünf grausamen Nächten verschont blieben.

Nicht jeder in meiner Familie war ein Sympathisant des Widerstands. Tatsächlich schrieb Hansheinrichs Mutter in mehreren Briefen an Ingeborgs Familie in Hamburg, *„Ich bin nicht traurig über Hans' Tod; er war zu einem ordentlichen zivilen Leben nicht mehr fähig. Selbst nach einem Jahr in Haft* *lebte er in solch einer Illusion, dass er die schwere Schuld gegen sein Land, die er auf sich geladen hatte, nicht anerkannte. Unsere Enkel wären mit diesen Eltern keine guten Menschen geworden."*

Während Ingeborgs Mutter Hansheinrich für den Tod ihrer Tochter verantwortlich machte (und ihm dies auch sagte), gab seine Mutter ihrer Schwiegertochter Ingeborg die Schuld am Schicksal ihres Sohnes. Das sagte sie den beiden jedoch nie offen, sondern schrieb es nur in ihren Briefen an Ingeborgs Familie in Hamburg.

Hier ein Auszug aus einem Brief, der im Besitz meiner Familie ist: *„Inge hat die schwere Buße erhalten, aber Hans wird noch geläutert. Eines wissen mein ältester Sohn (im Buch: Gunther) und ich jetzt sehr deutlich durch die Geschehnisse in Kombination mit Bemerkungen, die Hans mir gegenüber im Jahr ' 42 machte: Inge trägt die größere Schuld an diesem tragischen Ende beider Leben. Sie trägt die größere Schuld daran, dass sie letztendlich auf Abwege geraten sind."*

Ich glaube, dass die Geschichte inzwischen entschieden hat, dass die Beiden keineswegs auf Abwege geraten sind. Aber viele Jahrzehnte waren nötig, um ihr Opfer anzuerkennen.

Nach dem Krieg wurde die Familie durch die Politik weiter zerrissen. Einige von ihnen lebten in Ostberlin bzw. der DDR gehörte, der Rest in Westberlin und der Bundesrepublik Deutschland.

Hildes und Qs Ruf wurde auch nach Jahrzehnten in der westlichen Welt nicht vollständig wiederhergestellt, weil sie die „falschen" politischen Gründe für ihren Kampf gegen die Nazis hatten.

Während des Kalten Krieges war es undenkbar, jemanden in Ehren zu halten, der an die Ideale des Kommunismus geglaubt und mit dem Erzfeind, der Sowjetunion, zusammengearbeitet hatte. Das änderte sich erst mit der Wiedervereinigung Deutschlands 1989.

1995 kam eine Studentin der Politikwissenschaften zu meinen Eltern um eine Diplomarbeit über die Rolle meines Großvaters im Deutschen Widerstand zu schreiben. Das war für mich der Anlass überkommene Ansichten auf den Prüfstein zu stellen, und weckte in mir den Wunsch herauszufinden, was wirklich passiert war.

Glücklicherweise hatte mein Onkel alle Briefe aus der Zeit aufbewahrt und ich konnte einen Großteil ihres Lebens und ihrer Persönlichkeiten aus diesen Briefen rekonstruieren.

Volker und Peter (dies sind nicht ihre wirklichen Namen) wuchsen bei ihren Großeltern in Hamburg auf und folgten beide in Qs Fußstapfen. Sie studierten und wurden Wissenschaftler. Jeder von ihnen heiratete und bekam zwei Kinder. Mich, meine Schwester und meine beiden Cousins.

Ich hoffe, dass ich mit diesen Büchern den letzten Wunsch meines Großvaters umsetzen konnte:

„Ich möchte in ehrenhafter Erinnerung bleiben."

Über den Blonden Engel Ursula Hermann gibt es jetzt ein eigenes Buch. Die Hauptpersonen sind frei erfunden, die Geschichte basiert jedoch auf historischen Tatsachen.

Eine bittersüße Liebesgeschichte zwischen einer Deutschen und einem britischen Piloten. Eine Geschichte über Mut und Gewissen, Liebe und Überleben im Dritten Reich.

Blonder Engel jetzt lesen

BRIEF VON INGEBORG AN IHRE MUTTER

Name des Briefschreibers: Ingeborg Kummerow

Berlin-Plötzensee, den 5. August 1943.
Königsdamm 7
Haus

Eben als letzten Gruss Deinen lieben Brief vom 29.7. erhalten, meine Gute! Deine Inge.

Gelesen:

Meine allerliebste Mutti!
Dass ich Dir diesen Kummer um dich noch bereiten muss, ist für mich fast das Schrecklichste an der Sache. Ich habe noch einige Stunden Zeit und bin ruhig und gefasst. Bitte tröste Dich mit meinen beiden Buben und Du hast ja auch Deinen Klaus. Wenn er diesen Krieg überlebt, wird er Dir bestimmt nur Freude machen. Meine besten Wünsche für ihn; er soll sich nicht in Politik einlassen, lasse ihn ruhig so einen harmlosen Beruf wie Musiker o. ä. ergreifen. Was soll ich Dir noch sagen, meine beste Mutti, ich darf nicht allzu weich werden; wie kann ich Dir noch etwas Tröstliches sagen? – Nimm auch Du es nicht so schwer; ich sage mir, man muss seine Person und sein Schicksal nicht so wichtig nehmen. Wie

Nur die Linien benutzen! Ränder nicht beschreiben!

Mit den Kindern [illegible] und meine ganze Liebe. Bis zum letzten [illegible]: Deine Inge.

[illegible]

ABSCHRIFT VON HANSHEINRICHS BRIEF AN SEINE SCHWIEGERELTERN

1944

Hansheinrich im Januar an uns:

an Conrad Picker, Hamburg-Rahlstedt, Bahnhofstrasse ,

Meine lieben, geliebten Pickers!

Wenn ich auch schon sehr fortgeschritten bin in der Kunst, mein inneres Leben auf ein winziges Flämmchen herabzuschrauben, so ist die trottelige Schrift durch die olle Feder begründet und noch nicht durch meinen geistigen Zustand. In meinem Leben ist eine Regieänderung eingetreten, sodass ich heute einen Brief zuerteilt bekommen habe und ihn benutzen muss. Dann könnte ich erst wieder in sechs Wochen schreiben – doch das ist eine viel zu grosse Spanne, um diesen Termin überhaupt in Erwägung zu ziehen. So kommt es , dass ich Adelchens Brief vom 6. Febr. nicht abwarten kann, um ihr zu antworten, sondern Euch hierdurch meines liebenden Gedenkens noch einmal versichern kann. Ich vernahm noch lebend, dass mein Bruder der Vormund von Steffen und Thomas geworden ist und freue mich, dass auf diese Weise zwei Familien als Helfer für die Jungs gewonnen sind. Ihr und Erichs! Teilt Adelchen es mit, dass ich nicht mehr so oft und ausführlich schreiben kann, dass ich aber sehr gern bis "Schluss" regelmässig von Euren Schicksalen und dem Gedeihen der Kinder hören möchte. – Es ist eine grosse Abgespanntheit und Gleichgültigkeit über mir; die Sterberei wird, je länger ich meinen Tod als Hausgenossen umso uninteressanter. Zwar können wir Menschen die Wunder des Erwachens zum Bewusstsein wie des Verlöschens unseres Bewusstseins täglich im Schlaf sowie im Tod, ebenso wie die Riesenausmasse des modernen astronomischen Weltraumes u. s. niemals begreifen; aber wir können eines: durch anhaltende Beschäftigung damit den Nimbus des Besonderen wegzgewöhnen und damit vertraut werden. Und dazu habe ich allerdings Zeit gehabt und kann mit einiger Genugtuung sagen, ich bin so ziemlich darüber weg! Mehrere Generalproben gelegentl. blinden Alarms haben mir diese Zuversicht gegeben. Allerdings erkaufe ich das mit einer schlimmen Gleichgültigkeit gegen die üblichen Menschenschicksale draussen. Trotzdem denke ich in milder, ferner Liebe, wie von jenseits der Wolken, an Euch alle. Wenn Ihr an mich denkt, und eines Tages zurückdenkt, so wisset, dass ich diese letzte Spanne nicht eben gelitten habe, eher mich gelangweilt! Ich habe seit langem keinen Hunger mehr und bin mir im übrigen bewusst, dass auch draussen das Leben nicht glückselig, sondern ähnlich eingeengt, unbefriedigend, vom Tod umgeben dahingeht, die Zukunft noch ein geschlossener Vorhang, der trotz Ungeduld sich euch allen nicht lüften will. Nehmt also diesen Gelegenheitsgruss als solchen an, mehr ist er nicht – ich bin – ich bin im Grunde längst nicht mehr da für Euch! Grüsst Alle von mir, später auch Steffen und Thomas von einem guten Kameraden, der's nicht mehr sein sollte!

Euer Hansheinrich.

BÜCHER VON MARION KUMMEROW

Liebe und Widerstand im Zweiten Weltkrieg

- Band 1: Unnachgiebig
- Band 2: Unerbittlich
- Band 3: Unerschütterlich

Kriegsjahre einer Familie

- Prolog: Gewagte Flucht
- Band 1: Blonder Engel
- Band 2: Dunkle Nacht
- Band 3: Tödlicher Ehrgeiz
- Band 4: Agentin wider Willen
- Band 5: Beherzte Rettung
- Band 6: Tollkühner Aufstand
- Band 7: Enorme Opfer
- Band 8: Bittere Tränen

KONTAKTINFORMATIONEN

Ich freue mich über jede Zuschrift:

Twitter:
http://twitter.com/MarionKummerow

Facebook:
http://www.facebook.com/AutorinKummerow

Website
https://www.marionkummerow.de

www.ingramcontent.com/pod-product-compliance
Ingram Content Group UK Ltd.
Pitfield, Milton Keynes, MK11 3LW, UK
UKHW041843190726
13854UKWH00002B/687

9 783948 865337